"……너는 혹시,
에로 마법사?"

"내가 에로 마법사?
에로 마법이 뭔데?"

이치노세 준페이
Ichinose Junpei
마법 계통 적성이 불명이라서
낙제생이 돼버린 소년.
메릴을 통해 마왕의 전생체라는 것을
알게 되고, 자신의 적성이 에로
마법이라는 것도 알게 된다.
마왕의 힘을 옳은 일에 쓰기 위해서
노력한다.

메릴
Meryl
자칭 666살.
전 세계를 여행하는 방랑 마법사.
온 세상에 흩어진 『지배의 반지』라는
흉악한 아이템을 찾아서 파괴하고
있다. 반지를 찾는데 준페이의 에로
마법이 필요하다면서 맹렬하게
어필하고 있다.

그 순간 소니아의 옷이 속옷까지
몽땅 날아가 버렸다.
소니아의 알몸은 생각보다
훨씬 아름다웠다.

"꺄, 꺄아아아아악!"

소니아
라이트펠로우
-Sonia Lightefellow-

마왕을 쓰러트린 용사의 후손.
자존심이 강하고
정의감도 강한 아가씨지만,
준페이의 에로 마법에 공격에는
약한 일면도 있다.

에로티컬 위저드와 12명의 신부

Erotical Wizard with Twelve Brides

커버 그림, 본문 일러스트 | **마하야** (RED FLAGSHIP)

CONTENTS

내 어릴 적 꿈은 마법사였다. 하지만 아버지는 내가 아무리 노력해도 마법사가 될 수 없다고 말씀하셨다. 나는 그 말을 받아들일 수가 없어 어린 마음에 입술을 삐죽 내밀고서 어째서냐고 물었더니, 아버지는 껄껄 웃으면서 이렇게 말씀하셨다.

"준페이. 마법사의 재능은 말이다, 핏줄로 정해지는 거다. 말하자면 유전인 거지. 그런데 안타깝게도 아빠랑 엄마는 마법사의 재능이 없어. 따라서 내 아들인 너도 마법사의 재능이 없지. 안됐구나."

아버지의 말을 들은 나는 크게 실망해 한동안 풀이 죽어있었다. 그런데 그로부터 한참이 지난 어느 날, 유치원에 왔던 마법사가 날 보더니 이렇게 말했다. 당신은 마법사입니다, 라고.

◇

서기 20XX년 7월 모일, 초여름, 도쿄.

국립 도쿄 마법학교.

이름 그대로 마법사를 위한 학교다.

마법학교는 일본 각지에 있는데, 그중에서도 국내 최대 규모를 자랑하는 도쿄의 마법학교는 초등부, 중등부, 고등부는 물론, 전국에서 제일가는 마법 대학까지 모든 교육 과정이 갖춰져 있다. 이곳으로 진학하기 위해 전국에서 젊은 마법사들이 모여들면서, 도쿄 마법학교는 마법사들을 위한 학생 도시처럼 되었다.

이 학교 고등부 한구석에는 가톨릭 성당처럼 생긴 작은 2층 건물이 있는데, 분위기가 있는 외관과 달리 그냥 평범한 창고로, 다른 시설들과 떨어져 있는 데다, 창고 안에 든 물건이라고는 더는 쓰지 않는 옛 마법 도구들 뿐이라, 사람의 발길이 매우 뜸한 곳이다.

그리고 그 창고의 뒤쪽, 건물과 담장 사이에 있는 좁은 공간에 앉아 있는 사람이 한 명.

이치노세 준페이였다.

──조용하네…….

여기 있으면 낮에도 계속 그늘져 있는 덕분에 한여름의 뜨거운 열기가 거짓말이라도 되는 양 선선했고, 운동장에서는 시끄럽게 들리는 매미 울음소리도 어딘가 머나먼 다른 세상에서 일어나는 일인 것처럼 작게 들려왔다.

"수업이 왜 이렇게 안 끝나냐……."

준페이는 검은 머리카락에 검은 눈동자를 가진 동양계 소년으로, 두 달 전에 생일이 지나 만 16세가 된 고등학교 1학년이다. 헤어스타일은 이렇다 할 특징이 없는 짧은 머리지만, 얼굴은 그럭저럭 괜찮게 생긴 편이었으며, 키는 175cm였고, 팔에 힘줄이 두드러지고 복근이 살짝 갈라진 건강한 몸을 갖고 있었다.

참고로 마법학교의 학생은 교복을 입게 되어 있으므로, 그 또한 하얀 셔츠와 검은색 바지로 이루어진 하계 교복을 입고 있었다.

준페이는 창고 벽에 뒤통수를 톡 기대고, 창고 벽과 담장 사이로 보이는 여름 하늘을 올려다보았다. 이러고 있자니 왠지, 마치 자신이 계곡 밑바닥에 있는 것 같은 기분이 들었다. 평생 여기서 빠져나가지 못하고 계속 하늘을 바라보고만 있어야 할 것 같았다.

"난 평생, 마법을 못 쓰는 걸까."

준페이가 저도 모르게 중얼거린 순간, 뭔가가 담장에서 창고 지붕 쪽으로 뛰어넘는 모습이 보였다. 길고양이치고는 너무 큰 것 같아서 뭔가 싶어서 가만히 지켜봤더니, 유리 구두를 신은 발이 지붕에서 밑으로 내려오는 바람에 깜짝 놀랐다.

준페이가 뭐야 이거? 하고 지붕을 올려다보고 있자니 웬 여자의 목소리가 들려왔다. 일본어가 아니라 잘 알아듣지 못했지만, 뭔가를 투덜거리고 있다는 건 알 것 같았다.

──아, 그런가.

아무래도 누군가가 창고 지붕 위로 올라가, 가장자리에 앉아서 다리를 덜렁덜렁 흔들면서 영어로 혼잣말을 중얼대고 있는 모양이다. 그 발이 마침 준페이의 머리 위에 있는 거다. 상황을 이해한 준페이는 반짝반짝 빛나는 유리 구두를 보면서 생각했다.

──대체 무슨 생각이지? 이렇게 굽이 높고 반짝반짝 빛나는 구두를 신고서 지붕에 올라가다니, 제정신인가?

위쪽에 있는 사람은 느긋한 성격인 건지 아직 아래쪽에 준페이가 있다는 걸 알아차리지 못한 듯했다. 준페이가 창고와 담장 사이에 깊숙이 앉아 있었기에 담장을 건너면서 보지 못한 거다.

이대로 숨을 죽이고 모른 척 넘어갈 수도 있었지만, 준페이는 호기심이 더 앞섰다. 이 여자가 어떻게 생겼는지 한번 보고 싶은 기분이 들었다.

그런데 이 여자를 어떻게 끌어내려야 할까? 2층 건물 지붕에 앉아 있으니까, 아무리 열심히 뛰어봤자 손끝조차도 닿을 리가 없겠지. 그렇다면 어떻게 해야 좋을까?

——마법으로 붙잡는 수밖에 없겠지. 뭐, 어차피 제대로 되지도 않겠지만. 하지만, 어쩌면, 이걸 계기로 내 마법의 정체를 알게 될지도 모른다.

준페이는 그런 어렴풋한 꿈을 꾸면서 소리도 하나 내지 않고 일어났고, 마법학교에서 배운 대로 마력을 끌어올리고 지붕 위에 있는 여자를 붙잡는 이미지를 머릿속에 그려봤다. 갑자기 사람을 향해 마법을 날리는 건 잘하는 짓이 아니지만, 어차피 이 여자는 학교 담장을 넘어서 들어온 침입자였다.

——대체 뭐 하는 사람인인지는 모르겠지만, 수상한 짓을 한 당신이 잘못한 거야!

마음속으로 그렇게 말하고, 준페이는 하늘을 향해 소리쳤다.

"뭐든 좋으니까, 기적아 일어나라!"

그 순간, 뭔가 마법의 감각이 느껴졌지만, 그냥 기분 탓이었는지 딱히 아무 일도 벌어지지 않았다. 하지만 마법이 발동하지 않

앉아도 갑자기 큰 소리가 들려오면 사람은 깜짝 놀라는 법.

"흐엑!"

지붕 위에 있는 여자가 앉은 채로 놀라 움찔하더니 그대로 지붕 끝에서 미끄러져 떨어졌다.

"아, 위험해!"

저대로 떨어지면 다친다. 자기 때문에 다칠지도 모른다는 생각에 당황한 준페이는 정신없이 여자를 받아내려고 하다가 얼굴에 큰 충격을 느꼈고, 그대로 벌렁 자빠졌다. 등에는 딱딱하고 차가운 땅바닥이 느껴졌고, 뭔가 부드러운 것이 얼굴을 짓눌러서 숨을 쉴 수가 없었다. 눈앞이 캄캄했다.

──뭐야, 뭐가 어떻게 된 거야? 부드럽잖아? 좋은 냄새도 나네? 이게 뭐지?

준페이가 혼란에 빠진 머리로 그렇게 생각한 때였다.

"아앙!"

그런 목소리와 함께 얼굴을 누르고 있던 부드러운 압력이 사라졌고, 시야가 트였다. 조금 전에 올려다봤던, 창고 벽과 담장 사이에 있는 여름 하늘이 보였다. 그 하늘과 준페이 사이에 끼어드는 것처럼 은색 머리카락에 보라색 눈동자의 미소녀가 얼굴을 들이밀었다.

"엉큼해~."

"……뭐?"

준페이는 영문을 알 수가 없어서 눈을 껌벅거렸다. 소녀는 얼굴을 빨갛게 물들인 채, 두 손으로 자기 엉덩이를 살짝 누르고 있었다. 여전히 바닥에 누워있던 준페이는 소녀의 모습을 보고 입을 꾹 다물었다. 이 소녀가 엄청나게 예쁘다는 이유도 있지만, 무엇보다 차림새가 이상했다.

"드레스……?"

소녀는 그림책에 나오는 공주님이나 입을 법한 분홍색 드레스를 입고 있었다. 머리에는 다이아몬드 장식이 들어간 티아라까지 있었다. 키는 160cm가 조금 안 되는 것 같았고, 은색 머리카락을 길게 늘어트렸으며, 눈동자는 신비한 보라색이었다. 가슴도 꽤 탄력 있어 보였고, 굽이 높은 구두는 유리로 만든 것처럼 투명했다.

어째서 이런 미소녀가, 이런 드레스 차림으로 한여름 대낮에 마법학교 고등부의 창고 지붕 위에 올라간 걸까. 그리고 조금 전에 그 부드러운 감촉은 대체 뭐였을까.

"처음 만난 사람 엉덩이에 얼굴을 들이대다니, 넌 정말 엉큼하구나."

정신이 나가버릴 만큼 달콤한 목소리로 그렇게 말하자, 수치심 때문에 준페이의 얼굴이 뜨겁게 달아올랐다.

"네 엉덩이였냐!"

준페이는 그렇게 소리치면서 벌떡 일어났다. 어떻게든 당황한 걸 얼버무리려고 했지만, 아직도 얼굴이 뜨거웠다. 준페이는 서둘러 이야기를 돌리기로 했다.

"이, 일부러 그런 게 아니라고! 네가 밖에서 들어와서, 내 머리

위에서 영어로 뭐라고 중얼거렸잖아. 창고 지붕은 외부 사람이 올라가도 되는 곳도 아니고. 그래서 내가 마법을 써서……."

너무 동요한 탓인지 말이 제대로 나오지 않았다. 애초에 마법은 실패했으니 소녀가 지붕에서 떨어진 건 준페이의 마법 때문이 아니라, 준페이의 목소리에 놀랐기 때문이었다.

거기까지 생각했을 때, 준페이는 갑자기 냉정해져서 소녀 쪽을 빤히 쳐다봤다.

"그런데 너, 처음에는 영어로 말하더니 지금은 우리말로 말하고 있네."

"그야 너는 이 나라 사람이잖아? 그렇다면 메릴, 거기에 맞출 수 있어. 어학 실력 대단하니까."

"메릴……?"

그렇게 중얼거린 준페이 앞에서, 소녀는 두 손을 머리 양쪽 옆으로 들어 올리고서 손가락을 전부 쫙 펴고는 활짝 웃으면서 말했다.

"맞아, 처음 뵙겠습니다! 메릴은 메릴이야! 잘 부탁해 메릴!"

"그, 그래……."

완전히 한 방 먹은 것 같은 기분이었지만, 메릴의 밝게 웃는 얼굴을 보고 있었더니 신기하게 자신도 웃음이 나오려고 했다.

나쁜 사람은 아닌 것 같다고 생각하면서, 준페이는 가슴에 손을 얹고서 말했다.

"미안해. 조금 수상해 보여서 마법으로 잡으려고 했는데, 실패

15

했나 봐. 지붕에서 떨어진 건 내 목소리 때문에 놀라서 그런 거지?"

"응? 아, 뭐…… 그랬지."

"역시……."

준페이는 씁쓸하게 웃으면서 물었다.

"다친 데는 없고?"

"괜찮아! 왜냐하면, 메릴은 튼튼하니까!"

"그렇구나, 그럼 다행이고."

그랬더니 메릴은 두 팔을 펭귄 날개처럼 아래쪽으로 뻗고 고개를 살짝 갸웃거리면서 준페이의 얼굴을 봤다.

"당신, 이 학교 학생? 이름은?"

"도쿄 마법학교 고등부 1학년, 이치노세 준페이야."

솔직하게 자기 이름을 말한 준페이를 천진난만한 눈으로 바라보면서, 메릴이 말했다.

"준페이는 이런 데서 뭐 하고 있어? 지금은 수업 시간일 텐데?"

"으……."

준페이는 재빨리 눈을 돌렸다. 사실은 준페이도 켕기는 구석이 있었다.

"저기저기, 준페이."

메릴이 두 손으로 준페이의 몸을 살짝 흔들었다. 처음 만난 사인데 묘하게 거리낌이 없었다. 마음속으로 그렇게 투덜거리면서, 준페이는 눈을 감은 채로 내뱉는 것처럼 말했다.

"……땡땡이."

오후 수업을 빼먹고 사람 없는 창고 뒤에서 시간을 보내고 있었다. 단지 그것뿐인데, 메릴은 계속 물고 늘어졌다.

"왜?"

"왜긴…… 싸웠으니까."

"싸워? 싸우면 수업 땡땡이치는 거야? 왜?"

"……젠장."

자꾸만 왜, 왜, 하고 물어보는 게 꼭 어린애 같았지만, 이상하게도 화가 나지는 않았다. 어쩌면 누구한테 말하고 싶었던 건지도 모른다. 그런 자신의 심경 변화를 자각했기에 나온『……젠장』이었다.

——하지만 뭐, 괜찮겠지. 어차피 앞으로 또 볼 일은 없을 테니까. 지금 불평을 늘어놓더라도, 없었던 일이라고 생각하면 그만이야.

그렇게 생각하고, 준페이는 다 포기한 사람처럼 말하기 시작했다.

"나는 낙제생이거든. 일단은 마법사라고 이 학교에 다니고 있기는 한데, 마법을 전혀 제어하질 못해. 필기시험은 그럭저럭하는데, 실기가 완전히 엉망이야. 뭘 해도 불발하거나 폭발하지. 얼마 전에도 물체를 띄우는 마법을 쓰려고 하다가 같이 짝을 이뤄서 실습하던 여자애한테 속박 마법을 걸어버렸어. 지금 생각해도 미안하네……."

"흐음~? 하지만 그거, 예전 이야기잖아? 오늘은 어땠는데?"

"오늘 실습에서는 같이 하던 여자애랑 마법 파동을 간섭해서 서로의 마력을 읽는 걸 했는데, 어떻게 된 건지 여자애 머리 위에서 물이 쏟아졌어……."

"어머나."

"그랬더니 그 여자애 남자 친구가 달려와서는 화를 내더라고. 뭐, 흠뻑 젖는 바람에 속옷까지 다 비쳐 보였으니 화내는 건 이해하지만, 나도 일부러 그런 건 아니란 말이야. 그런데도 욕을 먹었고……."

"그래서 뛰쳐나왔다는 거야?"

"그래. 안 그래도 낙제생 떨거지인데, 결국 수업까지 땡땡이치고 말았네."

"그랬구나, 그랬구나. 아무도 없는 줄 알았는데. 메릴, 깜짝 놀랐어."

그리고 메릴은 두 손을 자기 볼에 얹고 꽉 눌렀다. 그 꾹 눌린 얼굴을 보면서 준페이가 말했다.

"그런데 넌 몇 학년이야? 우리 학교에 유학생이 몇 명 있기는 하지만, 너 같은 사람이 있다는 얘기는 못 들었는데?"

"응? 메릴은 이 학교 학생 아닌데? 전 세계를 여행하는 방랑의 마법사야!"

"어? 그럼 손님인가? 무슨 특별 강의를 초청받았다든지?"

"아니, 그것도 아냐. 메릴, 아무도 안 불렀어. 멋대로 왔어."

"멋대로 왔다니……."

그 말의 의미를 이해하고, 준페이는 자기도 모르게 한 걸음 뒤로 물러났다.

"뭐야, 그럼 진짜 침입자였어?! 대체 왜? 이 창고에 무슨 볼일인데? 여긴 잡동사니밖에 없는데?"

그랬더니 메릴은 노, 노, 하고 말하면서 집게손가락 하나를 세워서 흔들어 보였다.

"잡동사니인지 아닌지는 메릴이 정하는 거야."

그런 메릴을 보면서 준페이는 필사적으로 머리를 굴렸다. 즉 메릴은 신원 불명의 마법사로, 학교에 무단으로 들어온 외부인이라는 이야기였다. 그리고 그 수상한 사람은 무슨 이유로 이 창고를 노리고 있었다.

"……설마 침입도 모자라 도둑질까지?"

"아니야. 메릴은 말이야, 어떤 물건을 부숴버리려고 왔어. 훔치는 게 아니야. 이건 정확하게 해야 해. 뭐, 아직 정말로 이 창고 안에 있는지 아닌지는 모르지만."

"파괴라니…… 어차피 어느 쪽이든 범죄자잖아!"

준페이는 자기도 모르게 큰소리로 외쳤지만, 오후 수업이 진행 중인 데다 사람들이 오지 않는 구석진 건물 뒤쪽이다 보니, 그 소리를 듣고 달려와 줄 사람은 아무도 없었다. 유일한 목격자인 준페이가 어떻게든 대처해야 했다.

──젠장, 엮이고 싶지 않은데, 여기서 못 본 척 넘어가 버리면 이 녀석이 문제를 일으킬 때 왜 그냥 있었냐는 소리를 듣는 건 나

잖아!

물론 말이 좋아서 마법사지, 일개 학생인 준페이한테 범죄자를 현장에서 붙잡으라고 할 수는 없다. 하지만 학생도 신고 정도는 할 수 있다.

준페이는 숨을 한 번 크게 쉬고, 눈을 부릅뜨고서 메릴에게 말했다.

"저기 말이야, 메릴. 들어가면 안 되는 데 들어가서 거기 있는 물건을 부수려고 하는 건 범죄야."

"그렇겠지."

메릴이 당연하다는 듯 고개를 끄덕이자 준페이는 황당했다.

"'그렇겠지'라니, 그게 무슨 소리야! 지금 네가 하려는 건 나쁜 짓이라고!"

"그런 게 아니야. 메릴은 옳은 일을 하고 있어."

너무나도 맑은 메릴의 목소리에 준페이의 마음이 조금 움직였다.

──혹시 법을 어겨서라도 해야 하는 정당한 이유가 있는 건가?

하지만 그 이유를 알고 싶지는 않았다. 함부로 끼어들었다가 끝도 없는 진흙탕 같은 일에 말려들기는 싫었다. 준페이는 메릴도 뭔가 사정이 있을 거라는 가능성을 일단 묻어두고, 융통성 없고 고지식한 사람 같은 표정으로 바지 주머니에서 휴대용 디바이스를 꺼냈다. 그리고 그걸 메릴에게 보여주며 굳이 설명하듯 말했다.

"잘 들어 메릴. 지금 당장 뒤로 돌아서 이 학교에서 나가줘. 그러면 나도 못 본 거로 해줄게. 하지만 만약 나가지 않는다면 레드하트 브레이브에 신고할 거야."

"뭐? 레드하트 브레이브? 그게 뭔데?"

"한마디로 말하자면 우리 학교 학생회. 그리고 동시에 선도부이자, 자경단이기도 하며, 봉사활동 단체이기도 하지."

"학생회가 봉사활동? 무슨 소리야? 자세히 가르쳐줘 메릴."

메릴이 그렇게 부탁하자, 준페이는 머리를 벅벅 긁으면서 생각을 정리한 뒤에 설명해줬다.

"……마법사는 마법이라는 특수한 힘을 갖고 있지만, 숫자가 적잖아? 이 세계에는 마법사가 아닌 사람이 훨씬 많아. 그러면 자연스레 마찰이 생기겠지?"

"그렇겠지. 역사 속에는 일반인들이 마법사에게 끔찍한 짓을 한 적도 있고, 반대로 마법사가 힘을 함부로 쓰며 일반인에게 끔찍한 짓을 한 적도 있지. 준페이도 학교에서 배우지 않았어?"

"그래. 그런데 요즘은 그 마찰을 잘 조정하고 있어 문제가 별로 없지만, 언제 어떻게 될지는 아무도 모르는 일이야. 그래서 마법사가 아닌 분들에게 마법사의 유용성을 보여주고 좋은 인상을 주자는 콘셉트로 설립한 게 레드하트 브레이브지."

한마디로 레드하트 브레이브는 마법학교의 학생회인 동시에 사회봉사 단체다. 학생회 업무 이외에도 경비, 구조, 재난 지역 구원, 문제가 있는 마법사의 단속 등등 다양한 일을 하고 있으며,

마법을 사용한 범죄가 발생하면 경찰과 협동할 때도 있다. 비중을 보자면 오히려 학생회 업무보다 학교 밖에서의 사회 공헌 활동을 더 중시하고 있다.

그러다 보니 레드하트 브레이브에 모인 학생들은 성적이 우수하고 품행이 바른 엘리트들 뿐이었다. 그나마도 오로지 지원제였다.

"나 같은 떨거지는 절대로 들어갈 수 없는 엘리트 집단이야. 학교 안에서 문제가 발생했을 때는 제일 먼저 그쪽에 신고하게 돼 있어."

학생의 문제는 학생이 해결한다는 것이 그들의 활동 이념이다.

"어지간한 문제는 어떻게든 해결하는 엘리트들이지만, 만약에 학생의 영역을 벗어난다면 경찰에 신고하는 일도 있어. 그 경우에는 경찰의 마법 범죄 수사과가 출동하고, 사건의 규모에 따라서는 마도 기동대가 움직일 수도 있지. 너도 그건 바라지 않을 거 아냐? 지금이라면 못 본 거로 해줄 테니까, 제발 돌아가 줘."

"응, 알았어. 그럼 준페이는 레드하트 브레이브라는 데다 메릴을 신고해도 돼. 그러는 동안에 메릴이 알아서 일을 처리할 테니까."

"하나도 못 알아들었잖아!"

그런 준페이의 진심에서 나온 외침을 완전히 무시한 메릴은, 가벼운 걸음걸이로 준페이 옆을 지나가서는 창고 그늘에서 햇살이 비치는 정원으로 뛰쳐나갔다.

"젠장, 기다려!"

준페이는 어쩔 수 없이 메릴을 따라갔고, 여름 햇살과 열기 속을 달려가서 창고 정면 쪽으로 갔다. 그때는 이미, 메릴이 닫혀 있는 철문 앞에 서 있었다.

"메릴 펀치!"

그 순간, 창고 입구의 철문이 날아가 버렸다.

"말도 안 돼!"

마법으로 주먹을 강화한 것 같기는 하지만, 드레스 차림의 미소녀가 펀치 한 방으로 철문을 부수는 모습은 뭐라 말로 표현할 수가 없는 광경이었다.

"예이, 열렸다! 메릴 대단해! 메릴이 최고야!"

그런 소리를 하면서, 메릴은 신이 나서 창고 안으로 들어갔다. 혼자 남겨진 준페이는 망연자실, 차라리 그 자리에서 햇볕에 녹아버리고 싶었지만, 그런 생각이나 하고 있을 때가 아니었다.

"……신고해야지."

너무나 귀찮았지만, 실제로 침입자가 학교 시설을 파괴했다. 이걸 봐 놓고도 못 본 척하면 나중에 책임이 돌아올지도 모른다.

——어쩌다가 이렇게 된 거지…….

준페이는 그렇게 탄식하면서, 휴대용 디바이스로 레드하트 브레이브의 대표 번호로 전화를 걸었다.

잠시 후.

"신고, 접수했습니다. 수업 중입니다만 바로 인원을 보내도록 하겠습니다. 당신은 피난해 주세요. 절대로 혼자서 수상한 사람을 잡으려고 해서는 안 됩니다."

"예, 알겠습니다."

그런 충고를 해주지 않아도, 처음부터 위험한 일을 저지를 생각은 없었다. 다만 메릴이 왠지 마음에 걸린 준페이는 통화를 마치고 피난하기 전에 창고 안을 슬쩍 들여다봤다.

먼지가 가득한 창고 안은 상자가 잔뜩 쌓여 있었고, 벽에 달린 선반 위에는 물건들이 난잡하게 놓여 있었다. 메릴은 그 짐 속에서 이것도 아니고, 저것도 아니고 하면서 뒤져대고 있었다.

"아으, 왜 이렇게 안 나와아……."

그렇게 울먹이는 목소리는 메릴에게, 준페이가 조심스레 말을 걸었다.

"저기, 나 진짜로 레드하트 브레이브에 신고했는데?"

그랬더니 메릴이 준페이 쪽을 봤다.

"저기 준페이, 혹시 반지 봤어?"

──사람 말 좀 들어라!

준페이는 마음속으로 그렇게 외쳤지만, 메릴이 남의 말을 전혀 안 듣는 사람이라는 건 이미 어렴풋이 느끼고 있었다. 그래서 준페이도 부처님같이 마음을 고쳐먹고 메릴에게 물었다.

"어떤 반지인데?"

"음, 그러니까, 금속으로 만들었고, 보석 같은 장식은 없는 그냥 심플한 반지."

"그런 반지는 아무 데나 널려 있잖아. 좀 더 구체적인 특징을 말해달라고. 그나저나 뭘 근거로 그 반지가 여기 있다고 생각하는 건데?"

"이거."

그렇게 말하고, 메릴은 오른팔을 뻗어서 오른손 손등을 준페이에게 보여줬다. 자세히 보니 그녀의 오른손 중지에 금색 반지가 반짝이고 있다.

"그게 뭔데?"

"말하자면 반지 레이더라고나 할까? 메릴이 찾고 있는 반지에는 랭크가 있는데, 밑에서부터 브론즈, 실버, 골드, 플라티나 순이야. 그런데 상위 반지는 하위 반지의 탐지기 역할을 할 수 있어. 메릴은 이걸 이용해서 반지를 찾으러 다니고 있는 거야."

"부숴버리려고?"

"응, 부숴버리려고."

이 질문은 준페이가 보기에 살짝 깊이 들어간 것이었지만, 메릴은 아주 태연했다. 준페이는 살짝 한숨을 쉬고서 또다시 물었다.

"그런 레이더가 있는데도 못 찾는 거야?"

"응. 이번에는 반응이 둔하네. 실버나 브론즈면 더 쉽게 찾았을 테고, 반대로 플라티나 이상이면 아예 찾을 수가 없었을 테니, 이 주변에 있는 건 이 반지와 같은 골드가 아닐까? 적어도 이 마법 학교에 있는 건 틀림없을 거야. 그래서 이 보물창고 같은 건물을 찾아보려고 한 건데……."

"아니, 그러니까 여기는 그냥 잡동사니 창고라니까."

"응. 그래서 아까 옥상에 앉아서, 한 번 더 반지의 반응이 어디서 오나 잘 확인하고 있었는데, 준페이한테 들켜서……."

아무래도 본의 아니게 그녀를 방해한 모양이었다. 준페이는 일단 납득했지만, 바로 다른 의문이 생각났다.

"반지에 랭크가 있어서 상위 반지는 하위 반지를 찾아낼 수 있다는 건 마법 아이템이라는 뜻이잖아? 그걸 왜 이렇게까지 찾는데?"

그랬더니 메릴은 창고 안을 뒤지던 손을 멈추고, 오른손 집게손가락을 세워서 자기 입술에 댔다.

"음~ 그건 비밀! 모르는 게 약인 경우도 있거든."

"그건 그렇지만……."

겉보기에는 나이도 비슷한 것 같은데, 그녀는 법을 어기면서까지 목표를 향해 움직이고 있었다. 낙제생에다 미래에 품은 꿈조차 없는 준페이는 시시비비를 떠나, 명확한 목표가 있는 그녀가 조금 부러웠다.

"그나저나 넌 대체 뭐야? 어디서 왔고, 무슨 목적으로 뭘 하고 싶은 건데? 대체 왜 그 반지를 부수고 다니는 거야?"

"메릴은 메릴이야. 떠돌이 마법사지. 아주 오래전부터 이 세상을 방랑하면서 세상이 변화하는 모습을 봐왔어. 떠돌이니까 어지간한 일은 그냥 보고 넘기지만, 이번에는 손 놓고 있을 수가 없었어. 10년 전에 일어났던 귀찮은 일이 아직 끝나지 않았거든."

"무슨 거창한 소리를……."

기껏해야 또래 정도일 텐데, 메릴은 마치 오랜 세월 동안 떠돌아다닌 노인 같은 소리를 했다.

"그리고 10년 전에 일어난 귀찮은 일이 뭔데. 그때면 넌 어린애였잖아."

그랬더니 메릴은 의기양양한 얼굴로 두 손을 펼치고, 팔을 들어서 온몸으로 Y자 모양을 만들고는 큰 소리로 웃었다.

"어린애 아냐. 메릴은 올해로 666살이니까!"

"누구 놀리냐!"

준페이는 자기도 모르게 소리를 질렀지만, 메릴은 킥킥 웃으면서 준페이 쪽을 슬쩍 봤다.

"거짓말 아냐. 마법으로 노화를 막은 거야."

"그런 마법은 들어본 적도 없다고!"

"그래, 너는 지금, 역사적인 대마법사와 얘기를 하는 거야! 좀 더 영광으로 여기도록 하여라, 후후후."

"누가 봐도 거짓말이잖아!"

"메릴, 거짓말 안 해! 진짜야 진짜!"

준페이는 그렇게 말하면서 웃는 메릴을 보면서, 지금 당장 메릴을 거꾸로 매달아서 사실을 자백할 때까지 캐묻고 싶다는 생각이 들었지만, 물론 행동으로 옮기지는 않았다.

"……됐어. 그보다 나, 정말로 진짜로 레드하트 브레이브에 신고했으니까, 슬슬 올 때가 됐을 거야."

준페이가 그렇게 말한 순간.

"수상한 자가 있다는 게 여긴가요? 문을 아주 멋지게 부숴버렸군요."

창고 밖에서, 여자의 예쁜 목소리가 들려왔다. 준페이가 드디어 왔구나, 라고 마음속으로 투덜댔을 때, 또다시 그 예쁜 목소리가 들려왔다.

"이리 나오세요!"

그 목소리를 듣고, 준페이는 메릴 쪽을 봤다.

"어쩔까?"

"음~ 어쩔 수 없네. 아무래도 여기는 꽝인 것 같으니까, 메릴, 다른 곳을 찾아볼래."

메릴은 위기감이 전혀 없었다. 준페이는 천천히 뒷걸음질 쳐서 메릴과 거리를 벌리면서 말했다.

"이제 보는 사람이 있으니까, 나도 더는 너한테 충고해주지 않을 거야. 네가 뿌린 씨앗이니까, 뒷감당도 네가 알아서 해."

그렇게 말하고, 준페이는 뒤로 돌아서 창고 밖으로 나갔다.

밖으로 나온 순간, 눈부신 여름 햇살 때문에 눈을 살짝 감았다. 그리고 다시 눈을 떴을 때, 준페이는 자기도 모르게 감탄의 한숨을 흘렸다.

창고 밖에서 당당한 자세로 서서 기다리고 있던 사람이 금발벽안의 미소녀였기 때문이다.

──외국인? 이 학교에 몇 있다는 유학생인가?

하얀 피부에 허리 언저리까지 흘러 내려와 있는 황금빛 머리카락, 160cm 중반 정도 돼 보이는 키와 강렬한 사파이어 블루 눈동자. 당장이라도 교복 블라우스 단추가 날아가 버리는 게 아닌가 싶을 만큼 커다란 터질듯한 유방. 치마 밑으로 뻗어 있는 긴 다리. 그야말로 마치 다른 세상에서 온 사람이 아닐까 싶을 만큼 아름다운 외모였다.

어깨에는 앞이 트인 하얀 케이프를 걸쳤고, 목에는 2학년을 의미하는 붉은 리본이 달려 있었다.

그 미소녀는 준페이를 똑바로 바라보면서, 유창한 일본어로 말했다.

"당신이 신고하신 분인가요? 대피하라는 지시를 받지 않았던가요?"

"어쩌다 보니……."

그 의지박약한 대답이 마음에 들지 않는지, 소녀가 흥, 하고 콧방귀를 뀌었다.

"뭐, 좋아요. 일단 제 뒤로 오세요. 수상한 사람은 창고 안에?"

"예. 그런데, 혼자 오신 건가요?"

"수업 중이라 다른 사람들은 오지 못했어요. 단장님은 전부 모일 때까지 기다리라고 하셨지만, 그러다가 수상한 사람을 놓치면 안 되니까요. 그리고 무엇보다, 이 정도 일은 저 혼자서도 충분합니다."

"그, 그렇군요……."

──한마디로 독단 행동이란 거잖아.

준페이는 마음속으로 그렇게 지적했지만, 그걸 굳이 소리 내서 말할 정도로 어리석지는 않았다.

"뭐, 그렇게 흉포한 사람은 아닌 것 같으니, 적당히 부탁드려요."

"무슨 말이죠? 철문을 부쉈는데 흉포지 않을 리가 없잖아요?"

지당하신 말씀에 준페이는 입을 다물고, 더는 메릴을 감싸주지 않기로 했다.

준페이는 얌전히 금발 미소녀의 뒤로 물러서다 문득 의문이 들었다.

"저기, 선배…… 빨간 리본이라는 건 2학년이라는 뜻이죠? 이름이 어떻게 되죠?"

"저는 소니아 라이트펠로우. 천 년 전에 악한 마왕을 토벌한 용사 아르시엘라의 후손입니다. 지금은 런던 마법학교에서 이 도쿄 학교로 유학을 와 있는 상태입니다."

"아, 선배가 바로 그……."

전 세계에 마법학교는 서로 교류가 있어, 교환 유학이 활발하다. 여기 도쿄 마법학교만 해도 세계 각국에서 모인 열 명 이상의 유학생들이 있는데, 그 유학생 중에 용사의 후손이라는 거창한 타이틀을 가진 미인이 있다는 이야기는 준페이도 들은 적이 있었다.

"선배의 조상님이 마왕을 쓰러트린 용사라는 게, 정말인가요?"

"예, 물론이죠. 저희 가문에는 마왕 토벌의 전설, 문헌, 골동품, 장비, 마법이 전해져 내려오고 있습니다. 물론 당신에게는 가르쳐드리지 않을 거지만요. 그런데, 그 수상한 사람은……."

그때, 어두운 창고 입구에서 빨간 차이나 드레스를 입은 메릴이 모습을 드러냈다. 머리 모양도 의상에 맞춘 찐빵 머리로 바뀌어 있었고, 날개옷 같은 숄도 걸치고 있었다.

"야호~ 안녕, 처음 뵙겠습니다! 메릴은 메릴이야! 잘 부탁해!"

그 순간, 소니아의 표정이 짜증 가득한 노골적인 얼굴로 바뀌었다. 아무래도 메릴과 엮이고 싶지 않은 모양이었다.

한편, 준페이는 깜짝 놀란 얼굴로 메릴을 보면서 물었다.

"……어느새 옷을 갈아입은 거야? 아니, 왜 갈아입은 거야?"

그러자 메릴이 말없이 한쪽 눈을 찡긋했다. 대답할 생각이 없는 것 같았다.

메릴의 반응에 소니아가 살짝 눈살을 찌푸렸지만, 마침내 한숨을 한 번 쉬고서 이렇게 말했다.

"……저는 레드하트 브레이브의 소니아 라이트펠로우입니다. 일단 권고는 하겠습니다. 즉시 무장을 해제하고 투항하세요. 그게 당신에게도 좋을 겁니다."

그러자 메릴이 입술에 손가락을 대고서 말했다.

"음~ 메릴은 할 일이 있으니까, 그건 안 되겠는데?"

"그렇다면 불법 침입과 기물 파손 현행범으로서, 이 소니아 라이트펠로우가 당신을 무력 구속하겠습니다."

소니아가 오른팔을 가로로 펼치자. 그녀의 손끝에 빛이 모여들더니 어느새 한 자루의 검으로 변했다.

그 모습을 본 메릴이 '오~' 하고 환호성을 지르면서 손뼉을 쳤다.

"대단해! 마력으로 무기를 만들다니. 게다가 만드는 속도도 빠르고 힘도 상당히 담겨 있어!"

"훗, 당연합니다. 저는 엘리트니까요. 그러므로 슈퍼 엘리트인 제가, 2초 만에 당신을 제압해 보이겠습니다!"

그렇게 말하고, 마법검을 쥔 소니아가 약동했다.

"나비처럼 날아서, 나비처럼 아름답게! 어쨌거나 화려하고 유려하게! 각오하세요!"

소니아가 땅을 박차고, 메릴을 향해 돌진했다. 그리고 거기서부터, 찌르기를 중심으로 사용하며 유려하게 칼을 놀려서 메릴을 공격했다.

"오오……."

준페이는 순식간에 소니아의 우아한 검술에 눈을 사로잡혔다. 발동, 자세, 발놀림, 칼의 궤적을 시작으로 기술과 기술의 조립에 이르기까지 하나같이 아름다운 게, 마치 검무(劍舞)라도 추고 있는 것만 같았다.

하지만 소니아가 선고한 2초는 이미 지나버렸다.

"큭!"

소니아의 얼굴에 어려있던 자신감 있는 미소는 이미 온데간데 없었다. 미간에 주름을 지을 정도로 진지했다. 소니아는 메릴을 상대로 고전하고 있었다. 찌르기도 베기도, 검을 휘두르는 사이 사이에 날린 발차기까지 전부, 메릴은 가벼운 몸놀림으로 피하고 있었다. 마치 원숭이처럼.

"이게!"

소니아는 발끈해서 칼을 휘둘렀지만, 스치지도 않았다. 처음에는 급소를 피해서 무력화시키려는 생각이었던 것 같지만, 지금은 메릴의 심장을 찔러버리겠다는 기백이 엿보일 지경이었다. 하지만 메릴은 여전히 살랑살랑 가볍게 피하며 중간중간 숄을 휘둘러서 소니아를 놀리며, 노래하는 것처럼 말했다.

"흐음~ 몸도 잘 단련했고, 근력, 지구력, 오감도 마법으로 보강하고 있네. 몸놀림은 검호의 호흡을 본떠 만든 매직 프로그램으로 달인의 실력을 재현한 거려나? 게다가 온몸을 실드로 뒤덮어 놓았고, 칼과 발차기 사이에 보이지 않는 공기 탄환까지 쏘고 있어."

——보이지 않는 공기 탄환이라고?

준페이는 깜짝 놀랐다. 자신이 모르는 곳에서 터무니없는 수준의 공방이 벌어지고 있었다.

"게다가 칼끝에 달아놓은 빛의 링. 그냥 장식 같지만, 실은 눈속임을 노린 거야. 대단해, 정말 대단해! 잘도 생각했네!"

메릴이 그렇게 실컷 칭찬하자, 소니아가 처음으로 공격을 멈췄다.

"뭐…… 뭔가요, 당신은!"

자신의 수법을 전부 파헤치고 검술까지 전부 피해버리자, 소니아는 넋 나간 사람 같은 표정을 지었다. 준페이도 입을 떡 벌리고 있었다.

"……뭐야 이 녀석, 엄청나게 강하잖아."

그냥 머리가 이상한 여자인 줄 알았는데, 전혀 아니었다. 메릴은 소니아를 마치 어린애처럼 다루고 있다. 소니아도 학생 중에서는 강한 편일 텐데도. 용사의 후손이네 어쩌네 하는 얘기는 치워두더라도, 유학을 온 시점에서 이미 엘리트라는 걸 증명한 거나 마찬가지다. 게다가 레드하트 브레이브의 일원이라면 마법 전투도 상정했을 테니, 마법을 사용한 호신술이나 포박술 등은 당연히 배웠을 터. 그런데 메릴에게는 그 무엇하나 통하지 않았다.

──진짜배기, 어른 마법사다. 학생 실력으로는 상대가 안 되는.

"저기, 일단 태세를 재정비하는 쪽이……."

준페이가 그렇게 말했을 때, 소니아는 "이게!"라고 투덜거리면서 왼손을 높이 들었다. 그랬더니 순식간에 주변의 공기가 술렁이기 시작했다. 아무리 준페이가 낙제생이라고 해도, 일단은 마법사. 마력이 고양한다는 것 정도는 알 수 있었다. 곧 메릴 주위에 전격을 발산하는 빛의 구슬이 잔뜩 생겨났다.

"라이트닝 스트라이크!"

호령과 동시에, 창백한 벼락 줄기가 사방팔방에서 메릴을 덮쳤다.

그러나.

"에잇!"

메릴이 팔을 한 번 휘두르자, 벼락과 빛의 구슬들이 흔적도 없이 사라져버렸다. 메릴은 눈살을 찌푸리고서 소니아를 살짝 노려봤다.

"위험하잖아. 저런 거에 맞으면 죽는다고? 그런 마법을 쓰는 건 떽, 이야~."

"무, 무, 무슨······."

소니아 뒤쪽에 서 있던 준페이는, 치마 밑으로 뻗어 있는 소니아의 다리가 살짝 떨리는 걸 보고 말았다.

"말도 안 돼······ 이건, 말도 안 되는 일이에요. 저는 용사 아르시엘라의 후손, 오랜 시간을 들여서 뛰어난 마법사들의 피를 잔뜩 받아들인, 블루 블러드를 이은 자······."

"응, 보아하니 재능은 아주 뛰어난 것 같아. 하지만 상대를 잘못 만났어. 메릴은 강하거든."

메릴이 팔을 구부려서 알통을 보여주는 시늉을 했다.

"그럼 반격할게."

소니아가 어, 하는 소리를 낸 다음 순간이었다.

"메릴 펀치!"

메릴은 마치 순간이동 같은 속도로 소니아의 품으로 파고들더니, 소니아의 배에 오른쪽 주먹을 꽂아 넣었다.

"끄, 억······."

소니아는 여성의 입에서 나왔다는 걸 믿을 수 없는 소리를 흘리며 칼을 떨어트렸다. 그리고는 두 손으로 배를 누르면서 세 발짝 뒤로 물러나더니 그대로 양쪽 무릎을 꿇고서 앞으로 고꾸라져 땅바닥에 이마를 대고, 비명도 내지 못할 정도로 괴로워했다. 준페이는 깜짝 놀라 황급히 소니아 곁으로 뛰어갔다.

"이, 이봐! 괜찮아?!"

하지만 소니아는 고개를 들기는커녕, 대답조차 하지 못했다. 준페이는 당황해 메릴을 노려보면서 소리쳤다.

"너무 심했잖아!"

"너무 심한 건 그쪽이야. 아까 그 라이트닝 스트라이크라는 거, 제1급 공격 마법에 필적했어. 메릴이 아니었으면 죽었을걸?"

"으……."

그 말이 사실이라면 메릴이 과잉 방어를 했다고 치더라도 뭐라고 할 수 없을지도 모른다. 준페이가 뭐라 할 말이 없어서 가만히 있었더니, 소니아가 천천히 고개를 들었다. 그녀의 얼굴은 분노의 불꽃으로 이글이글 타오르고 있었다. 준페이는 자기도 모르게 숨이 턱 막혔다.

소니아의 파란 눈동자가 준페이를 쏘아봤다.

"당신, 이름은?"

"이, 이치노세 준페이."

"좋아요, 준페이 씨. 저를 도와주세요!"

"아니…… 그, 나는 마법을 전혀 못 쓰는데……."

"뭐라고요? 그게 무슨 소린가요! 마법학교 학생이잖아요!"

"하지만 성적은 꼴찌라고!"

"꼴찌?!"

소니아는 깜짝 놀라서 휘둥그레진 눈으로 믿을 수 없다는 듯이 준페이를 쳐다봤지만, 바로 고개를 저었다.

"그래도 없는 것보다는 낫겠죠."

"아니, 그냥 방해만 될 것 같은데."

"아주 조금, 시간을 벌어주기만 하면 됩니다. 저자는 제 마법이 너무 심했다고 했지만, 그렇지 않습니다. 그걸 그대로 맞으면 목숨이 위험한 건 사실입니다만, 저 정도 숙련자라면 어느 정도 대처할 테니 그 정도는 써야 제압할 수 있겠다는 판단이었습니다. 완전히 무력화 당한 건 오산이었습니다만……."

준페이는 그 말의 의미를 이해하고 눈이 휘둥그레졌다.

"한마디로, 아직 비장의 수단이 남아 있다는 거야?"

"물론입니다. 용사 아르시엘라 이래, 저희 가문에 전해져 내려오는 장비와 비술들을 쓴다면, 저런 웃기는 차림새의 마녀에게 질 리가 없습니다. 어디서 함부로 쓸 만한 것들이 아니지만, 이대로 범인을 놓칠 수는……."

그렇게 말하고, 소니아가 천천히 일어섰다. 그 귀기 서린 모습을 보고, 준페이는 아무 말도 할 수가 없었다.

"자, 갑니다!"

소니아는 떨어트린 칼은 쳐다보지도 않고, 적수공권으로 메릴을 향해 달려들었다. 뭘 어쩌려는 생각인지는 모르겠지만, 이렇게 된 이상 준페이도 지원 정도는 해줘야 할 것이다.

──하지만 지원하라고 해도 말이지?

준페이는 마법을 원하는 대로 발동시킬 수가 없다. 다만 그간 저질렀던 사고 중에, 속박 마법이 나갔던 적은 있었다. 실습 시간에 의도치 않게 발동해버려서, 짝을 이루고 있던 여학생에게 민폐를 끼쳤다. 지금 그걸 재현할 수 있다면, 소니아를 도울 수 있을지도 모른다.

——그때의 감각을 떠올리면서.

마법은 '사고'와 '이미지 구성', 내면의 '마력'이 연결됐을 때 발동한다. 마력을 끌어올리고, 상상하면, 그다음에는 내부와 외부의 톱니바퀴를 연결해서 사상이 일어나게 만들기만 하면 된다.

——뭐든지 좋으니까, 기적아 일어나라!

"가라, 속박!"

그러자 웬일로 뭔가 마법이 발동하는 감각이 느껴졌다.

"어……?"

——대체 무슨 일이 일어난 거지?

그냥 눈앞의 풍경(사상)만 보자면, 갑자기 소니아의 발밑에 바나나 껍질이 나타났고, 소니아가 그걸 밟아 멋지게 자빠졌다. 참고로 덧붙이자면, 소니아가 자빠지면서 치맛자락이 훌렁 뒤집히는 바람에 하얀 속옷이 훤히 드러나 버렸다.

"으아아아아!"

준페이는 자기도 모르게 손바닥으로 눈을 가렸다. 얼빠진 표정의 메릴이 소니아에게 말했다.

"소니아, 팬티 보인다."

"어? 아, 꺄악!"

그걸 알아차린 소니아는 황급히 몸을 일으키고는 치맛자락을 바로잡았다. 어디를 봐야 좋을지 모를 상황이었던 준페이는 일단 안심했지만, 소니아는 땅바닥에 주저앉아서 두 손으로 치맛자락을 누른 채로 넋이 나가 버렸다. 기껏 큰마음 먹고 달려들었는데, 넘어지면서 속옷까지 보여주는 추태를 연출한 탓에 마음이 꺾여 버린 것 같다.

　"……대체, 무슨 일이 일어난 건가요?"

　소니아는 그렇게 말하면서, 자기 근처에 떨어져 있는 바나나 껍질을 봤다.

　지금 일어난 일들을 다시 한번 정리하자면, 준페이의 속박 마법이 실패하면서, 메릴에게 속박이 걸리는 게 아니라 소니아의 발밑에 바나나 껍질이 나타나 버렸고, 그걸 밟은 소니아가 넘어져 버렸다.

　상황을 이해한 건지, 소니아가 천천히 고개를 돌려서 준페이 쪽을 봤다. 준페이는 씁쓸하게 웃어서 넘어가려고 했지만, 그게 도리어 소니아의 역린을 건드렸다.

　"다, 당신, 대체 무슨 짓을 하는 건가요!"

　"미, 미안해……! 하지만 내가 미리 말했잖아! 마법을 못 쓴다고!"

　"아무리 그래도 속박을 걸었는데 바나나 껍질이 나오다니, 이게 말이나 되나요!"

　"나도 몰라! 나야말로 왜 그랬는지 알고 싶어!"

준페이는 당장이라도 울 것 같은 얼굴이었다. 자신이 낙제생이라는 걸 알고 있기는 했지만, 왜 이렇게 뭐 하나 제대로 되는 게 없는 걸까. 자기 자신이 너무나 한심하다.

"잠깐만 실례할게."

소리도 없이 어느새 다가온 건지, 소니아 뒤쪽에 서 있던 메릴이 허리를 살짝 굽히고 소니아의 목덜미를 손가락으로 건드리자 소니아가 털썩, 기절해버렸다. 그 모습을 본 준페이는 꽁꽁 얼어붙어 버렸다.

"무, 무슨 짓을 한 거야?"

"기공 마법으로 기절시킨 것뿐이야. 5분만 있으면 눈을 뜰 테니까 괜찮아."

메릴은 웃으면서 그렇게 말하고는, 오른팔을 천천히 위로 뻗고는 손가락으로 하늘을 가리켰다.

"전투 종료, 옷 갈아입을게요~."

그랬더니 메릴의 손가락을 중심으로 커다란 빛의 고리가 나타나더니 메릴을 감싸며 빠르게 아래쪽으로 내려왔다. 그 고리가 지나가자, 메릴은 분홍색 드레스를 입은 공주님 같은 모습으로 돌아와 있었다.

"마, 마법으로 갈아입은 건가……."

그렇게 중얼거린 준페이를 슬쩍 보고, 메릴은 허리를 굽혀서 바나나 껍질을 주웠다.

"저기, 준페이. 하나 물어볼 게 있는데, 이거, 일부러 소환한 건 아니지?"

"다, 당연하지! 바나나 껍질 소환이라니, 그게 대체 무슨 마법이야!"

"그렇겠지. 그런 이상한 마법은 없겠지. 음……."

바나나 껍질을 던져버린 메릴이 손을 자기 턱에 대고서 준페이를 빤히 쳐다봤다. 너무 빤히 보는 바람에 준페이가 약간 불편한 기분을 느끼기 시작했을 무렵, 메릴이 입을 열었다.

"응, 그렇구나. 처음 봤을 때부터 생각했지만, 넌 뭔가 좀 달라. 그리고 네 마법에서 느껴지는 파장도…… 너 혹시, 에로 마법사야?"

"뭐?"

물 한 방울 없이 바짝 말라버린 황야에서 꽃잎들이 어딘가로 서둘러 날아가는 광경을 보는 것 같은 기묘한 위화감을 맛보면서, 준페이가 고개를 갸웃거렸다.

"내가 에로 마법사? 에로 마법이 뭔데?"

"야한 효과만 발동시키는 마법을 말하는 거야. 소니아 팬티, 봤잖아?"

그 말을 듣고 처음에는 무슨 농담인가 싶었지만, 메릴의 얼굴은 상당히 진지한 표정이었다. 한마디로 진심으로 놀리고 있다는 생각이 들었고, 준페이는 불같이 화를 냈다.

"지금 장난하자는 거야?!"

"아니야! 메릴은 아주 진지해! 지금부터 설명을──"

거기까지 말했을 때, 갑자기 메릴이 다른 쪽으로 고개를 돌렸다. 이쪽으로 급하게 달려오는 사람들의 발소리가 들렸다. 이쪽이다, 서둘러, 같은 목소리도 들렸다.

"지원군인가!"

이제야 겨우 다른 레드하트 브레이브의 단원들이 달려온 모양이었다. 하지만 그 집단의 모습이 보이기도 전에, 메릴이 빙긋 웃으면서 말했다.

"뭔가 사람들이 잔뜩 오는 것 같네. 내가 찾은 물건은 아직 발견하지 못했지만, 준페이를 만났으니 오늘은 만족하고 이만 돌아갈게 메릴."

"잠깐, 기다려! 설명은 해줘야지! 에로 마법이라는 게 대체 뭔데? 웃기지 말라고! 난 내 마법에 대해서 진지하게 고민하고 있단 말이야!"

그렇게 쏘아붙이는 준페이를 슬쩍 보고, 메릴은 가볍게 창고 지붕 위로 뛰어 올라가더니, 거기서 웃는 얼굴로 준페이를 향해 손을 흔들면서 말했다.

"또 봐~ 바이바이!"

"또 보자는 건 또 무슨 소리야!"

준페이의 고함을 무시하고, 메릴은 하늘 저 멀리 날아갔고, 순식간에 사라져버렸다. 그리고 한 줄기 바람이 불었고, 준페이는 망연자실한 동시에 화도 잔뜩 났다.

──내가 에로 마법사? 에로 마법사라고? 아무리 생각해도 날

놀리는 거잖아!

준페이가 분노와 수치심 때문에 부들부들 떨고 있던 그때, 겨우 현장으로 달려온 집단이 있었다.

"준페이!"

자기 이름을 부르는 그 목소리를 듣고, 준페이는 마음을 다잡기로 했다.

"그래, 잊어버리자. 에로 마법이라니. 무슨 농담 같지도 않은 소리야."

준페이가 그렇게 내뱉고 고개를 돌리자, 눈꼬리가 긴 미녀와 시선이 마주쳤다. 여성치고는 키가 크고, 검은 머리카락은 포니테일로 묶어 놓았다. 가슴이 크고, 평범한 교복 위에 빨간색 안감을 댄 스커트 망토를 벨트로 감아두었다. 본인 말로는 무도의 요점인 무릎의 움직임을 숨기기 위한 장비라는 것 같다. 마법학교에서는 어느 정도까지는 개성에 따른 교복 개조를 허가하고 있다. 목에는 3학년을 의미하는 파란 리본을 매고 있었다.

그녀의 이름은 히지카타 카에데. 이 사람이 바로 현재의 레드하트 브레이브 단장, 즉 엘리트 중의 엘리트다. 원래는 준페이 같은 떨거지와 아무런 인연이 없어야 하는 인물이지만, 준페이가 너무 한심하다 보니 오히려 눈에 띄었고, 그 뒤로 잘 대해주고 있다.

"카에데 선배……."

카에데는 준페이 앞까지 다가왔다가 쓰러져 있는 소니아를 보고 깜짝 놀라 "괜찮나?!" 소리치며 소니아 곁에 무릎을 꿇고 맥박과 호흡을 확인했다.

카에데와 함께 온 학생들—— 레드하트 브레이브 멤버들은 소니아의 상태를 살피거나 부서진 창고 문을 보면서 대체 무슨 일이지 하는 표정을 지었다.

엘리트가 몰려오자 약간 부담스러워진 준페이는 아주 조심스럽게 말했다.

"그냥 기절한 것 같은데요……."

"아무래도, 그런 것 같군."

카에데는 안도의 한숨을 쉬고는, 소니아를 다른 여학생에게 맡긴 뒤에 일어나서 준페이를 쳐다보며 물었다.

"그래서, 이게 어떻게 된 상황이지?"

"뭐, 말씀드리겠습니다만, 그전에 자리 좀 옮기면 안 될까요?"

준페이가 서 있는 곳은 햇볕이 쨍쨍 내리쬐는 자리였다. 소니아는 보건실로 보내면 되니, 준페이는 굳이 뜨거운 여름 햇살 아래에서 긴 이야기를 하고 싶지 않았다.

◇

고등부 건물 2층에 레드 룸이라고 불리는 방이 있다. 간략하게 설명하자면 '학생회실'인데, 이 학교는 학생회가 없는 대신, 학생회와 선도부와 사회봉사 단체를 겸하는 레드하트 브레이브가 있으므로 방 이름이 레드 룸이 되었다. 참고로 그 이름을 반영한 건지 출입문만 특별히 빨간색으로 칠했는데, 그것 말고는 그냥 조금 넓을 뿐인 보통 방이다.

아직 오후 수업이 끝나지 않은 현재, 그 레드 룸에는 준페이와 카에데, 소니아까지 단 세 사람만이 있었다.

소니아의 상태를 확인한 후, 단원 둘에게 그녀를 보건실에 데려다주라고 지시하고 나머지를 돌려보낸 카에데는 준페이와 함께 레드 룸에 가서 자초지종을 들으려고 했으나, 때마침 소니아가 정신을 차렸다. 메릴이 이미 도망친 후라는 걸 안 소니아는 자기도 이야기를 들어야겠다며 보건실에 가는 게 좋지 않겠냐는 카에데의 권유를 거절하고 레드 룸까지 따라왔다.

카에데는 적당한 곳에 의자 두 개를 놓고서 준페이에게 그중 하나에 앉으라고 권했고, 자신은 나머지 의자에 앉았다. 소니아는 조금 떨어진 곳에 있는 의자에 이미 앉아 있었다.

이렇게 카에데와 마주 앉은 준페이는 메릴과 만난 뒤로 있었던 일을 전부 이야기했다. 하지만 에로 마법에 관한 이야기는 전혀 언급하지 않았다. 그런 망언을 일일이 말할 것도 없거니와 자기 입으로 말하기도 창피했다.

"──이상이, 제가 알고 있는 전부입니다."

준페이가 그렇게 이야기를 마치자, 카에데는 침울한 표정으로 눈을 감았다.

"메릴…… 반지…… 그렇군……."

카에데가 너무 심각한 표정으로 입을 다물어버린 걸 보고, 준페이는 조금 이상하다는 생각이 들었다. 분명히 학교에 수상한 사람이 들어온 것 자체가 중대한 일이기는 하지만, 카에데가 책임을 느낄만한 일은 아니었다. 준페이로서는 경찰한테 넘겨버려도 되는 안건이라고 생각했다.

──아니, 카에데 선배는 성실한 성격이니까. 자기 힘으로 어떻게든 하고 싶은 건가?

"뭐, 메릴이 『또 봐~』라고 했으니까, 어쩌면 또 몰래 들어올 생각인지도 모르겠네요…….."

준페이가 무겁고 답답한 침묵을 견디지 못하고 그렇기 말했을 때. 소니아가 의자를 박차고 일어나서는 준페이를 손가락으로 가리켰다.

"단장님, 제가 그자를 놓친 건, 이 남자가 방해했기 때문이에요!"

그 말을 듣고, 준페이도 소니아를 살짝 노려봤다.

"뭐야, 뜬금없이."

"그때 당신이 제대로 지원을 해줬다면, 그 웃기지도 않는 차이나 드레스 여자 따위는 간단히 제압했을 거라는 얘기입니다!"

──말은 잘하지. 손도 한 번 제대로 못 써보고 얻어맞은 주제에. 더구나 용사 가문에 전해 내려오는 비술이니 장비이니 하는 게 남아 있다고 말하긴 했지만, 지금에 와서 생각해보면 그게 사실인지 아닌지도 모를 일이잖아.

준페이는 그렇게 생각했지만, 결과적으로 소니아를 방해한 건 사실이다 보니, 대놓고 반박할 수는 없었다. 그래서 굳은 표정을 짓고 있었더니, 카에데가 소니아 쪽을 보면서 말했다.

"그만해라 소니아. 끝난 일을 가지고 탓해봤자 소용없는 일이니까."

"하지만 단장님, 저는 너무 분합니다!"

"나도 마찬가지다. 그러니까 이제 잊어버려라. 나도 네가 내 명령을 어기고 단독으로 먼저 갔던 일은 잊어버리겠다. 이미 끝난일이다. 이건 레드하트 브레이브가 신경 쓸 일이 아니다."

준페이는 그 말이 너무나 의외였다. 카에데라면『그자는 내 손으로 잡겠다!』같은 소리를 할 줄 알았는데 너무 쉽게 넘겨버렸다. 소니아도 얼빠진 표정을 지었다.

"단장님, 그건……."

"나도 가능하면 내 손으로 어떻게 하고 싶다. 그러나 그건 어디까지나 내『개인적』인 생각이지. 레드하트 브레이브의 단장으로서는 단원들을 쓸데없는 위험에 처하게 할 수는 없다. 상대는 너를 가지고 놀 정도의 실력자…… 학생이 대응할 수 있는 범위를넘었다. 이번만은 선생님들께 상담하고 경찰에 연락하는 쪽이 현실적이야."

"지, 진심으로 하는 말인가요? 저희 레드하트 브레이브는 학교밖에 대해 마법사의 유용성을 알리는 동시에 학교 내부의 치안유지를 관장하는 조직이잖아요. 이럴수록 저희가 열심히 해야 하는 게 아니던가요!"

"아니, 안 된다. 더는 메릴에게 관여하지 마라. 이건 단장으서의 명령이다."

그랬더니 소니아는 얼굴이 온통 시뻘게져서 불만을 드러냈지만, 그래도 역시나 모범생. 단장한테 쓸데없는 고집을 부리지는 않았다.

"알겠습니다. 단장님이 그게 좋겠다고 생각하신다면 저는 거기에 따를 뿐이에요."

"좋다. 그럼 보건실에 가라. 너는 괜찮다고 했지만, 그래도 좀 쉬어두는 게 좋겠지. 그리고 가는 김에 오쿠무라 선생님을 불러다오."

"오쿠무라 선생님을?"

그렇게 의외인지, 소니아의 목소리가 조금 커졌다.

레드하트 브레이브는 마법학교 밖에서도 활동하는 특별한 단체다. 그래서 고문 선생님이 여러 명 있는 데다 방침 회의 때는 그 고문 선생님들이 전부 출석하고, 학교 밖에서 활동할 때는 반드시 고문 선생님이 여럿 동행한다. 하지만 학교 안의 문제는 학생들에게 전부 맡긴다. 물론 카에데를 포함해 단원들을 믿고 있으니 그런 거겠지만, 지금은 경찰에 알려야 할 일이 일어난 상황이니 고문을 부르는 건 당연한 일인데, 소니아의 의문은 그게 아니었다.

"주임 고문 콘도 선생님이 아니라, 부고문 오쿠무라 선생님을 말인가요?"

"그래, 부탁한다. 나는 준페이와 할 얘기가 있으니까……."

그렇게 말한 카에데가 날카로운 눈으로 준페이를 봤다. 준페이는 동요했다.

"뭐, 뭔데요? 제가 알고 있는 건 전부 다 말했다고요."

"메릴 일은 이제 됐다. 이 뒤에 내가 너한테 물어보려는 건, 대체 왜 수업 시간에 그런 곳에 가 있었고 거기서 뭘 하고 있었는지다."

"윽……."

자기도 모르게 깜짝 놀란 준페이를, 카에데가 나무라는 것 같은 눈으로 쳐다봤다.

"준페이 너, 결국 수업까지 빼먹었구나."

이미 다 눈치챘다. 준페이의 등에 식은땀이 한 줄기 흘렀을 때, 소니아가 끼어들었다.

"……두 분은 사이가 좋으신가요?"

"물론이다."

카에데는 웃음기 섞인 목소리로 그렇게 말했지만, 준페이는 당황해서 고개를 저었다.

"말도 안 돼요. 아직 알게 된 지 석 달밖에 안 된 데다, 저는 1학년이고 카에데 선배는 3학년이라고요? 친구도 아니고, 같이 밥을 먹은 적도 없고, 그냥 얼굴이나 아는 사이에요. 그냥 제가 너무 못나서 선배한테 찍혔을 뿐입니다."

"찍혔다고 생각했다니, 의외로군. 난 너를 걱정하고 있을 뿐이다. 마법학교 학생 중에서 너 하나만 이상하리만치 실력이 떨어지니까. 이대로 가면 여러모로 곤란하겠다 싶어서 말이야."

"쓸데없는 걱정이라고요. 그냥 내버려 두세요."

"진심인가?"

카에데가 못을 박으려는 것처럼 묻자, 준페이는 자기도 모르게 깜짝 놀랐다. 진심이냐니? 정말로 카에데가 이대로 손을 놓는다면 준페이는 쓸쓸한 생각이 들 걸 뻔히 알고 있었다. 자신이 아직도 어린애라는 의미였다. 너무나 한심해서 찍소리도 나오질 않았다.

──뭐야, 빌어먹을. 난 아직도 한심한 응석둥이잖아.

그런 준페이의 표정을 봤는지, 카에데가 웃으면서 말했다.

"안심해라, 널 버리지는 않을 테니까. 이대로 놔두면 언젠가 버티지 못하고 쓰러질 게 눈에 뻔히 보이는데 그걸 모른 척한다면 선배라고 할 수 있겠나."

그 상냥함이 너무나 가슴이 아팠다. 고마운 말이건만, 솔직해질 수가 없었다. 오히려 화가 치밀어 올라왔다. 날 사랑해주고 있는데 대체 왜?

준페이가 화풀이에 가까운 감정을 품은 그때, 소니아가 "후훗" 하고, 소리 내서 웃었다.

"자기 입으로 성적이 꼴찌라고 말했으니까요."

"큭……."

준페이가 분하다는 얼굴로 소니아를 노려봤을 때, 카에데가 강한 어조로 말했다.

"소니아, 슬슬 정말로 자리를 비켜줬으면 한다."

"알겠어요. 그리고 오쿠무라 선생님을 불러오면 되는 거죠?"

"그래. 하지만 천천히 해도 된다. 이 기회에 준페이와 진솔한 이야기를 나누고 싶어서 말이야."

"알겠습니다."

그렇게 대답하고, 소니아는 준페이 쪽은 한 번 쳐다보지도 않고 밖으로 나갔다.

카에데와 단둘이 남게 되자, 준페이는 왠지 거북한 기분이 들었다. 지금까지 의식하지 않았던 자신의 손가락에서 느껴지는 감각이나 방 안의 공기 냄새 같은 것들이 신경 쓰이기 시작했다.

"그래서, 왜 수업을 빠졌지?"

카에데의 그 질문에도, 준페이는 대답하지 않았다. 하지만 쓸데없는 저항이다.

"실습에서 실수해서, 그것 때문에 같은 반 친구와 싸웠다는 것 같던데."

카에데의 그 말에, 준페이의 마음이 약간 술렁거렸다.

"……얼마 되지도 않은 일인데, 잘도 알고 있네요."

"학생이 문제를 일으키면, 곧장 레드하트 브레이브로 보고가 오게끔 되어 있다. 학교 밖에서는 봉사활동 단체, 학교 안에서는 학생회이자 선도부. 그것이 레드하트 브레이브니까."

그래서 학생 중에는 레드하트 브레이브를 싫어하는 사람들도 있다. 준페이도 카에데와 아는 사이가 아니었다면 그렇게 됐을 것이다. 그렇게 생각하면 준페이는 카에데한테 상당히 회유당한 편이라고 할 수 있었다. 준페이는 그게 너무나 분한 나머지, 자꾸만 가시 돋친 말을 뱉고 말았다.

"그러면 제가 수업을 빼먹은 이유도 다 알고 계시겠네요. 왜 굳이 짓궂은 질문을 하시는 거죠?"

"나는 네 입으로 직접 듣고 싶었다. 네가 뭘 생각하고, 뭘 고민하고, 앞으로 어떻게 하고 싶어 하는지, 말해줬으면 좋겠다."

그러자 준페이는 시선으로 카에데를 공격하려는 것처럼 노려봤다.

"제가 무슨 생각을 하냐고요? 그냥 다 지긋지긋할 뿐이에요. 제 주위에 있는 모든 게 전부! 초등부 때부터 이 학교에 다녀서 올해로 벌써 10년인데, 마법을 제대로 써본 적이 단 한 번도 없어요! 다른 사람들은 당연하게 할 수 있는 일을 저는 못 한다고요! 뭘 해도 안 되고, 성적은 꼴찌인 낙제생…… 어째서 카에데 선배는 이런 저한테 자꾸만 참견하는 거죠?"

"……후배가 잘못된 길로 들어서지 않도록 이끌어주는 것은 선배의 의무다."

한마디로 카에데는 나름대로 이상적인 선배 역할을 하고 있을 뿐이다. 딱히 준페이가 특별하다는 뜻은 아니겠지.

"흥, 그럼 제가 후배를 그만두면 더는 참견하지 않으시겠네요. 이런 학교, 그냥 그만둬버리고 싶어요."

"그만두면 그 뒤엔 어쩌려고? 법률상 마법사는 일반 고등학교에 다닐 수가 없으니 넌 편입도 불가능해. 그럼 이대로 취직하는 수밖에 없는데, 그건 쉬울까? 일반 기업에서 마법사를 채용할 때도 있지만, 고등학교 중퇴 학력으로는 힘들겠지. 아니면 외국으로 도망칠 생각인가? 마법사는 출국 허가를 받는 것도 상당히 힘들어."

그런 건 다 알고 있다. 알고 있으니 더 짜증이 나서 미칠 지경이다.

"마법사라는 이유만으로 왜 이렇게, 모든 일에 제약이 따르는 건지……."

"그게 마법사로 태어난 자의 숙명이다."

투덜대는 소리를 정면에서 받아치고며 카에데는 준페이를 똑바로 바라보았다. 날카로운 눈빛이었다. 카에데는 일말의 흔들림도 없었다.

"준페이. 너도 알고 있겠지만, 마법사에게는 반드시 짊어져야만 하는 책임이 있다."

"마법도 제대로 쓰지도 못하는 제가, 마법사라고 할 수나 있나요?"

"그래. 네가 아니라 해도 세상은 그렇게 볼 거다. 응석 부리지 마라. 네가 마법을 제대로 제어하지 못한다면, 남들보다 더 노력하는 수밖에 없다. 이대로 가면 폭주 위험이 있다고 봉인 지정 당해, 평생 시설에서 지내는 신세가 될 수도 있다."

그 무시무시한 미래를 떠올리고, 준페이는 자기도 모르게 의자를 박차고 일어났다.

"말도 안 돼! 왜 그런──!"

"그게 이 세상의 규칙이기 때문이다. 앉아라."

준페이는 분에 차서 가만히 선 채로 한참 동안 카에데와 눈싸움을 벌였지만, 마침내 카에데의 눈빛을 당해내지 못하고 얌전히 의자에 앉았다.

준페이가 앉기를 기다렸다가, 카에데가 이렇게 물었다.

"준페이, 마법이란 뭐지?"

"갑자기 뭔데요, 뜬금없이?"

"잔말 말고 대답해봐라. 마법이란 뭐냐? 마법사란 뭐지?"

왜 또 이런 초보적인 문답을 하는 거야, 라고 생각하면서, 준페이는 알고 있는 모든 지식을 그러모아서 머릿속에서 정리하고, 말하기 시작했다.

"마법이란──"

마법. 그것은 신비한 힘, 과학으로는 설명할 수 없는 초자연적인 힘이다. 불과 바람을 자유자재로 다루거나 폭풍을 부르기도 하고, 하늘을 날아다니고 상처를 치료하고 투명해질 수 있다. 이 초자연적인 힘의 대가로 사람은 자기 안에 있는 힘인 『마력』을 소비하는데, 이는 휴식을 취하면 회복할 수 있으며, 회복 속도나 최대 마력의 양은 개인 차이가 있다. 세상은 이 과정을 마법 재능의 척도로 보고 있으며, 마법을 사용할 수 있는 사람들을 마법사라고 부른다.

마법사는 전 세계에 있으며, 오래전부터 각자의 역사와 문화를 배경으로 독자적인 발전을 이룩해, 시대에 따라 권력자와 손을 잡거나, 탄압받으면서, 과학과의 경쟁에 끈질기게 살아남았고, 제2차 세계대전 이후 마법사 국제 조약을 맺어 오늘날에 이른다.

준페이가 거기까지 더듬더듬 말하자 카에데가 입을 열었다.

"뭐, 대충은 알고 있군."

"초등학교 사회 수업에서 배우는 내용이잖아요. 왜 인제 와서 그걸 물어보는 거죠?"

"네가 제대로 이해하고 있는지 의심이 갔기 때문이다. 그럼 다음 질문, 현대 마법사들의 삶은?"

준페이는 그냥 입을 다물까도 생각했지만, 살짝 한숨을 쉬고는 다시 대답하기 시작했다

"그건 나라마다 다르니 한마디로 정리하기 어려운데요……. 뭐, 미국이나 일본을 보자면, 마법사 생활과 마법사용 규칙을 정해놓고 그걸 지키며 살고 있죠. 예를 들자면, 일본에서 태어나는 모든 아이는 마법 적성을 의무적으로 검사 받게 되어 있죠. 설령 부모님이 마법사가 아니더라도, 학교에 들어가기 전에는 반드시 마력 유무를 검사받습니다."

대답하는 도중에 씁쓸한 기억이 되살아난 준페이는, 속으로 혀를 차고서 계속 설명을 이어갔다.

"마법사의 재능이 있는 아이는 관공서에 마법사로 등록되어 일반인과 다른 관리를 받습니다.

보통 학교가 아닌 마법학교에 다니고, 일반 교육 과정에 더해 마법을 올바르게 사용하는 방법과 마법사가 이 세상에서 어떻게 살아가야 하는지를 배우죠. 그 밖에도 취업, 진학, 해외여행, 항공기 탑승 등에 다양한 제한이 붙습니다. 한마디로 현대의 마법사에게는 자유가 없어요……."

"그렇다. 하지만 마법사는 마음만 먹으면 맨손으로도 막대한 피해를 낼 수 있는 능력이 있지. 힘이 강한 만큼 제약이 붙는 건 어쩔 수 없다."

그 말을 듣고, 준페이는 자기도 모르게 카에데를 노려봤다.

"정말 그렇게 생각하나요?"

"그래. 세계 70억 인구 중에서 마법사는 백만 명도 안 된다. 그나마도 마법사 부부 사이에서 태어난 아이가 마법의 재능을 물려받을 확률은 50% 이하지. 세상에는 마법을 못 쓰는 사람들이 압도적으로 많다. 그런데도 그 몇 없는 마법사들이 뭉쳐 나쁜 마음을 먹는다면 세계 질서도 뒤집을 수 있지. 실제로 마법사가 사람들을 노예처럼 지배했던 사건도 있었다."

"반대로 마법사가 박해당하고 탄압받아서 죽던 시대도 있었지만 말이죠."

하지만 현대에는 박해나 지배가 야만적인 행동이란 인식이 퍼져있다. 오늘날은 마법사와 일반인이 공존하는 시대다.

"현대에서 마법사를 속박하는 다양한 규칙들은 마법사와 그렇지 않은 사람들이 서로 잘 절충하면서 지내기 위해서 정한 것들이다. 우리는 이것을 지키면서 살아가야 하고, 항상 마법사와 그렇지 않은 사람들이 같이 살아갈 수 있다는 사실을 증명해야만 한다. 그러기 위해 교육이 있고 그러기 위해 마법학교가 있는 거다. 알겠나, 준페이."

물론 알고 있다. 아직 마법사와 일반인의 공존은 완벽하지 않다. 어느 나라의 역사를 살펴봐도, 마법사와 일반인들 사이에서 전쟁이 벌어지지 않았던 나라는 단 한 곳도 없고, 지금도 마법사 한 사람이 죄를 저지를 때마다 마법사 전체를 범죄자처럼 취급하며, 마법사를 더 엄하게 관리해야 한다고 주장하는 사람도 있고, 마법사가 이 세상을 지배해야 한다고 말하는 위험한 사상을 지닌 마법사도 있다. 언제 시곗바늘이 되돌아가도 이상하지 않은 상황이다. 그렇기에 공존을 바라는 마법사들은 규칙을 만들고 이를 지키고자 지금도 노력하고 있다.

"유럽에서는 마법사라는 이유만으로 불태워 죽이던 시대도 있었지. 만약 네가 그런 시대를 살고 싶은 게 아니라면, 지금 노력해야 한다. 낙제생이건 마법을 못 쓰건, 할 수 있는 데까지 하다 보면 다들 인정해줄 거야."

"하지만 할 수 있는 만큼 했어도 결국 마법을 제대로 제어하는 방법을 익히지 못하면 어떻게 하죠? 봉인 지정이라는 걸 당하게 되는 건가요?"

"그럴지도 모르지. 하지만 봉인 지정이란 게 꼭 그렇게 거창한 조치만 있는 건 아니다. 상황에 따라서는 마법을 봉인하는 도구를 받는 정도로 끝날 수도 있지. 하지만 그것도 신뢰를 얻어야만 가능한 이야기다. 그리고 그 신뢰를 얻으려면 하루하루를 성실하게 살아가는 수밖에 없지."

"만약 그 도구로도 완전히 봉인할 수 없다면요?"

"……그렇게 된다면 이동이나 주거지에 제한이 생기겠지. 하지만 만약에 네가 그렇게 된다면, 내가 같이 있도록 해주마."

카에데가 진심인지 농담인지 모를 말투로 그렇게 말하면서 웃었고, 준페이도 슬쩍 웃었다.

"저 같은 돌연변이랑 같이 있을 필요 없어요."

"돌연변이라고?"

카에데의 말에, 준페이는 정신이 번쩍 들었다. 아직껏 이 사실을 누구에게도 직접 말한 적은 없었다. 그런데 기어코 말실수를 해버렸다. 상대가 카에데라서 그랬을까. 생각해보면 지금까지 카에데만큼 인내심을 가지고 준페이를 상대해준 사람은 없었다. 그녀의 마음에 접하는 바람에, 자기도 모르게 마음의 문을 열어버렸다. 그리고 카에데가 그 문 안으로 파고들어 왔다.

"돌연변이라는 게 무슨 뜻이지? 대답해라."

이렇게 되면 대답하기 전에는 풀려날 수 없다. 준페이는 각오를 다지고 자기 발을 보면서 말하기 시작했다.

"마법사인지 아닌지는 핏줄에 의해서 결정된다…… 이건 상식이죠?"

"그래."

"그래서 이 나라에서는 부모가 마법사면 자식이 태어났을 때, 마법 재능을 물려받았는지 반드시 검사하죠. 설령 두 분 모두 마법사가 아니더라도 초등학교에 들어가기 전에는 결국 모든 아이가 검사를 받지만요."

"음. 부모님 중 한 분이 사실은 마법사였는데 아무도 몰랐거나 유복자였거나, 세상에는 이런저런 사정이 있으니까. 그런데?"

"저희 부모님은 두 분 다 마법사가 아니었어요."

그 말이 화살이 되어 카에데의 마음을 꿰뚫어버렸을까, 카에데는 놀란 얼굴을 감추지 못했다. 준페이는 그녀의 얼굴을 보면서 차가운 미소를 지었다.

"그런데도 저는 초등학교에 들어가기 전에 받은 검사에서 마법사라는 말을 들었어요. 너한테서 마력이 느껴진다고. 그래서 저는 마법사가 되었죠. 하지만……."

준페이가 마법사인 이상, 부모님 중에 한 사람은 마법사여야만 한다. 자기가 마법사인 줄 몰랐다면 모를까, 의도적으로 마법사인 걸 감추려 하면 큰 죄가 된다. 그런 이유로 준페이의 부모님도 검사를 받았지만, 두 사람은 마법사가 아니었다. 누가 어떻게 조사를 해도 마력이 느껴지지 않는다는 답변이 돌아왔다. 이윽고 준페이의 모든 친척이 검사를 받기에 이르렀지만, 마법의 소양을 가진 사람은 단 한 사람도 없었다. 오로지 준페이만이, 일반인 사이에서 불쑥 튀어나온 마법사였다.

"……그렇게 되면 자연스럽게 다른 의심이 떠오르게 됩니다."

"설마……."

카에데는 차마 뒷말을 잇지 못했다. 이런 이야기는 그녀라고 해도 발을 들이기 거북하겠지. 준페이는 씁쓸하게, 한쪽 볼에만 보조개를 만들면서 이렇게 말했다.

"아니나 다를까, 곧 어머니가 바람을 피운 게 아니냐는 의심이 날아오기 시작했습니다."

마법의 재능이 유전이라는 걸 대전제로 삼으면 그것 말고는 가능성이 없었다. 하지만 어머니는 그것을 부정했고, 결국 친자 확인 검사까지 받아서 준페이가 아버지의 친자식이라는 것을 확인했다.

"다행히 어머니는 의심을 불식할 수 있었어요. 하지만, 이걸로 제 정체는 더욱 알 수 없게 돼버렸죠. 어째서 일반인 사이에서 마법사가 태어난 건지, 아무도 대답할 수가 없었어요. 결국 저는 '돌연변이' 취급을 받기 시작했죠."

"흐음."

"그리고 이게 원인이 되어 사이가 틀어진 아버지와 어머니는 결국 이혼하셨어요. 그 뒤에 어머니가 재혼하기는 했지만, 저는 새 아버지랑 어쩐지 친해질 수가 없었죠. 그래서 집을 나왔고, 지금은 마법학교 기숙사에서 혼자 살고 있어요."

"그랬구나. 뭐, 기숙사에 있는 게 차라리 속 편하고 좋지."

"하하하."

그 말대로, 혼자서 있을 때만은 번거로운 일들에서 풀려나 자유로워질 수 있었다. 졸업하기 전까지는 새아버지가 생활비를 내준다고 했으니, 당장은 돈 걱정도 없었다. 이 이상은 바랄 수 없는 일이다. 지금 성적으로 나머지 고등학교 생활을 어떻게 헤쳐나갈지, 그게 유일한 문제였다.

"준페이."

생각에 잠겨있던 준페이는 그녀의 목소리를 듣고서 감고 있던 눈을 떴다. 카에데가 분홍색 입술을 벌리며 말했다.

"마법을 싫어하나?"

준페이는 싫어한다고 말하려다가 다시 입을 다물고는 고민한 뒤에 이렇게 대답했다.

"어릴 때는 마법사가 되고 싶었어요. 바람이나 벼락을 다루는 모습이 멋있어 보여서."

하지만 자신이 마법사인 탓에 부모님은 이혼했고, 마법학교에서는 마법을 제대로 쓰지도 못해서 초등부 이래로 계속 낙제생 신세였다. 새아버지하고는 사이가 좋지 않아서, 고등부에 진학할 때 결국 집에서 쫓겨나고 말았다. 게다가 자신은 앞으로 평생, 마법사로서 부자유 속에서 살아가야만 한다.

"마법사가 돼서 좋은 일 따위는 하나도 없었어요."

"그렇군. 그렇다면 마법사가 되지 않으면 그만 아닌가."

"예?"

준페이는 눈을 껌벅거렸다. 마법을 제대로 다루지 못하더라도 마력이 있는 이상은 법적으로 마법사다. 카에데가 그걸 모를 리가 없다. 그런 케에데가 의기양양하게 말했다.

"우리가 만 18세까지 의무적으로 마법학교에 다녀야 하는 건, 장래에 마법을 활용하는 직업을 얻기 위해서가 아니라 마법을 올바르게 쓰는 법을 배우기 위해서다. 마법을 쓸 생각이 없다면, 마법 수업이 아닌 일반 과목을 열심히 공부해서 외부 대학에 진학해 일반 기업에 취업하는 길을 목표로 삼으면 된다."

그녀의 말대로였다. 마법에 재능이 없다면 그쪽으로 생각을 바꾸면 된다. 하지만 준페이는 그러고 싶은 생각이 조금도 들지 않았다.

"저는……."

준페이가 떨리는 목소리로 말하자, 카에데가 "과연" 하고 고개를 끄덕였다.

"어릴 적에는 마법사가 되고 싶었단 말이지……."

마치 손가락으로 상처를 건드리는 것 같은, 간지러운 기분이 들었다.

카에데는 망설이는 준페이를 놔두고 혼자 의자에서 일어나 준페이를 내려다보면서 말했다.

"이제야 알겠군. 너는 아직 마법사가 되고 싶은 거다. 자기 안에 잠들어 있는 마법에 눈을 뜨고, 자유롭게 다루고 싶은 거지."

"그럴 생각은……."

그렇게 말하려다가, 그것이 말뿐인 부정이라는 것을 알아차렸다. 마법사가 되고 싶다고? 그렇지. 자신은 어릴 적에, 마법사가 되는 것을 꿈꾸고 동경했었으니까.

"자신이 마법사라는 것을 계기로 부모님이 이혼하셨다. 그래서 마법을 원망하고 있지. 하지만 사실은 마법을 좋아한다. 진심으로 마법사가 되고 싶지만, 마법을 제대로 쓸 수 없으니 어쩔 도리가 없고. 큰일이구나. 정말 엉망진창이야."

준페이는 흘러나오려는 눈물을 억지로 참으며 카에데를 노려봤다.

"차라리…… 어머니가 바람피운 편이 더 좋았겠군요. 그럼 제가 마법사라는 것도 설명할 수 있고, 부모님의 이혼도 제 탓이 아니라고 할 수 있으니까."

그 순간, 찰싹 소리와 동시에 카에데가 준페이에게, 정신이 번쩍 들 정도로 자애가 넘치는 따귀를 날렸다.

"그런 소리는 하면 안 된다."

카에데는 서글픈 눈으로 그렇게 말했다. 준페이는 아무 말도 할 수가 없었다.

조용히 있는 사이에 카에데가 창가로 걸어갔고, 창턱에 걸터앉아서 어깨 너머로 하늘을 바라봤다. 카에데는 지금껏 준페이가 본 적 없는 얼굴을 하고 있었다. 마침내, 카에데가 조용히 말했다.

"나도 어릴 때, 내 마법이 싫었다."

"예?"

그건 의외의 사실이었다. 자신이 카에데와 알게 된 지 대략 석 달, 생각해보면 카에데에 대해서는 아무것도 모르지만, 아주 오래전부터 계속 성실하고 고민 같은 건 전혀 없었고, 지금까지 계속 한 길만 걸어왔을 거라고, 멋대로 그렇게 상상하고 있었다. 하지만, 사실은 그게 아니었다.

"마법에도 여러 속성과 계통이 있지. 불속성이나 물속성 같이 말이다. 마법사는 보통 열 가지 정도 속성을 쓸 수 있는데, 마법이 유전에 좌우되는 만큼, 마법 속성도 부모의 마법 속성을 따르기 마련이다. 하지만 가끔, 형제들 사이에서 홀로 다른 속성을 쓰는 아이가 나올 때가 있다. 나도 그중 하나였지."

거기서 카에데는 천천히 고개를 돌렸고, 준페이를 보면서 미소를 지었다.

"나도 어떤 의미에서는, 돌연변이였다."

준페이는 무슨 말을 해줘야 좋을지 알 수가 없었다. 화를 내거나 웃어야 할 상황이라면 알겠지만, 이런 상황에서 어떻게 해야 하는지 전혀 몰랐다.

"이런 이야기는 남들한테 한 적이 없었지만, 네가 먼저 말해줬으니까."

그렇게 말한 뒤에 카에데는 치마 주머니를 뒤져서 지갑을 꺼냈고, 거기서 100엔 동전을 하나 꺼내서는 준페이에게 툭 던졌다.

"난 검이 특기다."

"그건 알고 있어요."

레드하트 브레이브는 성적 우수, 문무 양도, 품행이 바른 모범생들이 모여 있는 곳이다. 우수한 학생들이 모인 만큼 각자 특기도 갖고 있는데, 단장인 카에데는 검술가였다. 검도와 거합술을 둘 다 한다고 들었다.

"지금부터 마법을 하나 보여주지. 넌 일어나서 그 동전을 손가락 사이에 끼우고 눈높이로 들고 있어라. 그래, 그렇게. 엄지손가락과 집게손가락으로 U자 모양을 만들고, 조금 더 머리에서 멀리 떼는 게 좋겠군. 그래. 그쯤이면 됐다."

카에데가 시키는 대로, 준페이는 의자에서 일어나서 동전을 눈높이로 들었다. 그러는 동안 카에데는 준페이와 적당한 거리를 찾고는, 거기서 두 손을 아무것도 없는 왼쪽 허리에 댔다. 마치 발도술 같은 자세였는데, 손이 비어 있는데도 마치 칼을 쥐고 있는 것 같은 압박감이 느껴졌다.

"……움직이지 마라."

그 진지한 목소리에 준페이는 바로 두려운 기분이 들었다.

그리고.

"핫!"

카에데가 그 자리에서 오른쪽 주먹을 옆으로 휘두르는 순간, 준페이는 그녀의 손을 따라 움직이는 검의 환상을 보았고, 직후 손가락 사이에 끼워놨던 동전이 두 동강이 나, 충격과 함께 준페이의 손에서 떨어져 버렸다. 준페이는 눈이 휘둥그레져서 반으로 갈라진 동전을 멍하니 쳐다보았다.

"이게 내 절단마법…… 공검(空劍)이다. 목검을 들면 금강석도 자를 수 있고, 사람의 육체를 통과해 상처 없이 의식만 끊을 수도 있지. 그리고 진검을 들면 공간조차도 갈라버릴 수 있다……고 하면, 믿겠나?"

농담 같은 말투였지만, 준페이는 어디까지가 진짜인지 알 수 없었다. 공간을 가른다는 건 현대 마법의 상식을 가뿐히 뛰어넘는 터무니없는 일이지만, 공검으로 멀리 떨어진 곳에서 동전을 두 동강 낸 것만 해도 이미 경이적이었다.

준페이는 한참 동안 멍하니 서 있다 마침내 그 자리에서 한쪽 무릎을 꿇고는 동전 조각 하나를 집어서 그 단면을 유심히 쳐다봤다. 깔끔한 절단면이었다. 만져보니 어디 모난 부분 없이 매끈했다. 이걸 마법으로 해내다니.

"굉장해……."

준페이가 솔직하게 감탄하는 목소리를 냈을 때, 카에데가 준페이 곁으로 다가왔다. 고개를 들어보니 그녀는 뚱한 표정이었다.

"별것도 아닌 재주다. 이런 재주가 내 제일가는 특기 마법이고, 내 돌연변이 마법이다."

"예? 그럼 이게 부모님께 물려받은 마법이 아니라는 건가요?"

"그렇다. 하지만 마법사 가문이니까, 먼 조상 중에 나와 같은 마법을 쓰던 사람이 있어서, 격세유전한 게 아니냐는 의견도 있지. 마법사 가문에서는 그럭저럭 흔한 일이니까. 하지만 이유야 어찌 되었든 세상에 이 마법을 쓰는 자는 나밖에 없다. 나는 이상한 능력을 지닌 자였지. 어릴 적부터 물건에 집게손가락을 대고 선을 그으면 뭐든지 자를 수 있었다."

"뭐든지요?"

"그래, 뭐든지. 나무고 돌이고 쇠고."

"그건 그것대로 대단하네요."

준페이는 진심으로 그렇게 말했다. 어린 시절부터 절단 마법을 그렇게까지 자유자재로 다룰 수 있었다는 건, 꽤 대단한 재능이다.

"……진검을 들면 공간도 자를 수 있다는 게 정말인가요?"

"넌 어떻게 생각하나?"

카에데가 짓궂게 되묻자 준페이는 당황해 입을 다물어버렸다.

카에데는 몸을 살짝 숙이고 준페이의 어깨에 손을 얹었다.

"사실이건 거짓이건, 이런 마법은 세상을 위해서 아무런 도움도 안 된다. 사람을 다치게 할 뿐인 사법(邪法)…… 그것이 제일가는 특기라니, 나도 참 대단하구나."

진심으로 자조하는 표정을 보고, 준페이는 눈살을 찌푸렸다. 남자라면 이런 마법을 쓸 수 있다고 기뻐했겠지. 하지만 여자들은 또 다를지도 모른다.

준페이는 두 쪽 난 동전 조각을 주워 카에데에게 돌려주면서 말했다.

"하지만, 지금은 자신의 마법을 좋아하잖아요."

"아니, 절단 마법은 지금도 싫어한다. 하지만 그걸 쓰는 나 자신을 좋아할 수는 있게 됐지."

"어떻게요?"

마법을 좋아하면서 마법이 싫다. 준페이는 그런 모순된 자신을 좋아할 수가 없었다. 마법사가 되고 싶지만, 자신이 마법사인 탓에 부모님이 이혼했다는 모순 때문에 찢어져 버린 마음이 아직 아물지 않았기 때문이다.

"……카에데 선배는, 어떻게 자신을 좋아하게 됐죠?"

준페이가 거의 애원하는 기세로 물었더니, 카에데가 가슴을 활짝 펴고서 말했다.

"정의를 위해서 살아간다. 단지 그것뿐이다."

"정의? 그거, 레드하트 브레이브 얘긴가요?"

"아니, 내가 말한 것은 훨씬 근본적인, 삶의 방식에 관한 부분이다. 마법사가 그 힘으로 비극을 일으키지 않도록 미력하나마 열심히 해보겠다고 결심했을 때, 나는 처음으로 나 자신을 좋아하게 됐다. 레드하트 브레이브의 단장을 그만두더라도 나는 정의를 위해서 살아갈 거다. 나한테도 뭔가가 있을 테지. 다른 사람들에게 도움이 될 수 있는, 사람들을 기쁘게 해줄 수 있는, 그런 삶의 방식이……."

"그게 카에데 선배의 '레드하트'인가요?"

준페이가 그렇게 말한 것은, 『마법사는 누구나 레드하트를 지녀야 한다』라는, 유럽 마법사들이 예로부터 주장해온 격언 같은 것이 있기 때문이다.

그 질문에, 카에데는 싱긋 웃고 고개를 끄덕이면서 말했다.

"음. 너도 알고 있는 것처럼, 마법을 사용하는 데 있어 중요한 건 상상력과 정열, 그리고 마법을 악용하지 않겠다는 정의의 마음이다. 그리고 그것을 레드하트라고 부르지. 레드하트 브레이브라는 이름도 여기서 온 것이다. 그러니까 준페이, 너도 레드하트를 지녀라."

"하지만 전 성적이 꼴찌인데요."

"그렇다면, 앞으로 잘하면 그만이다! 마법을 포기하지 못하겠다면 기합과 근성으로 어떻게든 해라! 낙제생이라는 골짜기 바닥에서 기어 올라오도록 해라!"

"그게 무슨 말도 안 되는 소리예요! 이러니까 운동부 같은 사람들은 안 돼. 근성만 있으면 뭐든지 다 되는 줄 안다니까. 근성만, 있으면——"

말하는 내용과 반대로, 준페이는 웃고 있었다. 어째서인지 가슴이 뜨겁다.

——뭐지 이거. 마음이, 떨려.

그런 준페이를 상냥한 눈으로 보고 있던 카에데가 갑자기 이런 말을 했다.

"자, 이번에는 네 차례다. 네 마법을 나한테 보여다오."

"예?"

생각지도 못한 말에, 가슴속이 근질거리던 기분이 날아가 버렸다. 딱딱하게 굳어버린 준페이에게, 카에데가 진지한 표정으로 말했다.

"생각해보면 난 아직 내 눈으로 네 마법을 본 적이 없다. 매번 낙제생이라는 말만 들었을 뿐이지. 네 실력이 어떤지 직접 보고 싶다."

"아니, 그게, 마법을 쓰려고 해도 거의 불발이거든요. 가끔 무슨 일이 일어나기는 하는데, 전부 이상한 일들이고…… 아시잖아요?"

"그래. 하지만 상관없다. 어떤 결과가 발생해도 불평하지 않겠다고 약속하지. 해봐라."

그렇게 말하고, 카에데는 풍만한 가슴을 받치고 있던 팔짱을 풀고, 편한 자세로 서서 준페이를 바라봤다. 카에데는 한 번 결심하면 절대로 마음을 바꾸지 않는다.

"……진짜로 무슨 일이 일어나도 전 몰라요?"

준페이는 그렇게 중얼거리고 각오를 다진 뒤에, 오른손을 카에데 쪽으로 내밀었다. 그리고 정신을 집중했더니 내면에 있는 마력이 급격하게 고양되는 것이 느껴졌다. 그것을 알아봤는지, 카에데의 눈이 휘둥그레졌다.

"마력 집중은 상당히 빠르지 않은가!"

매번 결과가 이상했을 뿐이지, 준페이는 내면의 마력을 끌어올리는 실력이 뛰어났다.

하지만 마법은 그것만으로 발동하지 않는다. 문제는 상상력, 즉 이미지다.

이미지.

마법을 발동하려면 자신이 쓰려는 마법을 정확히 이미지 하는 게 중요하다. 그래서 이전 마법사들이 만들어 놓은 샘플 중에 자신과 같은 계통을 참고하면 이미지를 떠올리기 쉽다. 보통은 부모가 마법사이기 때문에, 부모가 하는 걸 보고 배우지만, 돌연변이인 준페이는 자신의 마법 계통이 뭔지 조차 몰랐다. 마법사 대부분은 지, 수, 화, 풍, 또는 화, 토, 금, 수, 목 중 하나지만, 준페이는 그마저도 전부 아니었다. 재능이 없는 건지, 아니면 상당히 마이너한 마법의 적성을 지닌 건지, 모든 것이 불명했다.

　　──너 혹시, 에로 마법사야?

　갑자기, 머릿속에 메릴이 했던 말이 떠올랐다. 기껏 카에데와 진지한 이야기를 하면서 잊어버리고 있었는데, 갑자기 생각이 나고 말았다. 그랬더니 또 화가 났다.

　　──야한 일이 벌어지는 마법이라고? 웃기고 있네. 그런 마법이 세상에 어디 있어! 소니아의 팬티가 보였던 건 그냥 우연이야. 그런데 생각해보니까, 오늘 실습 시간에 같이 했던 여자애를 흠뻑 젖게 만들었을 때도 브래지어가 비쳐서 보였지 아마.

　그래서 남자 친구가 화를 내면서 싸움이 벌어졌고, 준페이가 교실에서 뛰쳐나오고 말았다.

　　──어라?

　준페이는 갑자기 땅이 꺼진 것 같은 기분이 들어 깜짝 놀랐다. 동시에 집중력이 단번에 흐트러지면서, 끌어모았던 마력이 안개처럼 사라져버렸다.

　"준페이, 어떻게 된 거냐!"

　카에데가 그렇게 질타하자, 준페이는 당황해서 다시 마력을 끌

73

어모았다.

——잊어버리자! 에로 마법 같은 건 말도 안 되는 소리야! 내 마법은 어떤 미지의 속성일 뿐이라고!

하지만 미지란 단어로는 마법의 이미지를 떠올릴 수가 없다. 정의와 정열과 상상력을 겸비할 수 있는 레드하트와는 거리가 멀다. 그래도 그것이 준페이의 현재 위치고, 준페이는 그저 마법이 성공하기를 빌면서, 항상 마법을 시도할 때마다 이런 기도를 함께 올렸다.

"뭐든지 좋으니까, 기적아, 일어나라!"

그리고 곧 마법이 발동하는 감각이 느껴졌다.

"엇?"

카에데의 의미 모를 반응과 동시에 교복 블라우스 단추 세 개가 날아가 버렸고, 파란 리본이 살랑살랑, 꽃잎처럼 떨어졌다. 반쯤 찢어진 블라우스 앞섶 사이로 레이스가 들어간 보라색 브래지어와 또렷한 가슴골이 준페이의 눈에 들어왔다. 준페이는 무의식간에 그 가슴골을 빤히 쳐다보며 자기가 얼마나 엄청난 일을 저질렀는지를 깨닫고서 얼굴이 새파랗게 질렸다.

"꺄……꺄아아아악!"

"비, 비명을 지르고 싶은 건 나란 말이다, 이 멍청아!"

카에데는 얼굴이 새빨개진 채로 황급히 두 팔로 가슴팍을 가리고는, 서둘러 수복마법 주문을 외웠다. 그랬더니 시간을 되돌린 것처럼 바닥에 떨어졌던 단추가 혼자서 날아올라, 끊어진 실과

함께 원래대로 돌아갔다. 저건 생활 마법의 일종으로, 미리 물건의 형태를 마법으로 기록해두면 망가졌을 때 간단히 되돌릴 수 있다.

찢어진 블라우스는 금방 리본까지 전부 원래 상태로 돌아갔지만, 카에데는 한참 동안 자기 가슴을 끌어안은 채로 꼼짝도 하지 않았다.

한편, 준페이는 이 세상의 종말이 찾아온 것 같은 기분을 맛보며, 한 손으로 얼굴 절반을 가리고 있다.

"아아, 큰일 났다, 이제 죽었다⋯⋯."

"아, 아니, 그런 짓은 안 한다. 안 한다고. 하지만, 그러니까, 뭐냐, 깜짝 놀랐다⋯⋯."

그리고 준페이와 카에데는 서로 볼이 발그레하게 물든 채로 잠시 서로 마주 봤다. 마치 서로의 떨리는 마음을 보고 있는 것처럼. 마침내 얼굴 절반을 가리고 있던 손을 치운 준페이는, 창피함과 한심함, 미안함 때문에 고개를 숙였다.

"죄송합니다."

"그런 얼굴 하지 마라."

카에데는 가슴을 활짝 펴고 큰 걸음으로 성큼성큼 다가와서, 준페이의 머리를 마치 강아지에게 그러는 것처럼 쓰다듬어줬다.

그러자 준페이의 얼굴에도 웃음이 돌아왔고, 카에데는 안심한 것처럼 미소를 지었다.

"꽤 독특한 결과였구나."

"하하……."

"하지만 막상 보고 나니 더더욱 모르겠군. 오늘, 반 친구를 흠뻑 젖게 했다고 말했었지? 소니아 발밑에는 바나나 껍질을 소환했고, 나는 교복 단추가 날아갔고. 대체 공통점이 뭐지? 전부 제각각이 아닌가. 마법을 보면 뭔가 조언을 해줄 수 있을 줄 알았는데……."

카에데는 자신의 무력함을 곱씹는 것처럼 고개를 숙였지만, 준페이는 그런 걸 신경 쓸 상황이 아니었다. 지금 그 이야기를 듣고, 카에데의 가슴을 보고 두근두근하던 기분까지 다 날아가 버렸다.

──아니야…… 공통점이 있어. 같은 반 여자애는 옷이 흠뻑 젖어서 브래지어가 비쳐 보였고, 소니아는 넘어져서 팬티를, 카에데 선배는 블라우스가 터지는 바람에 브래지어를 보여주고 말았어. 하나같이 야한 일들이 되고 있다고!

"이, 이건 거짓말이야…… 말도 안 돼!"

충격에 빠져 무심코 중얼거렸으나 곧 준페이는 자기가 실수했다는 걸 깨달았다. 고개를 들어보니 카에데가 눈이 휘둥그레져 있었다. 준페이는 어떻게든 얼버무려야겠다는 생각이 들었다.

"아니, 그러니까, 그게…… 보라색이네요."

자기도 모르게 말한 뒤에, 순식간에 얼굴이 새파래졌다. 보라색이란 조금 전에 슬쩍 보였던 카에데의 속옷 색깔 이야기다. 하지만.

——내가 무슨 소릴 하는 거야! 그런 건 못 본 척해야 하는 거잖아!

이번에야말로 진짜로 죽었다고 생각했지만, 예상외로 카에데는 얼굴이 새빨개져서 당황하고 있을 뿐이었다.

"아니, 그게 아니란 말이다. 평소에는 더 평범한 색이다. 이건 얼마 전에 친구와 속옷을 사러 갔을 때, 친구가 억지로 권해서…… 하지만 기왕 샀는데 안 입으면 아까우니까…… 오늘은 체육 수업도 없으니, 누가 볼 일은 없겠지 생각했는데…… 설마 이런 일이 일어날 줄은……."

거기서 잠깐 쉰 카에데가, 거의 애원하는 표정을 지었다.

"천박하다고, 생각하지 말아다오……."

"아뇨, 잘 어울렸어요. 어른스럽고."

"이, 이 멍청이가……."

항상 힘 있는 목소리로 말하던 카에데가 웬일로 모깃소리 같은 목소리로 그렇게 말했다.

그때, 갑자기 레드 룸 문이 바깥쪽으로 열리고,

"카에데 군."

남자치고는 톤이 높은 목소리가 들려왔다. 카에데는 곧장 표정을 다잡고 군인처럼 빠릿빠릿한 움직임으로 목소리가 들려온 쪽을 향해서 고개를 돌렸다.

"여기 있습니다, 오쿠무라 선생님."

그러고 보니 소니아한테 선생님을 불러 달라고 부탁했었지.

"사건의 자초지종은 이미 들었어. 다른 선생님들과 창고에 갔다가 오느라 조금 늦었다."

오쿠무라 선생님은 안경을 쓴 30대 초반의 남자로, 큰 키에 비해 몸이 날씬해서 비실비실한 인상이 있다. 그나마도 평소에도 머리카락을 대충 넘기고 다니며, 늘 허름한 정장을 입고 다녀서 실제 나이보다 더 늙어 보이기까지 한다. 마법학교에서 근무하고 있지만, 마법사가 아니라 일반 과목인 수학을 가르치는 일반인이다. 마법학교라고 해도 국어나 수학 같은 기본 과목을 배우는 건 마찬가지다.

그런 오쿠무라 선생님이 준페이를 보고는 손을 들어 보이며 인사를 했다.

"아, 네가 그…… 침입자를 신고했다는 문제아야? 마법을 제대로 못 쓴다고 들었는데. 그렇다고 수업을 빼먹으면 안 되지."

"……죄송합니다."

얌전히 사과한 준페이에게, 카에데가 은근히 의기양양하게 말했다.

"그러고 보니 처음 만나는 것 같군. 준페이, 이쪽이 오쿠무라 선생님이시다. 담당 과목은 수학, 레드하트 브레이브의 부고문 중에 한 분이시고, 마도 갱생원에서 오신 감찰관이기도 하지."

"저도 알아요. 유명하니까."

준페이가 그렇게 대답하자 오쿠무라가 어깨를 으쓱거리면서 웃었다.

"나쁜 의미로 유명하겠지? 학생들이 싫어한다는 건 나도 알고 있어. '감옥에서 온 스파이'라고 부르는 것도."

"선생님, 그렇게까지 말할 필요는……."

카에데가 슬퍼 보이는 표정을 지었지만, 오쿠무라는 천천히 고개를 저었다.

"아냐, 괜찮아. 내가 학생이었어도 마도 갱생원에서 왔다고 하면 비슷한 반응을 보였을 거야."

그리고 오쿠무라는 준페이를 보면서, 안경 렌즈 너머에 있는 눈동자를 날카롭게 번뜩였다.

"마도 갱생원…… 너도 알지?"

"알죠. 한마디로 말하자면 마법사용 소년원이잖아요."

"그래, 마법을 써서 싸움이나 절도 등의 범죄를 저지른 소년·소녀, 그리고 품행이 심하게 불량한 아이들을 갱생시키기 위한 시설이지. 일반학생이라면 엄중한 주의나 보호관찰 처분으로 끝날 일도, 마법사 학생이 저지르면 장래에 불씨가 될 수 있다 보고 갱생원으로 보낸단다. 나도 따지자면 거기 직원이지만, 내가 학교에 있는 건 학교 안에서 직접 학생들을 감시하고 심각한 문제아들을 갱생원으로 보내야 할지 말아야 할지 판단하는 일을 맡고 있기 때문이지."

준페이는 자기도 모르게 눈살을 찌푸리고 있었다. 오쿠무라의 본업이 그런 일이라는 건 알고 있었지만, 이렇게 직접 들으니까 뭔가 짜증이 났다.

그런 준페이를 달래려는 건지, 카에데도 오쿠무라 옆에 서서 이렇게 말했다.

"필요한 일이다, 준페이. 똑같은 나쁜 짓이라고 해도, 일반인과 마법사는 사회에 미치는 위험성이 달라. 일이 벌어진 뒤에는 이미 늦어. 이 학교엔 오쿠무라 선생님 같은 분도 필요한 거다."

그 착한 척하는 말투가 준페이의 신경을 거슬렀다.

"선배는 참 착하네요."

"나는 법에 복종하는 몸이니까. 그리고 우리 아버지도 마도 갱생원에서 일하고 계신다."

"어, 그랬어요?"

깜짝 놀라는 준페이에게, 오쿠무라가 조용히 웃으면서 말했다.

"카에데 군의 아버님은 마도 갱생원 차장님이시거든. 원장 다음으로 높은 분이야. 나도 신세를 많이 졌고, 카에데 군을 잘 부탁한다는 말도 들었지."

"그렇군요……."

어쩐지 친해 보이더라니. 이제야 납득한 준페이에게, 카에데가 담담하게 말했다.

"일이 일이다 보니 오쿠무라 선생님을 싫어하는 학생들도 많지만, 결코 나쁜 분은 아니다. 사회 질서를 유지하기 위해서 일하고 계시는 분이지. 개인적으로도 존경할 수 있는 분이다."

"하하하, 그렇게 말하는 건 카에데 군뿐이야."

오쿠무라는 어깨를 으쓱거리면서 웃었지만, 바로 진지한 얼굴로 돌아와서 준페이에게 말했다.

"너는 오늘 친구와 싸우고 교실에서 뛰쳐나갔고, 수업을 빼먹었지. 뭐 그 정도로 뭐라고 할 생각은 없지만, 명심해두라고 한말이다. 마법사는 모두 눈에 보이지 않는 흉기를 가지고 있어. 사건이나 사고를 일으키면 자유를 잃을 수도 있다. 이제 곧 여름방학인데, 너무 들뜨지 않게 조심해."

"……예."

준페이는 호되게 야단이라도 맞은 것 같은 기분으로 그렇게 대답했다. 오쿠무라는 고개를 한 번 끄덕이고는, 조금 전에 카에데가 앉아 있던 의자에 털썩 앉았고, 그리고는 다리를 꼬고서 카에데 쪽을 봤다.

"자, 그럼 슬슬 본론으로 들어가 볼까. 하지만, 이번 건은 경찰에 맡길 예정이니까 크게 신경 쓸 필요는 없어. 학생들이 다치지않아서 다행이야. 그러면 책임 문제가 발생하니까."

오쿠무라는 빙긋 웃고는, 계속 가만히 서 있는 준페이를 의아하다는 표정으로 쳐다봤다.

"아, 넌 그만 가도 된다. 나머지 수업은 빼먹지 말고. 그리고 이일에 대해서는 어디 가서 말하면 안 된다. SNS 같은 데 올리는건 절대로 안 되고. 어기면 지도를 받게 될 거야."

"예, 그럼 실례하겠습니다."

준페이는 오쿠무라한테 고개를 숙여서 인사를 하고, 카에데한테도 눈짓으로 인사를 한 뒤에 발을 돌렸다. 레드 룸에서 나가려고 했을 때, 카에데가 뭔가가 생각났다는 것처럼 준페이에게 말했다.

"준페이. 레드하트를 잊지 마라."

"예……."

말은 그렇게 했지만, 자신의 마법이 에로 마법일지도 모른다고 의심하기 시작한 준페이는 뭔가 답답한 기분이었다. 만약 그게 사실이라면, 대체 누가 그런 마법을 받아들여 줄까. 세상의 웃음거리가 되는 건 아닐까.

——그런데도 카에데 선배와 이야기하다 보면, 그야말로 마법에 걸린 것 같은 기분이 든단 말이지…….

자기 안에 잠들어 있는 마법을 제대로 써보고 싶다고, 낙제생 주제에 자꾸만 꿈을 꾸게 된다. 설령 그게 에로 마법이라고 해도.

메릴의 침입 사건으로부터 며칠이 지나, 여름방학이 시작됐다.

이 나라의 법률에 마법사는 마법학교에 다녀야만 한다는 의무가 명시되어 있다. 하지만 그 마법학교는 삿포로, 센다이, 도쿄, 나고야, 오사카, 히로시마, 후쿠오카까지 일곱 군데밖에 없다. 그중에 도쿄 학교는 초등부부터 중고등부, 그리고 전국에서도 유일한 마법 대학이 같은 지구 안에 있으면서 일종의 학생 도시를 구성하고 있는데, 그 한쪽에는 학생 기숙사도 있다. 이 기숙사는 통학하기에는 너무 먼 곳에 사는 학생들을 위한 것으로, 일반적인 아파트와 비슷한 구조다. 진회색의 40층 건물이며, 1층 로비에는 매점도 있다.

그런 학생 기숙사 19층에 있는 어느 방. 준페이는 지금 자기 방 침대 위에 누워서 천장만 바라보고 있었다. 그냥 켜놓고 있는 TV에서 나오는 소리를 제외하면 너무나 조용했다. 마치 기숙사 전체에 아무도 없는 것처럼. 그도 그럴 것이, 학생 대부분은 여름방학 첫날에 짐을 챙겨서 부모님이 계신 집으로 돌아간다. 하지만 준페이에게는 돌아갈 집이 없다. 지금 부모님이 사시는 집이 도쿄에 있기는 하지만, 새아버지와 사이가 나쁘다 보니 그 집에는 갈 수가 없다. 그래서 방학에도 기숙사에 남아 있는 사람은 준페이처럼 사연이 있는 학생이거나, 학교에서 뭔가 활동을 하는 사람들뿐이었다.

"그러고 보니까 메릴 일은 어떻게 됐지……."

여름방학 직전에 일어났던 그 사건에 관해서, 범인인 메릴이 체포됐다는 이야기는 못 들었다. 뉴스에서도 『마법 학교에 수상한 사람이 침입』이라고 잠깐 나온 게 전부였다.

그리고 그저께, 즉 방학식 날 카에데와 우연히 마주쳤을 때 메릴에 대해서 물어봤더니 이렇게 대답했다.

──경찰에 수사를 맡기기로 했다. 하지만 그 사람이 또다시 이 학교에 들어온다면, 그때는 내가 반드시 격퇴하겠다.

"그때 카에데 선배, 묘하게 살벌했단 말이야. 뭐, 메릴 녀석이 『또 봐!』 같은 소리를 했으니까 경계하는 것도 당연한 일이겠지. 그나저나 메릴, 메릴 그 자식! 그 자식이 에로 마법 같은 이상한 소리를 하는 바람에 내가 쓸데없이 고민하고 있잖아. 젠장……."

에로 마법이라는 말이 마음속 어딘가에 가시처럼 박혀서 빠지질 않았다. 딱히 그 말을 믿는 건 아니지만, 그렇다면 소니아와 선배의 속옷을 연달아 봤다는 사실은 어떻게 받아들여야 한단 말인가.

"우연? 아냐, 아무리 그래도 그런 우연이 어디 있어? 그럼 에로 마법이 사실이라는 걸까? 그렇다면 난 어떻게 해…… 젠장, 원망할 거야 메릴! ……그래도 나쁜 녀석은 아닌 것 같았는데."

준페이는 메릴의 천진난만하고 매력적인 웃는 얼굴을 떠올리면서, 생각하다가 지쳐서 고개를 옆으로 돌리고 TV를 봤다. 마침 광고가 끝나고, TV에 갑자기 은발에 보라색 눈, 그리고 바니 슈트를 입은 미소녀가 나왔다. 메릴이었다.

"으응?!"

준페이가 자기 눈을 의심한 것과 동시에, 메릴이 카나리아처럼 고운 목소리로 말했다.

"야호~! 전국의 언니·오빠들 안녕~ 메릴은 메릴! 역사에 이름을 남긴 대대대마법사 메릴이야! 잘 부탁해 메릴!"

"어, 어, 메릴? 메릴이잖아? 잠깐, 너 뭐 하는 거야?!"

준페이는 말 그대로 침대에서 굴러떨어져서는 바로 TV 앞에 달라붙었다. 메릴이 머리에 달고 있는 토끼 귀 장식 옆에 손을 대고 까딱까딱 움직이고는, 고개를 좌우로 흔들흔들하면서 이야기를 시작했다.

"저기, 오늘은 말이야, 메릴이 여러분한테 부탁할 게 있어서 TV, 라디오, 컴퓨터, 휴대용 디바이스…… 전국에 모든 시청각(AV) 기기의 전파를 마법으로 가로챘어요!"

"뭐?"

——전국의 TV와 휴대용 디바이스를 전부? 말도 안 돼.

"그러니까, 순서대로 말할 테니까 잘 들어줘. 이 세상에는 오래전부터 마법사가 있었어. 이 나라에서는 음양사라고 부르던 시대도 있었지 아마? 아무튼, 마법사와 마법사가 아닌 사람들은 오래전부터 자주 부딪혔었는데, 두 번의 세계대전을 겪고 나서는 『전쟁 같은 건 지긋지긋해 메릴』이라고 생각하는 시대가 되어서 서로 사이좋게 살아가기 위해서 여러 가지 규칙을 만들었지. 하지만 지금부터 10년 전, 이 일본이라는 나라에서 그 규칙을 전부 무시하고 절대로 해선 안 되는 짓을 저지르려고 했던 마법사가 있었어."

"10년 전⋯⋯?"

──아니 뭐, 분명히 자기가 666살이라고 하기는 했지만.

자칭 666살인 메릴은 손짓·발짓 섞어가며 힘차고 발랄하게 말했다.

"메릴은 여행자니까, 타지에서 무슨 일이 생겨도 웬만해서는 모른 척하는데, 그때는 화가 났어. 그래서 그 사람의 계획과 조직을 전부 망쳐버리기로 했지. 뭐, 구체적으로 어떤 나쁜 짓을 했는지는 피해자들한테 악영향을 줄 수도 있으니까 말할 수 없지만. 어쨌든, 메릴은 사람을 죽이지 않으니까, 그 사람들이 사용하던 시설이나 기재, 연구 성과 같은 것만 파괴하고 목숨은 살려줬어. 벌은 줬지만 말이야. 그리고 그 뒤로는 전 세계를 돌아다니며 그들이 유출한 연구 성과들을 부수고 다녔어. 그게 어떤 거냐면, 요만한 반지야."

메릴은 엄지손가락과 집게손가락으로 고리를 만들어 보이고는, 노래하는 것 같은 말투로 계속 말했다.

"그렇게 반지를 찾아내서 부수고 다니는 사이에 다시 일본까지 왔고, 어찌어찌 어디에 몰래 들어가기도 했는데, 그 뒤에 여러모로 조사했더니 새로운 사실이 판명됐어. 10년 전 계획의 관계자들이 최근 몇 년 동안에 줄줄이 의식불명이 돼서 입원했더라고."

"……뭐?"

메릴이 너무나 밝게 말하는 바람에, 그 말의 심각성이 잘 와닿지 않았다.

──의식불명? 입원? 그거, 누가 무슨 짓을 했다는 건가?

만약 그게 사실이라면 정말 엄청난 일이다. 메릴의 이야기는 계속됐다.

"그래서, 메릴은 생각했어. 인제 와서 그 반지가 발견된 것과 이 의식불명 사건에 뭔가 관계가 있는 걸까? 없는 걸까? 우연일까? 필연일까? 메릴은 모르겠어. 만약에 관계가 있다면, 그건 반지를 가지고 있는 범인이 10년 전의 계획과 관계가 있고, 게다가 반성하지도 않았다는 뜻이겠지. 메릴은 정말 놀랐어. 목숨을 살려주는 대신, 반성하라고 기껏 뼈도 부러뜨렸는데, 그래도 정신을 못 차렸다니 말이야!"

거기서 메릴은 잠깐 말을 끊고서 어흠, 하고 헛기침을 했다.

"자, 그래서, 메릴이 제안을 할게요. 지금 반지를 가지고 있는 누군가 씨. 자기가 일련의 사건과 아무 관계도 없다면, 8월 ○일 저녁 6시까지 도쿄도 S구에 있는 A 공원 분수광장으로 반지를 가지고 오세요! 그리고 거기서 얌전히 반지를 넘긴다면 눈감아 드리겠습니다~. 만약에 안 온다면 유죄로 간주할 거예요~. 알았지?"

"으아아……."

자기도 모르게 그런 소리가 나왔다.

메릴은 중요한 부분을 하나도 설명하지 않았다. 10년 전에 메릴이 망쳐버렸다는 계획이 대체 어떤 것인지, 반지가 그 계획에서 어떤 역할을 했고 왜 파괴해야 하는지. 아니, 애초에 그게 진실인지도 확실하지 않았다.

만약에 진실이라고 해도, 이런 통보를 받고 찾는 사람이 순순히 나올지는 알 수 없는 노릇이었다. 심지어 메릴은 며칠 전에 마법학교에 불법 침입해 시설을 파괴했고, 이제는 전파까지 가로채기까지 했다. 이만한 죄를 지어놓고 어디로 오라고 한다면, 그날 그녀를 찾아오는 사람은 반지 주인이 아니라 경찰 마법 범죄 수사과나 마도 기동대일 거다.

그런데도 이렇게 당당하게 얼굴을 드러내고서 말하는 걸 보면 배짱이 좋다고 해야 할까, 아무 생각이 없다고 해야 할까.

"네 계획, 너무 엉성하잖아……."

준페이가 그런 소리를 하거나 말거나, 메릴은 속 편하게 손을 흔들면서 말했다.

"그럼~ 8월 ○일에 만나요! 바이바이~."

그 말을 끝으로 TV 화면이 원래대로 돌아왔지만, 이미 정규방송 따위를 보고 있을 때가 아니었다. 바로, 이 일은 SNS를 포함해서 세상 전체를 아주 떠들썩하게 만들어버렸다.

그날 밤, 마법학교에서 교장 명의로 전교생에게 메시지가 날아왔다. 내용을 요약하자면 메릴 사건은 이미 경찰이 대응하고 있으니 걱정할 필요는 없다. 학생들은 쓸데없이 불안해하지 말고 사태를 조용히 지켜보라. 쓸데없는 호기심으로 당일 A 공원에 구경하러 가서는 안 된다. 제군들의 경솔한 행동으로 마법사의 사회적 신용도가 흔들릴 수도 있다는 사실을 염두에 두고 생활하라. 그리고 만약에 대비해서 당일에는 자택에서 대기하고, 기숙사생들은 외출을 금한다. 그런 내용이었다.

"……어른들이 알아서 할 테니까 애들은 가만히 있으라는 얘긴가. 뭐, 나야 상관없지만."

메릴을 다 읽은 준페이는 휴대용 디바이스를 충전기 위에 올려놓고서 침대 위에 드러누웠다.

그 뒤로 인터넷을 뒤지면서 수집한 정보에 의하면, 아무래도 세상은 메릴 사건을 '쾌락 범죄자가 일으킨 소동'으로 받아들이고 있는 것 같았다. 위험한 테러리스트가 나타났다든지 그런 반응은 아니었다. 준페이도 같은 생각이었다.

──나한테 에로 마법사네 어쩌네 하는 소리를 했지만, 좀 머리가 이상할 뿐이지, 나쁜 녀석은 아닐 거야. 아마도.

그나저나 이 일이 대체 어떤 결말을 맞이할까. 메릴은 체포당할까, 아니면 도망칠까? 그 경우, 반지 탈취나 파괴에 성공할 수 있을까?

──그 반지가 대체 뭔데 이런 일까지 하지? 어떤 사연이 있는 물건이야? 피해자가 어쩌고저쩌고했는데, 옳은 일을 하고 있었다면 숨길 것도 없는 거 아닌가? 진실을 털어놓았다면 세상의 여론이 메릴 편이 됐을 수도 있는데, 왜 그렇게 안 했지? 네가 무슨

생각을 하는 건지 모르겠어, 메릴.

그런 생각을 하다가, 준페이는 어느샌가 잠들어버렸다.

◇

며칠 뒤. 메릴이 지정한 8월 ○일이 얼마 남지 않은 어느 날, 편의점에서 점심 도시락을 사서 기숙사로 돌아온 준페이는 1층 로비 홀에서 카에데와 마주쳤다.

"카에데 선배."

"아, 준페이. 오랜만이구나."

오늘 카에데는 하얀색 반소매 셔츠에 청바지를 입고 있었다.

"나는 지금부터 레드하트 브레이브 사람들과 점심을 먹으려고 한다. 너도 같이 가겠나?"

"안 가요. 그리고 이거 안 보이세요? 지금 막 도시락 사서 왔다고요."

준페이는 그렇게 말하면서 오른손에 들고 있는 편의점 봉투를 슬쩍 들어 올려 보였다. 그걸 본 카에데가 약간 아쉽다는 표정을 보였다.

"항상 그런 식으로 내 제안을 거절하는구나."

그 말도 사실이다. 준페이는 떨떠름한 기분이 들어 다른 이야기를 꺼냈다.

"그런데 카에데 선배, 고향에 안 갔네요. 레드하트 브레이브 활동 때문인가요?"

"음, 레드하트 브레이브의 일이나 검술 연습 때문에 너와 만날 틈도 없을 정도였다. 하지만 귀성하지 않은 건…… 사실은 나도, 부모님과 사이가 그다지 좋지 않아서 말이다."

의외의 고백에 준페이는 눈이 휘둥그레졌다. 카에데는 모범생이니까 당연히 가정환경도 문제없을 줄 알았는데. 그런 준페이를 보며 살짝 웃고, 카에데가 말했다.

"다들 이런저런 사정이 있는 법이다. 그런데 준페이, 여름방학은 어떻게 보내고 있지? 공부는 열심히 하고 있나?"

"예, 뭐. 제가 못 하는 건 실기지, 필기시험은 평균 정도는 나와요."

"그럼 됐다. 그리고 메릴…… 말이다만."

"이제 모레네요. 말 안 해도 구경하러 갈 생각은 없어요."

"그럼 됐다."

카에데는 웃으면서 준페이의 어깨를 두드렸고, 그대로 걸음을 옮겨서 기숙사 밖으로 나가려고 했다. 그 모습을 보면서 준페이가 말했다.

"그런데 메릴이 했던 말이 계속 마음에 걸리는데 말이죠. 반지가 어떻고, 피해자가 어떻고, 10년 전에 계획을 망쳤다느니……."

그랬더니 카에데가 걸음을 딱 멈추고 준페이 쪽을 봤다.

"호오, 관심이 생겼나?"

"그게, 저는 메릴과 직접 만났으니까요. 관심이 생길 만도 하죠…… 카에데 선배는 어떻게 생각하세요?"

"어떠냐고 물어봐도 나는 아무것도 모르니까. 진실은 그녀를 붙잡아서 물어보는 수밖에 없지. 그래도 딱 하나, 확실한 게 있다."

거기서 카에데는 준페이 쪽으로 몸을 돌리고, 숨기고 있던 카드를 보여주는 것처럼 이렇게 말했다.

"메릴은 10년 전에 어떤 사건이 있었고, 그것과 관련된 복수의 사람들이 의식불명에 빠졌다고 말했다. 그게 사실이라면 그런 짓을 벌인 자는 용서할 수 없다. 하지만, 아무리 그렇다고 해도 반지의 소유자가 얌전히 반지를 넘기지 않는다고 해서 그 사건의 범인이라고 단정하는 건 좀 억지가 아닐까. 만약 반지 소유자가 결백하다면, 메릴은 부당한 위협을 한 게 되겠지."

"뭐, 그렇긴 하네요……."

준페이가 보기에는 메릴이 나쁜 사람은 아닌 것 같았지만, 목적을 위해서 수단을 가리지 않는 구석이 있는 건 사실이다. 그것이 카에데한테는 부조리하게 보였던 걸까.

"음…… 하지만 반지라는 건 10년 전에 있었던 계획이라는 것의 연구 성과고, 거기에 관여했던 사람이 의식불명이 됐다면, 관련지어서 생각하는 것도 어쩔 수 없는 일이 아닐까요?"

"준페이. 증거도 없는데 일방적으로 의심하고, 범인이 아니면 반지를 내놓으라고 하는 건 그냥 협박이다. 메릴의 목적이 의식불명 사건의 해결이라면 협력할 수도 있지만, 그것 때문에 죄 없는 사람을 함부로 협박한다면, 나는 절대로 인정할 수 없다."

그렇게까지 확실하게 말하면, 준페이도 더는 할 말이 없다. 그리고 이야기하는 사이에 혼자서 뜨거워진 건지, 카에데는 유난히 말이 많았다.

"만약 당일에 메릴이 내 앞에 나타난다면, 내가 결판을 내겠다."

"당일이라니, 무슨 얘기죠?"

준페이가 그렇게 묻자 카에데는 순간적으로 아차, 하는 표정을 지은 뒤에 씁쓸하게 웃었다.

"이런, 말이 헛나왔군······."

"······말하기 어려운 일이라면 못 들은 거로 해드릴 수도 있는데요?"

"아니, 됐다, 말하지. 사실은······ 모레, 메릴이 지정한 8월 ○일, 레드하트 브레이브는 S구 A 공원에 갈 예정이다."

이번에는 준페이가 깜짝 놀랐다.

"저, 정말인가요? 마법학교 학생은 전원 자택 대기라고 했잖아요?"

"그랬지. 하지만 레드하트 브레이브는 예외다. 메릴은 그 방송을 통해서 반지를 가지고 A 공원으로 오라고 요구했지만, 상식적으로 생각하면 나올 리가 없지. 가고 싶어도 못 간다. 당일에는 경찰이 공원을 봉쇄할 예정이니까."

"메릴을 체포하기 위해서인가요?"

"그래. 메릴에게는 마법학교에 대한 침입과 전파 해킹, 두 가지 혐의가 있다. 경찰도 움직일 수밖에 없지. 근데 문제는 당일, 현장에 구경꾼들이 잔뜩 몰릴 게 뻔하다는 점이다."

그야 공공 전파를 해킹해서 그런 소리를 떠들었으니, 호기심 많고 한가한 사람들은 죄다 몰려들겠지.

"그래서 우리가 그 구경꾼들을 대처하고 교통정리를 하게 되었지."

"아, 그렇군요……."

모범생들만 모여 있는 레드하트 브레이브는 이런 일에 협력을 아끼지 않는다. 사회에 마법사가 얼마나 유용한지 보여주겠다는 설립 이념과도 맞으니까.

"더운 날씨에 고생이 많겠네요. 열심히 하세요. 저도 응원할게요."

준페이는 남의 일이라고 생각하면서 상쾌하게 웃었다. 이때는 아직, 그런 일이 벌어지리라고는 꿈에도 생각하지 못했으니까.

◇

한여름 8월, D-day. 마침내 그날이 왔다. 예고대로라면 오늘 저녁 6시에 메릴이 A 공원에 모습을 드러낼 것이다. 카에데를 비롯한 레드하트 브레이브는 아침 일찍부터 A 공원으로 가서 구경꾼들 대처를 맡았지만, 준페이는 속보에 신경을 쓰면서도 자택 대기 명령을 지키며, 기숙사 방에서 느긋하게 지내고 있었다.

그리고 예고한 시간이 지나고 밤이 됐을 때, TV 뉴스의 여성

아나운서가 경악할만한 소식을 전해줬다.

"학교 봉사활동으로 공원에 와있던 도쿄 마법학교 고등부 교사 콘도 씨가 A 공원에서 피를 흘리며 쓰러진 채로 발견됐습니다. 콘도 씨는 발견 당시 의식이 없었으며, 급히 병원으로 이송했으나 다행히 생명에는 지장이 없다고 합니다. 경찰은 '마녀 메릴'이 습격한 것으로 보고 있으며, 콘도 씨의 의식이 회복되는 대로 자세한 경위를 물을 예정——"

그 사건을 계기로, 메릴에 대한 평가가 순식간에 달라졌다. 바니 슈트를 입은 쾌락 범죄자에서 죄 없는 교사에게 전치 1개월의 중상을 입힌 흉악범이 된 것이다.

다음 날, 학교에서 학생들과 보호자가 함께 모이는 긴급 전교 조회가 열렸다. 여름방학 중에 갑자기 벌어진 일이다 보니 멀리 떨어진 본가로 귀성했거나 여행을 간 학생은 빠졌지만, 그래도 전교생의 8할은 참석한 것 같았다.

오전 10시, 고등부에 있는 강당에는 학생들이 반별로 줄을 서 있고, 뒤쪽에 있는 접이식 의자에는 보호자들이 앉아 있었다.

교장 선생님이 단상에 올라와서 제일 먼저 인사를 하고, 일어서있는 보호자들이나 학생들을 앉도록 했다. 사람들이 모두 앉자,

교장 선생님이 입을 열었다.

"그럼, 어제 그 공원에서 무슨 일이 있었는지, 순서대로 말씀드리겠습니다."

교장 선생님의 말에 의하면, 어제 레드하트 브레이브는 평소에 하던 봉사활동의 일환으로서 구경꾼들에 대응하기 위해, 고문 교사들의 인솔을 받아 A 공원으로 갔다. 하지만 메릴은 지정한 저녁 6시가 되어도 나타나지 않았으며, 메릴이 찾는 사람 또한 나타나지 않았다. 그대로 한 시간이 지난 뒤에 경찰과 관계자들은 현장에서 앞으로의 방침에 대해 논의하기 시작했다.

"논의는 공원에 설치한 천막에서 각 관계자 대표가 모여서 진행했습니다. 우리 학교에서는 레드하트 브레이브의 주임 고문인 콘도 선생님, 부고문 오쿠무라 선생님, 그리고 현 단장인 히지카타 카에데 양이 참가했었습니다."

논의 결과, 경찰은 현장에 남고, 구경꾼이 거의 다 돌아가 할 일이 없어진 레드하트 브레이브는 철수하기로 했다.

이야기가 정해진 후, 콘도 선생님은 혼자서 학생들이 타고 갈 버스 기사와 연락하러 갔고, 오쿠무라 선생님과 카에데는 다른 레드하트 브레이브 단원들에게 이 사실을 전했다.

하지만 시간이 지나도 버스는 오지 않았고, 콘도 선생님도 갑자기 연락이 끊겨졌다. 무슨 일이 생겼나 의문을 품을 때쯤, 공원 안에서 피를 흘리고 쓰러져 있는 콘도 선생님이 발견됐다.

매스컴에서는 들을 수 없었던 진실을 듣고, 준페이는 얼빠진 기분이 들었다.

"교장 선생님!"

평소 같으면 있을 수 없는 일이지만, 이때 준페이는 어떤 충동 때문에 모든 학생이 앉아 있는 속에서 혼자 일어나서 손을 높이 들었다.

교장 선생님은 약간 당황한 얼굴로 준페이를 봤지만, 발언을 막지는 않았다.

"무슨 질문이라도 있나?"

"예. 저기, 그럼, 메릴이 콘도 선생님을 습격하는 모습을 누가 본 건 아니지 않습니까?"

그 말 때문에 강당 안이 술렁이기 시작했다. 어젯밤부터 나온 뉴스에서는 메릴이 콘도 선생님을 습격했다고 단정하는 내용만 보도되고 있었는데, 지금 이야기를 들어보면 꼭 그렇다고 할 수만은 없었다. 다른 사람들도 마음속에서는 준페이와 같은 의문을 품고 있었기 때문에 이렇게 술렁이는 거겠지.

그러자 교장은 고개를 한 번 크게 끄덕이고는, 모든 사람에게 들으라는 것처럼 말했다.

"솔직히 말하자면 그렇습니다. 매스컴에서는 마치 메릴이 콘도 선생님을 공격했다는 것처럼 보도하고 있습니다만, 증거나 목격 자는 없습니다. 단지 그 장소로 오라고 말했던 게 메릴이니, 가장 유력한 용의자로 보는 것이죠. 어쨌거나 저희가 할 수 있는 일은 경찰의 수사가 진전되기를 기다리는 것뿐입니다. 학교 측에서는 현재 알고 있는 사실을 전하는 것 말고는 할 수 있는 일이 없습니다."

"그게 무슨——"

준페이는 한마디 더 하려고 했지만, 교장 선생님은 이렇게 설명한 것으로 자기 책임을 다했다는 생각이 들었기에, 거기서 그만두고 다시 자리에 앉았다. 그 모습을 보고 교장 선생님이 다시 이야기를 시작했다. 이번 일 때문에 동요하지 말고 여름방학이 끝날 때까지 학생으로서 자각을 갖고 생활했으면 싶다는 이야기도 하고 보호자 분들의 질문을 받기도 했지만, 준페이한테는 그런 이야기들이 하나도 들리지 않았다.

오전 11시가 지났을 때 강당에 모인 사람들이 해산했다. 준페이도 기숙사로 돌아가려고 걸어가고 있었는데, 정문으로 가는 가로수 길에 들어섰을 때, 뒤에서 누가 부르는 소리가 들려왔다.

"준페이."

뒤를 돌아보니 교복을 입은 카에데가 서 있었다. 그 옆에는 소니아도 있고, 게다가 레드하트 브레이브 멤버로 보이는 총 16명의 남녀 학생들도 보였다. 그 사람들의 시선이 준페이에게 집중됐는데, 그중에서도 소니아는 준페이를 매섭게 노려보고 있었다.

그런 상황 속에서 미소를 지으며 준페이에게 말을 건 사람은 역시나 카에데였다.

"아까는 꽤 눈에 띄더군. 교장 선생님께 질문하다니, 깜짝 놀랐다."

"카에데 선배, 저기······."

준페이는 카에데에게 어제 있었던 일에 대해 자세히 물어보려고 했지만, 아무래도 대답해 줄 분위기는 아니었다.

"미안하지만 아무것도 대답할 수 없다. 어제 일에 대해서는 학교와 경찰 양쪽에서 함구령이 내려져서 말이다. 여기 있는 레드하트 브레이브 멤버들에게도 이야기하지 않았다."

"그, 그런가요······."

말도 못 붙이게 해서 풀이 죽었지만, 이렇게 딱 잘라서 말했으니 물어봐도 소용없는 일이겠지. 그나저나 나는 왜 아까 교장 선생님한테 그런 걸 물었던 걸까. 마음속 한구석에서는 메릴을 신경 쓰고 있었던 걸까. 그리고 소니아는 왜 아까부터 저렇게 준페이를 노려보고 있는 걸까.

소니아는 여전히 아름다웠다. 허리까지 내려온 머리카락이 황금색으로 눈부시게 빛나는 것처럼 보여서, 검은 머리카락들 사이에 둘러싸여 있는 모습이 마치 그녀에게 스포트라이트를 비추는 것만 같았다. 그런데 그 미소녀가 바늘처럼 날카로운 시선으로 유독 이쪽을 쏘아보니, 준페이도 모른 척할 수가 없었다.

"저, 저기, 왜 그렇게 날 노려보는 거야?"

준페이가 큰맘 먹고 그렇게 물어봤더니, 소니아가 가시 돋은 말투로 이렇게 말했다.

"콘도 선생님이 다친 건 당신 때문이에요."

"뭐? 나, 나 때문이라고!"

준페이는 놀라기도 잠시, 화를 내면서 소니아에게 따졌다.

"그게 무슨 소리야? 난 어제 계속 기숙사에 있었다고!"

"그건 중요한 게 아니에요. 그날, 당신이 저를 방해하지 않고 제대로 지원을 해줬다면 메릴을 포박했을 겁니다."

"뭣……."

준페이는 메릴이 학교에 불법 침입했던 날이 떠올랐다. 그리곤 어이가 없어 소니아에 따졌다.

"그 이야기를 여기서 따지겠다고?"

"저도 어제까지는 그냥 넘어갈 생각이었습니다. 하지만 콘도 선생님이 크게 다쳤고, 하마터면 돌아가실 뻔했어요! 원망을 들어도 싸다고요!"

"그게 무슨……!"

"당신에 대해서 조금 알아봤습니다. 페이퍼 테스트는 평균이지만 실기는 엉망. 마법을 제어하지 못해서 걸핏하면 불발하거나 폭주한다죠? 당신 같은 열등한 사람은 당장이라도 마법을 봉인하는 게 이 세상을 위한 일입니다!"

"이게!"

소니아의 말도 일리가 있었다. 하지만 일리가 있는 만큼 되레 상처를 후벼 파는 것 같은 기분이 들어서 분노가 치솟았다. 준페이가 소니아를 향해 달려들려던 순간, 카에데가 사이에 끼어들었다.

"그만둬라, 준페이. 소니아도 말이 과했다."

하지만 소니아는 풍만한 가슴을 밑에서 받쳐 올리는 것처럼 팔짱을 끼고는, 코끝을 높이 들고서 준페이를 내려다보며 말했다.

"저는 단 한 마디도 잘못된 말을 한 게 없습니다. 낙오자는 낙오자일 뿐입니다."

"이놈이······."

그러자 소니아는 눈을 가늘게 뜨고, 준페이를 조롱했다.

"하다못해 년이라고 해주시죠. 국어 성적까지 낙제점인가요?"

"크, 크으윽······."

준페이는 분노와 함께 뭔가 몸속 깊은 곳에서 터져 나오는 것을 느꼈다. 마력이, 샘물처럼 온몸을 채워갔다. 준페이의 마력을 알아챈 카에데의 얼굴이 굳어졌다.

"이런! 그만둬라, 준페이! 마법으로 싸웠다간 그냥 넘어갈 수 없다!"

"아니, 잠깐만 단장."

그때, 준페이 일행을 멀리서 지켜보고 있던 레드하트 브레이브 중에 한 사람, 3학년 남학생이 그렇게 말하면서 끼어들었다. 안경을 쓴 남학생은 준페이를 보면서 눈이 휘둥그레져 있었다.

"내면의 마력이 고양되는 게 느껴져. 온몸에 마법의 힘이 감돌고 있어. 이만한 마력을 이렇게 빨리······ 강력하게 끌어올리는 건 아무나 할 수 있는 게 아니야. 이런데도 낙제생이라니, 이게 말이나 되는 일인가?"

그 뒤를 이어서 다른 3학년 여학생도 말했다.

"프로세스는 제대로 처리하고 있어…… 그런데도 마법이 발동하지 못한다는 건, 자신이 어떤 마법을 쓰려는 건지, 이미지를 제대로 떠올리지 못하는 게 아닐까? 저기, 너! 너희 집안에는 어떤 마법사가 있지? 친척들에 대해서 알아보면 자기가 어떤 마법에 적성이 있는지 알 수 있을 텐데. 그다음에는 그걸 이미지로 떠올리면…… 뭐야, 안 듣고 있잖아! 트랜스 상태에 빠졌어!"

그렇다. 마법에 집중하고 있는 마법사에게 흔히 있는 일인데, 지금 준페이는 일종의 무의식 상태에 빠져 있었다. 조금 전부터 3학년 학생들이 한 이야기들을 귀로 듣기는 했지만, 그게 뇌까지 전달되지는 않았다.

"위험해……."

카에데가 말했다. 이대로 두면 준페이는 사적인 싸움에 마법을 사용했다는 이유로 처벌받게 된다. 학교의 처분으로 끝나면 다행이지만, 소니아가 다치기라도 하면 마도 갱생원으로 끌려간다.

"준페이!"

될 대로 되라는 것처럼, 카에데가 준페이의 뺨을 있는 힘껏 때렸다. 덕분에 준페이는 정신을 차렸지만, 그러면서 마력과 마법이 연결되고 말았다. 그리고 태곳적부터 기적이라고 불리던 힘의 편린이 위로 떠 올랐고, 마법이 현상으로서 발동됐다.

하지만 자신의 마법 적성을 모르는 준페이는, 항상 그랬던 것처럼 마법의 이미지를 제대로 떠올리지 못했다. 그저 소니아한테 한 방 먹이고 싶었을 뿐이었다. 그리고 오로지 그 생각만으로 발동한 마법이 바람을 불러왔다. 그 바람은 소니아의 하얀 치맛자락을 힘차게 밀쳐 올렸고, 눈부신 하늘색 천 조각이 눈에 들어온 순간, 준페이는 자기도 모르게 진지한 표정을 지었다.

　──라이트 블루……가 아니라! 또야! 또냐고!

　또다시 준페이의 마법 때문에 야한 일이 벌어지고 말았다. 이걸로 벌써 네 번째다.

　──말도 안 돼, 내가?

　한편, 소니아는 이 상황을 이해하지 못하고 멍하니 쳐다보고 있었다.

　"……꺄, 꺄아아악!"

　뒤늦게 비명이 터져 나왔고, 황급히 치맛자락을 바로잡았지만, 그때는 이미 바람이 지나가 버린 뒤였다. 너무 황당한 일이라서, 아무도 입을 열지 못했다. 카에데와 다른 사람들을 하나같이 은근슬쩍 준페이와 소니아한테서 눈을 돌렸다. 소니아는 두 손으로 치맛자락을 누르고, 고개를 숙인 채로 몸을 부들부들 떨고 있다. 그리고 준페이는, 이 침묵을 어떻게든 해야겠다고 생각했다.

　"저기, 일부러 그런 게 아니거든? 솔직히 너 때문에 화가 나서, 이걸 그냥, 하는 생각에 뭐가 뭔지도 모르는 채로 마법을 써버렸는데, 설마 이렇게 될 줄은 몰랐네! 하하하. 정말이지, 왜 내가 마법을 쓰면 이런 일만 생기는지……."

　──에로 마법사라서 그래 메릴!

　상상 속의 메릴이 그렇게 말하면서 준페이의 마음을 해머로 후려쳤다.

화가 난 소니아가 고개를 숙인 채로 무서울 만큼 차가운 목소리로 말했다.

"일부러 그런 건 아니겠죠."

"다, 당연하지."

"좋아, 알았어요. 그럼 사형!"

고개를 든 소니아의 아름다운 얼굴에는 살기가 깃들어 있었다. 그리고 그대로 준페이를 향해서 한 걸음을 내디디고, 오른팔을 치켜들었다. 준페이는 완전히 얼어붙어서 움직일 수가 없었다.

"죽여버……."

"자, 잠깐, 기다려라!"

카에데가 당황해서 말렸다. 동시에 여학생 두 명이 양쪽에서 소니아를 붙잡았다.

"소니아, 진정해!"

"좀 보여준다고 어떻게 되는 것도 아니잖아, 그냥 넘어가!"

"하지만 두 번째라고요! 그 바나나 껍질 일이 벌어지기 전까지는 아무한테도 보여준 적이 없었는데! 벌써 두 번이나!"

소리를 질러대는 소니아에게, 이번에는 카에데가 말했다.

"사고다, 사고. 불가항력이다. 그렇지, 준페이?"

"다, 당연하죠!"

준페이는 망가진 인형처럼 몇 번이나 고개를 끄덕였다.

그 뒤에 사람들이 간신히 소니아를 달래서 진정시키자, 소니아도 간신히 살기를 억누른 것 같았다. 하지만 준페이를 보는 눈에는 여전히 적개심이 번뜩이고 있었다.

"……알겠습니다. 죽이는 건 어떻게든 참도록 하죠. 하지만 조금 전에 저지른 무례의 대가는 치르도록 하겠습니다."

"그게 무슨 소리야?"

"결투입니다!"

여기에는 사람들이 전부 깜짝 놀랐다. 마법학교에는 서로 간에 도저히 양보할 수 없는 주장이 있는 경우 마법을 사용해서 일대일로 정정당당하게 대결하고, 여기에서 이긴 쪽의 의견을 따르는 오래된 풍습이 있다. 소니아는 그 카드를 준페이에게 내밀었다.

"괜찮겠죠?"

"아니……."

하나도 안 괜찮았다. 소니아를 상대로 결투를 했다간, 자기만 일방적으로 당할 게 눈에 뻔했다. 하지만 여자가 도전해왔는데 도망치는 것도 썩 내키질 않았다. 준페이가 어떻게 대답해야 좋을지 고민하고 있는데, 카에데가 소니아에게 말했다.

"이 결투는 소니아의 화풀이나 마찬가지다. 사적인 싸움이지. 결투의 조건이 성립하지 않아. 마법학교에서 결투는, 서로의 주장이 부딪치고, 그러면서도 양쪽의 주장이 모두 이치에 맞을 때만 인정된다. 사적인 복수에 이 제도를 이용하는 건 허락할 수 없다."

"마, 맞아!"

얼굴이 활짝 피어서 카에데의 말에 동조하는 준페이를 보며, 소니아가 코웃음을 쳤다.

　"카에데 선배, 그런 건 저도 잘 알고 있어요. 그런데 이 이치노세 준페이라는 남자는 자기감정을 제어하지 못하고 마법으로 저를 공격하려고 했어요. 결과는 제 치마가 펄럭이는 정도로 끝났지만, 저는 그 행위에 대한 단죄를 요구합니다."

　"그겐 네가 도발해서──"

　그렇게 반박한 준페이는, 거기서 뭔가를 깨닫고서 입을 다물었다. 소니아는 이겼다는 것처럼 웃었다.

　"한마디로 제가 원인을 만들었으니까 벌을 면제해달라는 말이겠죠. 그렇다면 결투의 조건은 성립됐어요. 당신의 행위에 대해 벌을 내려야 하는지 아닌지. 어떤가요?"

　그러자 카에데는 잠시 생각한 뒤에 이렇게 말했다.

　"그런 이유라면, 결투해도 괜찮겠지."

　준페이는 카에데의 마음속 천칭이 움직였다는 것을 깨닫고, 바로 넋이 나가버렸다. 하지만 그렇게 말하면 일단 앞뒤는 맞는다. 결국, 자신이 뿌린 씨앗이 초래한 결과다.

　카에데가 준페이를 보면서 말했다.

　"어쩔 테냐 준페이? 받아들일 건가? 받아들이지 않겠다면 너는 자신이 저지른 일에 상응하는 책임을 져야만 한다. 다친 사람이 없다고 해도 말이다."

　"……알겠습니다. 좋아요, 해보자고요."

자신이 소니아에게 이길 가망은 없다. 하지만 준페이에게도 체면이 있다. 카에데 앞에서 꼴사나운 모습을 보여주고 싶지도 않고, 그리고 무엇보다 소니아가 마음에 안 들었다.

"그렇게까지 나온다면 해주겠어! 널 쓰러트리고 무죄방면을 차지하겠다고!"

그 말을 듣고, 소니아가 뜻대로 됐다는 것처럼 씩 웃었다.

"그럼 좋다는 거죠?"

"그래, 좋다."

그러자 소니아는 휴대용 디바이스를 꺼내서는 레드하트 브레이브의 여학생들이 뒤에서 몰래 훔쳐보거나 말거나 신경도 쓰지 않으면서 문자를 입력하기 시작했고, 마침내 고개를 들고서 말했다.

"사흘 뒤 오후 한 시에 마도 전투 교련 돔의 사용 허가를 받았어요. 알고 계시겠지만, 전투 마법은 돔 안에서만 사용할 수 있죠."

"그건 나도 알아. 그럼 그게 결투 날짜와 장소라고 생각하면 되겠지?"

"예. 도망치지 말고 최상의 컨디션을 갖추고 오세요."

"너야말로 영국으로 돌아가지 않아도 되겠어?"

"걱정 마세요. 저는 유학생이지만 레드하트 브레이브의 일원으로서, 여름방학 중에도 이 나라에 머물 겁니다. 참고로 당신과 같은 학생 기숙사에 살고 있답니다. 호호호."

"그랬군."

──그러고 보니 기숙사에서 본 적이 있는 것도 같고 아닌 것

도 같고.

준페이는 기억을 더듬었고, 하지만 별 상관없는 일이라고 생각하면서 고개를 흔들고는 발을 돌렸다.

"그럼 사흘 뒤에 보자고."

"예, 사흘 뒤에."

그리고 걸음을 옮기는 준페이를 붙잡는 사람은 아무도 없었고, 그렇게 소니아와의 결투가 정해졌다.

사흘 뒤, 결투 당일 아침 6시. 준페이는 기숙사에서 조금 떨어진 공원에 와 있었다.

이 공원은 그럭저럭 넓은 데다 흙바닥 운동장과 테니스 코트가 하나씩 있고, 철봉 같은 운동기구도 있어서 적당히 운동하기에 좋았다. 준페이는 딱히 무술을 배우거나 운동을 하진 않지만, 몸을 조금이라도 단련해두지 않으면 남자로서 너무 한심할 것 같다는 생각에, 조깅할 때마다 이 공원에 들러서 가볍게 몸을 움직이곤 했다.

하지만 오늘 준페이는 운동장도 철봉도 아닌, 작은 야외무대에 와 있었다. 동네 이벤트에 딱 좋을 것 같은, 작은 콘서트 정도는 열 수 있을 것 같은 그런 무대가 공원 안에 있다.

이른 시간이라서 그런지 무대에는 아무도 없었다. 준페이는 빠른 걸음으로 객석 사이를 통과해서 콘크리트로 만든 무대로 올라가 바닥에 앉았다.

"……드디어 오늘인가."

오늘 오후 1시에 소니아와 결투가 예정되어 있다. 아마도 일방적으로 당하겠지만, 하다못해 한 방 정도는 먹여주고 싶었다.

"내가 낙제생이 아니라는 건 증명할 수만 있다면…… 하지만 내가 무슨 계통인지 아직도 모르는데 대체 뭘 어떻게 해! 아아악, 젠장!"

"그러니까, 넌 에로 마법사라니까."

갑자기 귀가 녹아버릴 것 같은 목소리가 들려와, 준페이는 깜짝 놀라서 뒤를 돌아봤다. 거기에는 무녀 옷을 입은 메릴이 서 있었다. 빨간색 치마가 가련해 보였지만, 지금의 준페이는 거기에 정신을 팔고 있을 여유가 없었다.

"너, 너…… 메릴!"

"야호~! 잘 있었어, 준페이? 오랜만이네."

"오, 오랜만은, 무슨!"

준페이는 무대 바닥에 손을 짚고 일어나서는, 메릴 쪽으로 다가갔다.

"너, 지금 네가 어떤 처지인지는 알고 있는 거야! 살인 미수 용의자라고!"

"음, 뭐 대충은?"

"대충이라니…… 그리고 그 꼴은 또 뭐야?"

처음 만났을 때는 공주님 같은 드레스 차림이었는데, 소니아와 싸울 때는 차이나 드레스 차림이 되었고, 지난번 전파 해킹 때는 바니 슈트, 오늘은 일본의 신사에 있는 무녀들이 입는 옷을 입고 있었다. 메릴은 무녀 복장의 옷깃을 살짝 잡고서 가슴팍을 보여주는 것 같은 동작을 하고는, 별일도 아니라는 것처럼 대답했다.

"메릴은 입은 옷에 따라서 마법 계통이 달라지는 마법사거든. 뭐든지 할 수는 있지만, 옷을 갈아입어야 해. 편리하면서도 불편하지만, 그래도 재미있어!"

"의, 의상에 따라서 마법 계통이 달라진다고?"

"응! 참고로 이 옷을 입으면 결계 계열 마법을 쓸 수 있어."

"결계……?"

준페이는 급하게 주위를 둘러봤다. 얼핏 보기에 특별한 변화는 없었다. 8월의 이른 아침. 아니, 아무리 이르다고 해도 해는 이미 떠 있는데, 산책하는 어르신조차 단 한 사람도 없다니? 뭔가 이상하다.

그런 준페이의 반응을 보고 메릴이 기뻐하며 웃었다.

"눈치가 빠르네. 방해받고 싶지 않아서, 메릴이 여기에 결계를 쳤어. 단둘이 할 얘기가 있거든. 부탁하고 싶은 것도 있고."

"나한테 부탁……?"

준페이는 깜짝 놀랐다. 메릴 같은 실력자가 이런 낙제생한테 대체 뭘 부탁하겠다는 걸까. 하지만 그런 것보다, 메릴을 만나면 꼭 물어봐야겠다고 생각했던 일이 있다. 준페이는 숨을 크게 쉬고, 긴장한 얼굴로 입을 열었다.

"그 전에 하나 물어볼게."

"에로 마법에 대해서?"

진지하게 말하려던 준페이는 무릎이 휘청거릴 뻔했다.

"아, 아니야. 물론 그것도 궁금하긴 한데…… 요즘 묘하게 네 말대로가 아닐까 하는 생각이 들어서 진짜로 고민하고 있고. 하지만 내가 지금 묻고 싶은 건 콘도 선생님 일이야! 세상에서는 네가 콘도 선생님께 중상을 입힌, 살인 미수를 저지른 엄청난 악당으로 알려져 있다고!"

콘도 선생님이 중상을 입고 병원에 실려 간 뒤로 며칠이 지난 탓에 세상의 관심은 이미 다른 곳으로 옮겨갔지만, 준페이는 단 하루도 그 일을 잊은 적이 없었다.

준페이는 메릴을 똑바로 보면서, 약간의 두려움이 담긴 목소리로 물었다.

"콘도 선생님을 그렇게 만든 게, 너야?"

"그럴 리가 없잖아. 그건 메릴을 함정에 빠트리려고 그런 거야. 정말 너무하다니까."

그 말을 듣고, 준페이는 너무 안심해서 그 자리에 주저앉을 뻔했다. 메릴을 만난 때부터 왠지 나쁜 사람이 아니라는 느낌이 들었기 때문이다.

──그래. 역시 이 녀석은 괜히 사람을 다치게 할 녀석이 아니야.

하지만 메릴이 무죄라면, 그건 다른 문제가 있다는 의미가 된다.

"가만…… 함정이라니? 그럼 그저 너한테 누명을 씌우기 위해서, 아무 상관도 없는 사람을, 까딱하면 죽을 수도 있을 만큼 크게 다치게 만든 놈이 있다는 뜻이야?"

"맞아. 효과는 아주 확실했지! 이제 메릴이 무슨 말을 해도 사람들이 믿어주지 않게 돼버렸어. 이런 짓을 저지를 줄은 몰랐는데, 완전히 한 방 먹었다니까 메릴."

"이, 이럴 수가…….."

아주 죄도 없는 사람한테 누명을 씌우기 위해서 죄도 없는 사람을 공격한다.

"――사람도 아니잖아."

그건 충격이었지만, 언제까지 충격만 받고 있을 수는 없다.

"하지만, 왜? 난 너에 대한 걸 아무것도 몰라. 너한테 누명을 씌우려고 한 녀석과 너는 대체 뭣 때문에 싸우고 있는 거야? 반지라는 게 대체 뭔데? 그리고 넌 정말로 진실을 말하고 있는 거야? 난 일이 어떻게 되는 건지 전혀 모르겠어."

"음~."

말을 해야 좋을지 망설이고 있는 메릴에게, 준페이가 강한 어조로 말했다.

"나한테 부탁할 게 있다고 했었지? 그럼 먼저 그 얘기부터 해. 하나부터 열까지 전부. 안 그러면 난 너한테 협력하지 않을 거야."

"음…… 알았어. 말할게 메릴. 하지만 지금부터 메릴이 하는 이야기는 반지에 얽힌 사정도, 준페이의 마법이 왜 그러는지도 다 한꺼번에 얽힌 거라 좀 길거든?"

"상관없어."

준페이가 고개를 끄덕이자 메릴은 빙긋 웃었고, 그리고는 잠깐 생각에 잠겼다.

"자, 어디서부터 얘기할까나…… 그래, 아주 오래전에 마법사가 뛰어난 존재이며 세계를 이끌어 마땅하다는 주장을 한 사람이 있었는데, 준페이는 그 말을 믿나요?"

"아니, 딱히. 마법사가 정말 그만큼 잘났다면, 이미 오래전에 세상을 정복하지 않았을까?"

"그래, 맞아. 물론 일대일로 싸우면 마법사도 아닌 사람들한테 질 리는 없겠지. 하지만 인간은 사회적 생물로서의 집단 지성을 가지고 있으니까, 이런 상태에서 싸움이 벌어지면 소수파인 마법사는 다수파인 마법사가 아닌 사람들을 당해낼 수가 없어."

이 나라에서 예를 들면, 마술사가 아닌 것은 사람도 아니라고 주장하던 타이라씨(平氏)를, 일반인인 요시츠네가 멸망시켰다. 노부나가는 마법사가 아니었지만, 일본을 제패했었고, 태평양 전쟁 때는 음양사들이 미군을 괴롭혔지만 결국 마지막에는 원자폭탄을 맞고서 패배했다.

마법은 힘이지만, 결코 무적도, 만능도 아니다.

"그러다 보니 마법사들은 탄압받거나 박해당하는 일이 많았지만, 그래도 마법사는 마법사라, 시대나 지역에 따라서는 지배자로 군림한 적도 있었어."

"그래. 짓밟고, 짓밟히고, 또 짓밟고…… 피해자와 가해자의 입장이 계속 뒤바뀌었지. 어느 나라에서나 마법사와 일반인의 역사는 다 비슷했어."

"응, 맞아. 그래서 말이야, 천 년 전에 잉글랜드의 마법사가 조금 위험한 마법을 사용했었거든. 지배의 마법이라는 녀석이지."

"지배의 마법?"

"직설적으로 말하자면 노예 마법이야. 지배의 반지와 각인으로 구성된 마법인데, 각인은 한 번 생기면 지울 수도 없거니와, 몸에 노예의 각인이 새겨진 사람은 지배의 반지를 가진 사람에게 절대 복종! 어떤 명령이건 거역할 수 없습니다, 평생 노예입니다, 가 돼 메릴."

거기서 준페이의 사고 회로가 잠깐 정지했다. 교통사고라도 당한 것처럼 놀랐다.

"뭐……? 그런 끔찍한 마법이 있어?"

"있어. 이건 진짜진짜 금지된 주문이라서 있었다는 사실마저 감춰버렸거든. 모르는 게 당연한 거야."

"그걸 알고 있는 넌 대체 뭔데?"

"14세기에 태어난 대마법사 메릴."

메릴은 그렇게 말하면서 윙크를 하고는, 아무 일도 없었다는 것처럼 계속해서 말했다.

"그래서, 지배의 반지라는 걸 듣고 대충 눈치를 챘으면 싶은데 말이야."

"반지……."

메릴은 반지를 찾고 있었다. 반지에는 등급이 있고, 상위 반지는 하위 반지를 탐지하는 레이더 역할도 한다고 했다. 메릴은 골드 반지를 가지고 있고, 그걸로 실버나 브론즈 반지를 찾아내서 파괴하고 있다고 말했었다.

"뭐, 뭐야 그게…… 잠깐만 기다려봐. 그 반지라는 게……."

"이거야."

메릴이 오른손을 앞으로 내밀어서 중지에 낀 금색 반지를 보여줬다.

"이게 지배의 반지 중에 하나. 지배의 반지에는 위에서부터 오리하르콘, 미스릴, 플라티나, 골드, 실버, 브론즈가 있고, 반지에 따라 힘이 달라. 어느 반지건 노예의 각인이 있는 사람한테 명령은 내릴 수 있지만, 예를 들어서 브론즈 반지는 한 번에 한 사람, 실버 반지는 한 번에 세 사람까지만 명령을 내릴 수 있어. 상위 반지는 하위 반지의 명령을 무효로 만들 수도 있고, 명령을 덮어쓸 수도 있고, 노예의 각인이 있어도 상위 반지를 끼면 하위 반지의 명령을 취소할 수도 있지. 같은 반지일 경우에는 명령을 상쇄하고, 상위 반지는 하위 반지를 찾아낼 수도 있어. 반지는 성능도양도 피라미드식이라서 위로 갈수록 희귀하고, 아래쪽일수록 숫자가 많아. 그리고 오리하르콘 반지보다 위에 딱 하나뿐인 『진정한 왕의 반지』가 있는데, 이건 메릴도 본 적이 없어 메릴."

메릴은 거기서 이야기를 끝냈고, 잠깐 숨을 돌리고는 웃어 보였다.

"어때? 말을 홍수처럼 쏟아냈는데, 이해했어?"

"대충은…… 한마디로 상위 반지가 있으면 하위 반지는 의미가 없다는 뜻이잖아."

"그런 얘기야. 그래서 말이지, 그 각인과 반지를 조합해서 사용하는 지배의 마법으로 사람들을 노예로 삼았던 마법사는 말이야, 이런저런 일이 있어서 쓰러지고 말았어. 그러면서 지배의 마법도사라졌었는데, 10년 전에 그걸 부활시킨 사람이 있었거든. 이름은 마스터 트릭시."

"그게, 10년 전에 네가 짓밟아버렸다고 했던 나쁜 꿍꿍이야?"

"응, 맞아. 트릭시는 유럽의 마법사였는데, 그쪽에서 사고를 친 뒤에 일본으로 거점을 옮겼고, 거기서 계획을 추진했어. 처음에는 몰래 시작했지만, 점점 조직을 키웠고, 각 나라 정부 관계자들과도 연줄을 만들었던 것 같아. 목적은 뻔한 일이었어, 세계정복."

"세계정복이라니……."

마치 어린이용 TV 프로그램에 나오는 악당 같잖아. 준페이는 슬쩍 웃었지만, 메릴은 웃지 않았다.

"실제로 저지르려고 했어. 트릭시는 교활해서 말이야, 최종적으로는 자기를 제외한 모든 인류에게 노예의 각인을 찍을 생각이었거든. 그래서 먼저 자기를 따르지 않는 양식 있는 마법사들에게 노예의 각인을 새기려고 했고, 그러기 위해서 일반인들이 품고 있는 마법사에 대한 잠재적인 공포와 불신감을 이용했어 메릴."

"어떻게?"

"그러니까 지배의 마법…… 노예 마법의 재미있는 점은, 노예의 각인을 새기는 것도 지배의 반지를 만드는 것도 마법사만 할 수 있는데, 각인이 새겨진 사람에게 반지로 명령을 내리는 건 아무나 할 수 있다는 점이야. 거기에 눈독을 들인 트릭시는, '지배의 마법을 부활시켜서 전 세계에 있는 마법사들에게 노예의 각인을 새기고 여러분께 반지를 선물하겠습니다. 그러면 마법사들을 영원히, 완전하게 관리할 수 있게 됩니다'라는 꿈을 주면서, 마음속으로는 마법사들을 두려워하고 있던 정치가와 부자들을 자기 편으로 끌어들인 거야."

"으에……."

"그래서, 그래서, 트릭시는 조직을 키워나가면서 제일 먼저 반지 양산에 성공했고, 미스릴 이하의 반지를 잔뜩 생산해서 뿌렸지. 자기는 오리하르콘 반지를 가지고 있는 채로."

"그렇구나. 자기가 오리하르콘 반지를 가지고 있으면, 오리하르콘 이하의 반지는 아무리 많이 돌아다녀도 문제가 없을 테니까."

"그런 얘기야 메릴. 그리고 10년 전, 드디어 노예의 각인을 새기는 데 착수한 트릭시는 협력자들의 연줄을 총동원해서, 노예 마법의 부활이 걸린 대규모 실험을 시작했어 메릴. 참고로 메릴이 그 계획을 알게 된 것도 이때였어. 트릭시가 계획을 너무 크게 벌려서, 메릴의 안테나에도 걸렸던 거지."

"그래서, 네가 박살 내러 갔던 거고."

"맞아. 그딴 건 박살을 내야지. 뭐 그건 그렇다 치고, 전 세계에 있던 트릭시의 협력자들이 이 실험을 위해서 아이들을 끌고 왔어 메릴. 마법사 중에서도 특이한 재능을 이어받은, 당시에 만 10세 미만의 여자아이가 총 열 명! 전부 사연이 있는 아이들인데, 유괴당한 아이도 있고 친부모가 넘긴 아이도 있고, 아무튼 그렇게 해서 모았어. 그 열 명한테 노예의 각인을 새기고, 성공하면 지배의 반지 효과도 시험하기로 한 거지."

"그래도 막은 거지?"

며칠 전의 전파 해킹 때 말했던 내용에 의하면, 10년 전의 계획은 메릴이 망쳐버렸다. 한마디로 그 불쌍한 아이들은 메릴이 구출했다는 뜻이다.

준페이는 그렇게 생각하면서 밝게 웃었지만, 메릴은 슬쩍 눈을 돌리고 떨떠름한 표정을 지었다. 준페이는 바로 얼어붙었다.

"……어? 저기, 메릴?"

"음, 그러니까……. 물론 메릴은 구해주려고 했어. 일본에서 실험 중인 트릭시의 비밀기지를 찾아내서 쳐들어갔는데, 사실은 너무 늦었어. 에헷."

메릴은 혀를 살짝 내밀고 귀엽게 자기 머리를 콩, 하고 때렸지만, 준페이는 안색이 확 달라졌다.

"늦었다니, 무슨 뜻이야!"

"무, 물론 최종적으로는 다 망쳐버렸어! 트릭시도 해치웠고! 하지만 메릴이 도착했을 때는 이미 늦어서, 마법은 성공해 끝난 뒤였고, 아이들에게는 이미 노예의 각인이 새겨진 뒤였다는 얘기야."

준페이는 너무 끔찍한 이야기를 듣고서 사고가 정지돼버렸지만, 여기서 이야기를 끝낼 수는 없다.

"그 뒤는 어떻게 됐어?"

"당연히 메릴이 그 아이들을 보호했고, 시설이나 연구 성과나 지배의 반지 같은 것들은 거의 다 없애버렸지. 관계자들은 죄다 팔꿈치를 반대쪽으로 꺾어줬고. 하지만 트릭시가 가지고 있던 오리하르콘 반지를 빼앗지 못한 게 문제야 메릴."

"레이더 역할을 하니까?"

"맞아. 트릭시는 각인 실험에 앞서서 반지 양산에 성공했으니까, 지배의 반지가 꽤 여러 곳에 뿌려졌거든. 그래서 메릴이 10년이 지난 지금도 계속 찾고 있는데…… 궁지에 몰린 트릭시가 오리하르콘 반지를 파괴해버린 탓에, 제일 우수한 레이더가 없어져버렸어. 하지만 싸움이 끝난 뒤에 부수지 못한 골드 반지를 발견했고, 메릴은 그걸 가지고 나머지 반지들을 찾아내는 여행을 떠난 거야. 그리고 이번에, 10년 만에 일본에 돌아왔다는 얘기지. 이걸로 10년 전 얘기는 끝."

메릴이 그렇게 이야기를 마무리하자, 준페이는 그 자리에서 무릎을 꿇고 고개를 푹 숙였다.

──말도 안 돼. 10년 전에 그런 엄청난 사건이 일어났었고, 게다가 이미 다 끝났다니? 아니, 반지가 남아 있으니 완전히 끝난 건 아니겠지만.

"왜 그래, 준페이?"

메릴의 말에 고개를 든 준페이는 피곤한 눈빛으로 입을 열었다.

"세 가지 질문이 있어."

"그래, 얼마든지."

"먼저 그 열 명은 어떻게 됐어? 각인은 사라진 거야?"

"아니. 아무래도 한 번 노예의 각인을 새기면 평생 지울 수가 없는 모양이야. 그래서 그대로 남아 있어. 메릴이 지배의 반지를 부수고 다니는 건, 그것 때문이기도 해."

준페이는 할 말을 잃었다. 사슬을 잡은 사람이 있건 없건, 그 아이들은 평생 풀리지 않는 노예의 목줄이 채워져 있는 신세가 되고 말았다.

"그럼 지금은 어디서 어떻게 지내고 있어?"

"메릴은 몰라."

"뭐?"

"솔직히 말이야, 아이들을 열 명이나 키우는 건, 메릴 무리! 그래서 그 아이들은 당시의 협력자한테 다 맡겼어. 이름은 Y."

"Y?"

"맞아. 10년 전에 트릭시 편에 붙었던 사람도 있었고, 반대로 메릴한테 협력했던 사람도 있었어. 그때 구해낸 아이들은 친구이자 협력자였던 Y한테 전부 맡겼지. 그 아이들도 힘들었겠지만, 그건 그 아이들 인생이니까 자기가 싸워야 하지 않겠어? 그 대신에 지배의 반지는 메릴이 찾아내서 부숴줄게, 라는 얘기지. 그래서 그 뒤로 한 번도 만나지 못했고, 메릴도 그 아이들이 어떻게 됐는지 알아보려고 하지도 않았으니까, 이름도 얼굴도 기억나지 않아. 뭐, 만나면 생각이 날지도 모르지만."

"그렇구나……."

조금 냉정해 보이지만, 메릴 혼자서 열 명이나 되는 아이들을 보호하는 건 현실적이지 않다. 그 Y라는 인물이 아이들 한 사람 한 사람의 희망을 들어주고 제대로 된 인생으로 돌아갈 수 있도록 도와줬다고 믿고 싶다.

"그럼 질문 하나 더. 왜 이 사실을 공공연하게 밝히지 않는 건데? 진실을 말해서 세상 사람들을 자기편으로 만드는 게 좋지 않겠어?"

"땡~. 그건 틀렸어요! 반지가 아직 얼마나 더 남아 있는지 모르고, 그리고 노예의 각인이 새겨진 사람이 열 명이나 있으니까, 지배의 마법에 대해 아는 사람은 적을수록 좋아요!"

"하지만 넌 지금 범죄자 취급받고 있잖아? 네 결백을 증명하고 싶지 않아?"

"음~ 그건 그냥 아무래도 상관없거든. 어차피 메릴을 잡을 수 있는 사람도 없으니까."

그렇게 말하면서 웃는 메릴을, 준페이는 얼빠진 표정으로 쳐다봤다. 자신이 있는 건지, 아니면 다른 사람이 어떻게 생각하건 신경 쓰지 않는 건지, 아무튼 어떤 의미에서는 초연했다.

그때, 메릴이 준페이를 손가락으로 가리키면서 말했다.

"10년 전 일에 관한 질문은 끝난 것 같으니까, 지금부터는 시간축을 현재로 되돌려서 이야기해볼까. 메릴이 일본에 와서 뭘 알게 됐는지."

──그렇다. 10년 전에 무슨 일이 있었는지는 알았다. 하지만 지금은? 메릴은 반지를 찾으러 일본으로 돌아왔다. 그런데 어째서 그런 전파 해킹을 저지르고, 콘도 선생님이 병원에 실려 가고, 10년 전 계획의 관계자가 의식불명이라는 이야기가 나온 거지?

한마디로 메릴조차도 예상하지 못한 사태가 일어났다는 뜻이다. 준페이는 자리에서 일어나 뒷얘기를 재촉했다.

"무슨 일이 있었는지 들려줘."

"응. 그러니까, 처음 시작은 6월 말. 이 골드 반지를 탐지기로 삼아서 전 세계를 돌아다니던 메릴한테 아까 말했던 친구이자 협력자인 Y한테서 연락이 왔고, 『일본에서 또 반지와 관련된 사건이 일어날지도 모른다』고 했어. 그래서 말이야, 자세한 이야기는 직접 만나서 듣기로 했는데……."

거기서 메릴이 갑자기 입을 다물어버렸고, 준페이는 마른 침을 꿀꺽 삼켰다.

"잠깐만, 설마."

"메릴이 일본에 도착했을 때, Y는 이미 의식불명 상태로 병원에 누워 있었어 메릴."

준페이는 살짝 어지러운 기분을 맛봤다.

"그건…… 마법을 사용해서 사람의 의식을 빼앗았다고 생각하면 될까?"

"아마도 그래. 그래서 어쩔 수 없이, 메릴은 먼저 남은 반지가 있다고 의심했고, 그 감도가 나쁜 골드 반지에 의지하면서 찾아다니다가, 마법학교 근처에서 반지의 반응을 감지했어. 그래서 몰래 학교에 들어갔다가 준페이한테 들켰고, 그 소동이 벌어졌지."

"그랬지."

"그 뒤에 메릴, 조금 다른 각도에서 생각해봤어. 10년 전에 트릭시한테 협력했던 사람, 메릴한테 협력했던 사람, 다들 지금 뭘하고 있을까, 어쩌면 반지에 대해 알고 있을지도 몰라, 라고. 그래서 알아봤는데…….”

거기서 메릴은 말을 멈췄지만, 준페이는 그다음을 예상할 수 있었다. 사실 이 부분은 지난번 전파 해킹 때 메릴이 언급했었기 때문이다.

아니나 다를까, 메릴은 웃는 얼굴인 상태로 표정에 살짝 그늘을 드리웠다.

“확인한 사람들은 전부 의식불명 상태에 빠져 있었어. 노예 마법에 대해 알고 있는 사람들이 적이고 아군이고 상관없이 혼수상태고, 오래된 사람은 벌서 5년이나 잠들어 있어 메릴. Y는 10년 전의 관계자들이 차례로 의식불명에 빠졌다는 걸 뒤늦게나마 알아차렸고, 메릴한테 연락을 준 게 마지막으로 한 일이 아니었나 싶어…….”

일단 각오하고는 있었지만, 막상 들으니 심장이 빠르게 뛰기 시작했다. 적은 인간이라는 존재를 아주 우습게 생각하고 있다.

“확인되지 않은 사람도 있는 거야?”

“응. 10년이나 지났으니까. 어떻게 됐는지 알 수 없는 사람도 당연히 있지. 메릴은 그중에 누군가가 범인이 아닐까~ 하고 생각해 메릴. 하지만 메릴이 찾아낼 수 없다는 건, 이 나라를 떠났거나 얼굴과 이름을 바꿨거나, 둘 중 하나가 아닐까?”

“……마스터 트릭시는 어떻게 됐어? 그 녀석도 혼수상태야? 그러고 보니 그 사람이 어떻게 됐는지는 못 들었네. 그 녀석이 10년 전 사건의 주모자였다면서? 그 뒤에 어떻게 됐어?"

"그러니까, 트릭시는 그때 메릴이랑 같이 죽을 각오로 얼음 마법을 날렸어. 그걸 메릴이 매직 아이템 거울로 튕겨냈고, 트릭시는 자기 마법 때문에 얼음 관에 봉인돼버렸지. 지금은 그 관 채로, 마법 범죄자들이 들어가는 감옥에 갇혀 있어."

"그, 그거, 죽었다는 얘기야?"

"아니, 살아있어. 마법 얼음이니까. 그래서 어쩌면 그 녀석이 눈을 떴을지도 모르지만, 이번 일하고는 관계없을 것 같아."

"그렇구나……."

10년 전, 열 명의 소녀들은 평생 사라지지 않은 노예의 각인이 새겨졌고, 관계자들은 대부분이 의식불명이 돼서 계속 잠들어 있다. 트릭시는 그 모든 일의 원흉이니까 그래도 싸다는 생각이 들지만, 그래도 말로가 약간 불쌍하다는 기분도 들었다.

——얼음 속에서, 혼자서.

준페이는 약간 울적한 기분이 들었지만, 메릴은 밝은 말투로 시원시원하게 말했다.

"그래서 말이야, 10년 전의 계획과 5년 전부터 일어나고 있는 연속 의식불명 사건, 그리고 도쿄의 마법학교에서 느꼈던 반지의 반응, 그것들이 전부 연결되는 일인지 아닌지, 메릴은 몰라요. 메릴은 적의 실태를 전혀 파악하지 못했어. 개인인지 조직인지도 불명. 그래서 일단은 어딘가에 있는 반지의 주인을 시험해보기로 했지."

"그래서 그 전파 해킹을 한 건가."

"맞아. 얌전히 반지를 넘기면 일련의 사건과 관계가 없고, 넘기지 않으면 관계가 있다는 뜻이니까 대처할게요~ 라는 얘기야 메릴."

거기까지 듣고, 준페이는 한숨을 쉬고는 한 손으로 머리를 감쌌다.

"그 방송을 보면서도 생각했지만, 네 계획은 너무 엉터리야……."

"반지를 가진 사람이 사건과 관계가 없을 때는, 범인 취급을 당하니 얌전히 반지를 넘기지 않을까 생각했어. 하지만 결과는 대실패. 공원을 감시하고 있었는데 구경꾼이랑 경찰들만 잔뜩 오고, 대체 무슨 일이 있었는지 메릴이 모르는 데서 사람이 다쳐서 병원에 가고, 어느새 그게 메릴이 저지른 게 돼 있고…… 하지만, 그걸 안 하는 게 좋았을 거라는 생각은 안 해 메릴."

준페이는 바로 화를 냈다.

"야! 콘도 선생님은 하마터면 죽을 뻔했다니까?!"

"그렇긴 한데, 적이 큰 조직이고, 반지를 여러 개 가지고 있는데다, 게다가 그게 미스릴이나 플라티나 반지고, 메릴이 가지고 있는 골드 반지로는 탐지할 수 없을 거라는 가능성까지 전부 고려하려면, 그렇게 하는 수밖에 없었어. 그리고 성과도 있었고."

"성과?"

"그날, 그 공원에서 반지의 반응이 있었어 메릴."

준페이가 자기도 모르게 허리를 곧게 폈다.

"그거, 한마디로……."

"그래, 준페이나 학교 선생님이 습격당했을 때, 반지를 가진 사람이 거기에 있었어. 메릴이 그 공원을 감시하고 있었다고 했잖아? 같은 급의 골드 반지인지 반응이 둔해서 특정하지는 못했지만, 아무튼 있었어."

"그렇다면……."

"반지 주인은 역시 일련의 사건과 관계가 있어. 높은 확률로 10년 전 계획과 관련돼 있고, 반지를 숨겨두고 있고, 아무렇지도 않게 사람을 해치는 나쁜 놈이야!"

준페이는 으음, 하고 신음했다. 상황만 가지고 단정할 수는 없지만, 사람을 노예로 만드는 반지를 소지하고 있다는 시점에서 이미 수상하다. 결백하다면 메릴의 요구에 응해서 그곳으로 반지를 버리러 가야 했다.

"하지만 공원 출입은 경찰이 봉쇄하고 있었잖아."

"맞아. 마도 기동대가 공원에 자리 잡았고, 경찰이랑 준페이네 학교 사람들이 주위를 지키고 있었지. 뭐 구경꾼이 경계망을 뚫고서 공원에 들어갔을 가능성도 있지만…… 그래도 가장 수상한 건 준페이네 학교 사람들이야. 사실 처음부터 마법학교에서 반지 반응이 있었으니까."

"──?!"

갑자기 자기 가까운 사람들을 의심하는 말이 나오자, 준페이는 깜짝 놀랐다. 낙제생에 주위 사람들과 잘 지내지도 못하고, 잘 대해주는 사람이라고는 카에데 정도지만, 그래도 같은 학교에 다니는 동료라는 생각 정도는 갖고 있었다. 그 동료 의식이, 메릴의 어림짐작에 저항하기 시작했다.

"아냐, 그건 아니겠지! 전부 학생이잖아? 인솔자 콘도 선생님은 피해자고, 오쿠무라 선생님은 마법사가 아냐. 10년 전 사건 관계자는 마법으로 의식불명이 됐잖아? 솔직히 널 범인이라고 생각한다는 건, 경찰 쪽에서는 그 자리에 있었던 사람들은 결백했다고 판단했다는 뜻이 아니겠어? 아무리 그래도 그 정도 확인은 했겠지."

"응, 그렇겠지. 그래서 전혀 짐작이 없으니, 메릴은 원점으로 돌아가 마법학교 어딘가에 있는 반지를 가진 사람을 찾으려고 생각합니다. 반지를 가진 사람을 특정하고, 거기서부터 적이 개인인지 동료가 있는지, 그 전모를 밝혀내는 방향으로 갈 거야 메릴."

그때, 준페이의 머릿속에서 뭔가가 별똥별처럼 반짝거렸다.

"잠깐, 혹시 나한테 부탁하려는 게 그거야?"

"눈치가 빠르네. 맞아, 준페이는 마법학교 학생이잖아. 그래서 메릴이 가지고 있는 반지도 준페이한테 맡길 테니까, 메릴 대신에 반지 주인을 찾아줬으면 좋겠어."

"크윽……."

준페이는 자기도 모르게 한 손으로 얼굴을 덮었다. 이건 협력해야만 하는 일이다. 적의 정체나 목적은 불명이지만, 노예 마법의 반지를 소지한 자, 연속 의식불명 사건을 저지른 자, 그리고 콘도 선생님을 습격한 자가 있다. 이 세 개의 그림자가 같은 인물인지 아닌지는 그렇다 치더라도, 하나같이 모른 척하기에는 너무나 위험한 상대다. 찾아내서 그 죄를 물어야만 한다. 물어야 하는데…… 준페이는 메릴을 봤다.

"만약에 내가 너한테 협력하고 있다는 걸 적이 알게 되면, 어떻게 될 것 같아?"

"최소한 병원 신세, 최악의 경우에는 죽겠지."

너무 솔직하게 말해서, 준페이는 쓰러질 뻔했다.

그런 준페이에게 메릴이 쿡쿡 웃으면서 말했다.

"일단, 그게 준페이한테 부탁하고 싶은 일 중에 첫 번째."

"첫 번째?"

"응, 준페이한테 부탁하고 싶은 건 전부 두 개가 있어. 두 번째는 준페이의 마법이야. 준페이가 꼭 자기 마법을 제대로 다룰 수 있게 됐으면 싶어 메릴."

"내 마법……?"

이야기가 갑자기 다른 쪽으로 날아간 것 같아서 눈살을 찌푸렸지만, 사실 그건 메릴과 만나면 꼭 물어봐야겠다고 생각했던 것 중 하나였다.

준페이는 심호흡한 뒤에, 마음을 다잡고서 메릴을 똑바로 바라보며 물었다.

"넌 내 마법이 에로 마법이라고 했었지. 왜 그렇게 생각했어?"

"응, 그러니까, 메릴 정도 대마법사가 되면 말이야, 마법을 쓰는 모습을 보기만 해도 그 사람이 어떤 계보에 있는 마법사인지 알 수 있거든."

"계보……?"

"마법이 유전된다는 건 알고 있지? 그 얘기는 마력의 성질이나 특기 마법의 경향도 핏줄에 따라서 어느 정도 정해진다는 거야. 그걸 계속 보다 보면 그 민족의 마법적인 계보까지 볼 수 있게 돼. 불마법이 특기인 국민이라든지, 회복마법이 특기인 부족이라든지."

"그 정도는 나도 알아. 일단은 마법학교 학생이니까……."

하지만 준페이는 일본인이 특기인 마법이나 세계에서 보편적인 계보는 하나같이 적성이 없었다. 마법사가 아닌 부모님 사이에서 돌연변이로 태어나는 바람에 마법의 재능이 있다는 말을 듣고 10년이 지난 지금도 자신이 무슨 계보인지 모른다.

그런 상황에서 딱 한 사람, 준페이가 에로 마법사라고 확실하게 말했던 사람이 바로 메릴이다.

"그래서 말이야, 메릴이 보기에 너는 동양의 계보에 속하는 마법사들과 달라. 게다가 어떤 마법적 계보에도 속하지 않았어. 이건 이상한 일이야. 그래서 이렇게 물어보는데…… 네 부모님은 어떤 마법사야?"

그렇게 대놓고 묻자, 준페이는 온몸의 피가 거꾸로 흐르는 것 같은 기분이 들었다.

"우리 부모님은 마법사가 아냐!"

그럴 생각은 없었는데, 큰소리를 지르고 말았다. 평소에는 괜찮은 척하고 있지만, 사실은 그렇지 않았다. 눈이 마음을 배신하고 눈물을 뿌려댔다.

"난…… 난 돌연변이야! 우리 부모님은 마법사가 아냐! 우리 집안에 마법사는 단 한 사람도 없어! 그런데 어째선지 나만 마법사고, 일본인이 특기로 삼는 어떤 마법에도 적성이 없고, 10년이 지나도 내 마법이 뭔지도 모르는, 그런 낙제생이야……."

거기까지 말하고 준페이는 거칠게 눈가를 훔쳤다. 다른 사람 앞에서 눈물을 보인 게 창피했다.

그런 준페이를 보면서, 메릴이 빙긋 웃었다.

"아, 다행이다. 넌 역시 전생체였구나."

"뭐?"

준페이의 눈이 휘둥그레졌다. 메릴이 무슨 소리를 하는 건지 이해할 수 없었다. 하지만 이걸 예를 들어서 설명하자면, 누가 무슨 짓을 해도 열리지 않는 문이 있고, 모든 이가 그 문을 가망이 없다고 포기하고는 등을 돌려서 가버렸다. 그리고 그 열리지 않는 문 앞에 멍하니 앉아서 불평과 원망만 늘어놓고 있었더니, 나중에 나타난 메릴이 갑자기 그 문을 간단히 열어버렸다.

지금 일어난 건, 그런 일이었다.

"전생…… 체?"

멍하니 되풀이하는 준페이 앞에서, 메릴이 고개를 끄덕이면서 이야기했다.

"윤회전생이라든지 다시 태어난다는 이야기는 들어본 적이 있겠지? 전생의 비술이라고 하는 특별한 마법이 있는데, 그 마법을 쓰면 원하는 대로 다시 태어날 수가 있어."

"전생의 비술?"

"그래. 죽음에 대비해서 마법, 기억, 인격 같은 것들을 다음 생으로 이어갈 수 있도록 준비해두는 거야. 유사적인 영원을 손에 넣으려고 하는 마법이지."

"무슨 말도 안 되는 소리를. 나한테는 전생의 기억 같은 건 없다고."

"응. 왜냐하면, 이 마법은 난도가 높거든. 마법이 성공한다고 해도 모든 것들을 완벽하게 물려받아서 다시 태어나는 건 불가능하다는 얘기야. 하지만 부분적으로 기억의 단편이라든지 마법의 재능 같은 것들을 물려받는 정도는 할 수 있다는 것 같아. 메릴도 실물을 본 건 처음이야. 헤에, 이런 거구나."

메릴은 갑자기 신기한 동물이라도 보는 것 같은 얼굴을 하고서는, 이리저리 자리를 옮기면서 준페이를 여러 각도에서 쳐다봤다. 그런 메릴을 보면서, 준페이가 말했다.

"뭐야, 난 그런 마법이 있다는 얘기를 들어본 적도 없는데."

"그야 당연하지. 왜냐하면, 왜냐하면, 그 당시에도 이미 전설 마법이었고, 어려운 데다 성공률도 낮고, 금지된 주문이지만 메릴처럼 젊음을 유지한 채로 수명을 늘리는 마법도 따로 있고……
그래서 일반적인 마법사들 사이에서는 이미 사라져버린 환상의
마법이야."

"그걸 알고 있는 너는……."

"14세기에 태어나서 올해로 666살인 스페셜 울트라 대마법사
입니다!"

메릴은 의기양양한 얼굴로 그렇게 말하면서 두 팔을 벌리고,
온몸으로 Y자 모양을 만들면서 웃었다. 준페이는 더는 거짓말 하
지 말라고 소리칠 힘도 없었다.

"너…… 정말로 엄청난 할머니였구나……."

"할머니 아냐!"

그렇게 소리 지른 메릴이 정말로 화난 것 같았고, 그게 너무나
우스워서, 준페이는 웃음을 터트리고 말았다. 그리고는 갑자기
진지한 얼굴로 돌아왔다.

"네 말이 사실이라면 난 마법사가 전생한 몸이고, 그래서 마법
을 쓸 수 있다는 거야? 핏줄이 아니라 전생의 나한테서 물려받은
영혼을 통해서 마법을 물려받았다고?"

"응, 맞아. 하지만 예상대로 전생의 비술은 불안정해서, 기억
이어받기도 실패했고 마법도 불완전해. 하지만 마법과 정신과
혼은 나눌 수 없는 요소니까, 뭔가 계기가 있으면 눈을 뜰 수 있
을 거야. 하지만 지금의 준페이는 마법을 마음대로 못 쓴다고 했
었지?"

"맞아, 못 써. 하지만 그건 내가 내 마법의 정체를 몰라서 제대로 이미지를 떠올리지 못하기 때문이야. 그런데 메릴 넌 나한테 전생체라고, 에로 마법사라고 했지. 대체 무슨 소리야? 왜 내가 전생체에 에로 마법사라는 건데? 그리고 무엇보다, 그 이야기랑 반지랑 대체 무슨 관계가 있다는 건데?"

"있어. 10년 전에 노예 각인이 생긴 여자아이가 열 명 있다고 했지?"

"그래."

"전부 귀여웠거든."

"응?"

"그런데 왜 전부 여자애들이었을 것 같아?"

"……으응?"

이야기가 묘한 방향으로 샌 것 같아서 고개를 갸웃거렸지만, 메릴은 진지한 얼굴로 계속해서 말했다.

"마스터 트릭시가 최초의 피험자로 모았던 아이들은 하나같이 마법사 중에서도 특출난 재능을 가진 아이들이었어. 그리고 전부 여자애들이었지. 어째서? 그냥 강력한 마법사를 노예로 삼고 싶었다면 남자애가 있어도 되잖아? 어째서 여자애들만 모았을까?"

"아니, 그걸 나한테 물어봐도……."

준페이의 머릿속에 떠오르는 것은 영문 모를 일투성이, 속물적인 것투성이였다. 하지만 메릴은 눈빛으로 대답하라고 재촉했고, 준페이는 어쩔 수 없이 입을 열었다.

"……여자를 노예로 삼은 게, 설마 야한 짓을 하려고?"

"음~ 정답은 아니지만 틀린 것도 아니네."

"잠깐…… 그런데 트릭시라는 건 베아트릭스의 애칭이잖아. 여자잖아. 동성애자? 만약에 그렇다고 해도, 그런 일을 위해서 거창한 계획을 하지는 않을 텐데."

"그렇겠지. 힌트를 주자면, 트릭시는 예전에 있었던 지배의 마법을 그대로 부활시킨 게 아니야. 살짝 손을 썼지."

"손을 쓰다니……?"

"그러니까, 트릭시는 말이야, 노예의 각인에 유전되는 성질을 추가했어. 태어난 아이에게도 또 그 아이에게도, 태어나면서부터 노예의 각인이 새겨지는 시스템을 추가한 거지."

준페이는 그 말의 의미를 곧장 이해하지 못했다. 사고의 톱니바퀴가 천천히 돌아가서 겨우 이해했을 때, 준페이는 긴 한숨을 쉬면서 뒤통수에 손을 얹고 깍지를 꼈다.

"……대단하네, 그 트릭시라는 인간. 엄청난 발상이야. 그렇게 나쁜 짓을 한 놈은 인류 역사를 뒤져봐도 몇 없을 거야."

"맞아. 실험이 성공하면, 온 세상의 여성들에게 전부 노예의 각인을 새겨서, 몇 세대가 지나면서 저절로 세계정복이 끝나게끔 하려던 것 같아. 위험해, 정말 위험해."

준페이와 메릴은 서로 마주 보면서 한숨을 쉬었다. 그다음은 듣고 싶지 않지만 그래도 물어봐야만 한다.

"그래서?"

"응, 그러니까. 일단 각인을 지울 수단이 없는 이상, 그 아이들이 자식을 만들면 곤란하겠지. 그래서 메릴은 그 아이들이 장래에 자식을 낳을 수 없게 해뒀어."

"어떻게?"

"마법이야. 순결을 지키는 마법. 남자들이 그 아이들을 건드리고 있는 동안에는 거기가 불능이 돼버려. 쓸모없게 돼버린다는 겁니다. 딱 잘라 말해, 서질 않는다는 얘기야 메릴. 게다가 온갖 이물질의 침입을 물리적으로 저지해. 인공수정이라도 하면 의미가 없으니까."

"아아, 듣고 싶지 않다, 듣고 싶지 않아. 그런 징그러운 얘기는 듣고 싶지 않아!"

준페이가 거부하는 것처럼 세차게 고개를 저었더니 메릴도 입을 다물었다.

──에로 마법 얘기를 하다가 왜 또 노예 마법 얘기로 흘러갔지? 아, 하지만 순결을 지키는 마법이라니, 왠지 에로 마법 같네?

준페이는 그런 생각을 하면서 시선을 다른 곳으로 돌렸고, 마음을 진정시킨 뒤에 이렇게 말했다.

"그나저나 참 신기하네, 그런 데 쓰는 마법이 다 있다니."

"원래는 불륜 방지용 마법이거든. 나 말고 다른 사람과는 그걸 못 합니다, 라는 독점욕을 마법에 응용한 거야. 그래서 유일한 예외로, 이 마법을 원래 사용한 사람한테는 무효. 참고로 그 원래 사용자는 메릴이 아니야."

"뭐? 그거, 네가 사용한 마법이 아니었어?"

"그렇긴 한데 그렇지 않아 메릴. 이 마법은 천 년 전에 죽은 어떤 마법사 한 사람만이 쓸 수 있는 마법이었어. 메릴은 조금 편법을 써서 마법을 발동했을 뿐이고. 말하자면 빌려온 마법이라는 뜻이지. 그래서 사실은, 메릴도 그 마법을 푸는 방법을 몰라요."

"뭐, 그건……."

노예의 각인이 새겨진 아이가 태어나는 걸 막기 위해, 나아가서는 인류 전체를 지키기 위해, 열 명이 희생했다는 뜻이다. 옳은 일일 수는 있지만 잘했다고 하긴 힘든 일이다.

그리고, 메릴이 준페이를 손가락으로 가리키면서 말했다.

"하지만 그 마법의 원래 사용자라면 저주를 푸는 방법도 알고 있을지도 몰라 메릴."

"……아니, 잠깐만. 그 마법의 원래 사용자는 천 년 전에 죽었잖아?"

"그래, 죽었어. 이름은 제논. 제논 일즈오버. 천 년 전에 잉글랜드에 살던 대마법사. 그 사람은 일반적인 지수화풍 마법은 쓰지 않았어. 그 사람의 적성은 단 한 가지 마법뿐. 순결을 지키는 마법도 그 마법에 속하는 것 중에 하나."

그 이야기를 듣고, 준페이는 어떤 예감을 강하게 받았다.

"잠깐, 혹시 그 마법이……."

"응, 에로 마법이야."

그 말을 듣고, 준페이는 잠깐 호흡도 심장도 멈춰버릴 뻔했다.

——천 년 전에 죽은 에로 마법사인가 하는 인간이 있고, 돌연변이인 내가 마법을 쓸 수 있는 건 전생체라서…… 아냐, 잠깐만. 천 년 전 잉글랜드라고?

"잠깐만 메릴. 지배의 마법…… 노예 마법을 썼다는 마법사도 천 년 전의 잉글랜드 사람 아니었어?"

준페이가 떨리는 목소리로 그렇게 묻자, 메릴이 『참 잘했어요』라는 것처럼 빙긋 웃었다. 그 얼굴을 보고, 준페이가 다급한 기분으로 물었다.

"이봐, 에로 마법에 대해서 더 자세히 말해봐."

"응, 좋아. 그러니까, 에로 마법이라는 건, 여자애들 옷 속을 엿보거나 강제로 알몸으로 만드는 시시한 효과부터, 자신을 사랑하도록 매료시키거나 온몸의 감각을 예민하게 만들거나 소녀인 채로 성장을 멈추게 하거나 가슴 크기를 자유자재로 바꾸는 터무니없는 짓까지 가능한, 인간의 육체와 정신을 가지고 노는 무시무시한 마법이야. 참고로 이론상으로는 남성한테도 유효해. 마법은 이미지와 정열이 중요하니까, 사용자가 동성애자가 아닌 한은 남성에게 거는 에로 마법은 전부 실패하겠지만. 다만 몇 가지 예외가 있기는 한데, 제논이 자신에게 대드는 남자를 성전환 마법을 써서 강제로 여자로 만들었다든지, 거세 마법으로 성불구자로 만들었다는 무서운 기록이 남아 있어 메릴."

"그, 그런 놈이, 옛날에 잉글랜드에 있었다는 거야?"

"그래. 그리고 제논은 그 힘에 도취해서 어느샌가 마왕이라고 불리는 사악한 마법사가 됐고, 결국 넘어서는 안 되는 선을 넘어버렸어 메릴. 에로 마법은 남녀를 가리지 않고 인간의 육체와 정신을 지배하는 마법…… 그 힘으로, 인간을 노예로 만드는 마법을 만들어낸 거야 메릴. 그 마법은 반지와 각인으로 구성되는데……."

준페이는 잠이 확 깨는 것 같은 기분이 들었다.

"잠깐, 그건……."

"응. 마스터 트릭시가 부활시킨 지배의 마법은, 제논의 에로 마법 중 하나였어. 그리고 메릴이 썼던 순결을 지키는 마법도 불륜을 금하는 에로 마법. 둘 다 원래는 제논만 쓸 수 있는 마법이었지만 트릭시는 마왕유물을 손에 넣어서, 그리고 메릴은 트릭시의 마왕유물을 탈취해서 그걸 대가로 바치고 사용했습니다."

"마왕유물?"

"마왕 제논의 유골이야. 그걸 대가로 소비하면 원래 제논만 쓸 수 있는 에로 마법을 우리도 쓸 수 있었거든. 그 마왕유물도 메릴이 순결을 지키는 마법을 쓴 다음에 완전히 소멸해버렸지만."

거기서 잠깐 쉰 메릴이 손짓까지 해가면서 계속 말했다.

"제논도 원래는 보통 청년이고 연인이 있었어 메릴. 하지만 에로 마법에 눈을 뜨면서 힘에 취해 거만해졌고, 노예 마법을 만들어낸 뒤로는 아주 제멋대로……. 그걸 보다보다 참지 못하고 일어선 사람이 제논의 연인이었던 아르시엘라였어."

"아르시엘라? 어디서 들어본 이름인데……."

그러자 메릴은 무슨 교화서라도 읽는 것처럼, 이렇게 말했다.

"저는 용사 아르시엘라의 후손, 오랜 시간을 들여서 뛰어난 마법사들의 피를 잔뜩 받아들인, 블루 블러드를 이은 자……."

그 말을 들은 준페이는 깜짝 놀랐다.

"소니아의 조상이잖아!"

"맞아 메릴! 그 애는 왠지 자기 자신한테 도취해 있긴 했지만, 그 말을 듣고 메릴은 딱 알았어. 그 아이는 마왕 제논을 쓰러트리고 후세에 용사라고 불리게 된 아르시엘라의 후손이었지. 그래서, 그래서, 아르시엘라는 눈물을 흘리면서 제논을 쓰러트렸지만, 그래도 제논을 사랑했기 때문에 마왕이 죽는 순간에 어떤 마법을 걸었어."

"어떤 마법인데?"

준페이가 물었더니 메릴이 기다렸다는 것처럼 눈을 가늘게 뜨고, 오싹한 목소리로 말했다.

"——전생 마법. 다음 생에서 다시 만나자면서."

"……아."

준페이는 얼어붙었다. 전생 마법. 마왕 제논. 에로 마법. 순결을 지키는 마법. 지배 마법과 반지와 각인. 그것을 부활시킨 마스터 트릭시. 열 명의 피험자. 지워지지 않는 각인. 유전되는 각인. 마법학교 어딘가에 있는 반지. 그걸 쫓아온 메릴. 정체불명의 반지 주인. 연속 의식불명 사건. 그리고 돌연변이인 자신.

흩어진 조각이었던 그 모든 것들이 단숨에 연결되는 감각에,

준페이는 입이 떡 벌어질 뻔했다.

그런 준페이를 가리키며, 메릴이 웃었다.

"완전히 우연이지만, 메릴, 찾아냈어. 준페이, 그때 네가 썼던 마법의 파장은 지배의 마법과 똑같았어. 그리고 너는 마법사 가문이 아닌 곳에서 태어난 돌연변이. 그렇다면 답은 하나밖에 없어. 준페이는 마왕 제논의 환생!"

"웃기지 마!"

그렇게 소리를 질렀더니, 메릴은 준페이의 반응이 의외였는지 '어라?' 하는 표정을 지었다.

준페이는 화가 나서 물어뜯을 기세로 말했다.

"그래서 뭐? 내 전생은 제논이고, 에로 마법 전문가니까, 그자가 다시 태어난 나도 에로 마법밖에 못 쓴다는 거야!"

"응, 그렇지."

"바람이나 벼락은?"

"못 써요."

"끄아아아아아!"

무자비한 선언에, 준페이는 가슴을 쥐어뜯으면서 그렇게 소리쳤다. 메릴은 놀라서 걱정 가득한 목소리로 말을 걸었다.

"왜, 왜 그래?"

준페이는 그런 메릴을 노려봤다. 완전히 몰아넣은 사냥감을 보는 눈으로.

"나는! 나는 멋있는 마법사가 되고 싶었단 말이야! 마음대로 하늘을 날고, 불이나 벼락같은 걸 부리는 그런 거! 그런데 뭐냐고 에로 마법이라니! 웃기지 말라고!"

"아……."

메릴은 그제야 준페이의 심정을 이해한 것 같았다. 하지만 딱히 위로할 생각은 없는지 실실 웃으면서, 준페이를 달랬다.

"자, 자, 진정하고. 마스터 트릭시는 노예의 각인을 지울 방법이 없다고 했지만, 그 아이는 진짜 에로 마법사가 아니었어. 에로 마법의 지식도 천 년 지식을 발굴했을 뿐이지. 하지만 네가 전생의 기억과 힘에 눈을 뜨면, 그 아이들한테 새겨진 노예의 각인을 지울 수 있을지도 몰라 메릴! 그건 정말 훌륭한 일이라고 생각하지 않아?"

"멋대로 떠들지 말라고!"

메릴을 보는 준페이의 눈은 적을 보는 눈이었다. 메릴이 열리지 않는 문을 열어주기는 했지만, 동시에 보고 싶지 않은 현실을 눈앞에 들이댔다. 자신은 어렸을 때 동경했던 그런 마법사가 될 수 없다. 게다가 끔찍한 마왕이 다시 태어난 존재고, 에로 마법사라니!

"난…… 그런 얘기 믿지 않아!"

"뭐라고!"

메릴이 손등을 턱에 대며 노골적으로 놀랐다.

준페이는 날이 선 말투로 쏘아붙였다.

"그래, 넌 거짓말쟁이야. 틀림없이 다 거짓말이야."

"너무해 준페이! 왜 안 믿는 거야?"

"난 에로 마법사 같은 건 싫다고! 꼴사납잖아!"

"현실을 받아들여. 네가 지금까지 마법을 쓸 때는 어땠어? 제어가 제대로 안 됐다고 했는데, 자기도 모르게 야한 일이 일어나고는 하지 않았어?"

"윽……!"

며칠 전 실습 때는 짝을 맺었던 여학생에게 물을 쏟아부어서 브래지어가 다 비치고 말았다. 그래서 남자 친구가 화를 냈고, 싸움이 벌어졌다. 그 뒤에 메릴과 소니아의 싸움 때는 소니아의 발밑에 바나나 껍질이 나타나서 넘어졌고, 소니아의 속옷을 보고 말았다. 카에데가 마법을 써보라고 했을 때도 블라우스가 터졌다. 그리고 소니아와 다툼이 벌어졌을 때는 바람이 불었는데, 그 바람 때문에 치맛자락이 뒤집혀서 결투까지 벌이게 됐다.

"미, 믿고 싶지는 않지만, 그게 분명히 맞는 말이기는 해. 내가 마법을 쓰면 어째선지 야한 일들만 일어난다고. 생각해보니 예전부터 계속 그랬어. 내 마법의 폭발에 말려든 건, 항상 여자애들인 것 같아……."

"그렇지, 그렇지?"

"하지만, 그렇다면 그 바람도 바람 때문에 치맛자락이 뒤집힌 게 아니라, 치맛자락을 뒤집기 위해서 바람이 불었다는 얘기잖아. 즉 그건 내가 바람을 다룰 가능성은 없다는 말이잖아……."

그렇게 말하면서 애원하는 것 같은 표정을 지은 준페이에게,

메릴은 아주 환하게 웃어 보였다.

"응, 잘은 모르겠지만, 틀림없이 그럴 거야. 넌 에로 마법사!"

그렇게 밝은 목소리로 선언한 메릴을, 준페이는 부모님 원수라도 되는 것처럼 노려봤다.

"……안 믿을 거야!"

준페이가 끝까지 그렇게 말하자, 메릴도 결국 질렸다는 표정을 지었다.

"준페이……."

"시끄러워! 뭐가 마왕이야! 뭐가 전생이야! 뭐가 에로 마법이야! 난 그런 게 아니라고!"

여기까지 와서, 준페이와 메릴의 사이가 완전히 결렬돼버렸다. 그걸 눈치챘는지, 메릴이 살짝 풀이 죽어서 중지에 반지를 낀 손을 뻗으며 말했다.

"응, 알았어. 그럼 하다못해 반지만이라도……."

"닥쳐!"

"……알았어. 지금은 무슨 말을 해도 소용없을 것 같으니까 물러날게 메릴."

메릴은 그렇게 말하고는 오른손을 위로 뻗어서 손가락으로 하늘을 겨눴다. 그리고 손끝에 빛의 고리가 나타났고, 전에 봤을 때와 마찬가지로 그 고리를 통과한 메릴은, 홍백색 무녀 복장에서 칠흑의 닌자 복장으로 변신했다. 원래 두건으로 쓰는 천을 스카프처럼 목에 감았고, 그걸 끌어올려서 복면처럼 입가를 가렸더니 누가 봐도 여자 닌자 같은 모습이 됐다.

"옷 갈아입기 완료, 결계 마법은 끝!"

그렇게 말하고 메릴이 손뼉을 치자, 왠지 주위의 기척이 달라진 것 같은 기분이 들었다. 그러고 보니 메릴은 입고 있는 의상에 따라서 사용하는 마법의 계통이 달라지는 마법사고, 무녀 복장으로 사람들을 물리치는 결계를 유지하고 있었다. 그걸 그만뒀다는 것은, 이 긴 대화가 겨우 끝났다는 뜻이다.

"메릴, 너……."

"오늘은 바이바이. 하지만 그 전에 하나만 말해줘. 만약에 메릴이 한 말이 전부 진실이라면, 준페이는 메릴한테 협력해줄 거야?"

"……그래."

지배의 반지는 부숴버려야 하고, 그 반지와 관련돼서 흉흉한 사건을 벌이고 있는 사람이 있다면 그 배후를 알아내서 쓰러트려야만 한다. 열 명에게 지워지지 않는 노예의 각인이 있다면 지워주고 싶다. 그렇게 생각했다.

"……최근에, 어떤 사람한테 들었어. 다른 사람에게 도움이 되는, 다른 사람을 기쁘게 해주는, 그런 방식으로 살면, 자신이 좋아질 거라고."

"그 말을 듣고 안심했어 메릴. 그럼 준페이 마음이 정리됐을 때 또 올게."

"또 오겠다니……."

"오늘 한 이야기는 준페이랑 메릴 둘만의 비밀이다? 그럼, 바이바이 메릴!"

다음 순간, 메릴이 힘차게 도약했다. 정말 인간인가 싶을 만큼 엄청난 점프였고, 무대 뒤에 있는 벽을 뛰어넘어서 사라져버렸다. 메릴은 순식간에 사라져버렸다.

무대 위에 혼자 남은 준페이는 잠시 멍한 기분으로 아침 공기를 마시고 있었지만, 마침내 점점 고도가 높아지는 햇볕을 받아서 얼굴이 뜨거워지자, 잊고 있던 일이 생각났다.

"맞다⋯⋯. 오늘 소니아랑 결투하는 날이지."

보나 마나 일방적으로 얻어맞기만 하겠지. 결투의 이유 따위는 그냥 핑계, 소니아는 준페이의 마법으로 치마 속을 보인 보복할 생각이다.

──내가 쓸 수 있는 단 하나뿐인 마법이 하필 에로 마법이라니? 무슨 농담이냐. ⋯⋯하지만, 에로 마법을 쓸 수 있다면, 소니아가 찍소리도 못하게 만들 수 있지 않을까?

메릴의 말이 진실인지 아닌지, 소니아와의 결투를 통해서 확인해봐야 할지도 모르겠다.

오후 1시, 마법학교 고등부 한쪽에 있는 파란 지붕의 거대한 돔 모양 건물을 배경으로, 소니아가 팔짱을 끼고 서 있었다.

"잘도 도망치지도 않고 나타났군요."

"결투하기로 약속했으니까."

그렇게 대답하고, 준페이는 소니아의 복장을 봤다. 여름방학이다 보니 준페이는 사복 차림이었지만, 소니아는 성실하게 교복을 입고 있었다. 크게 부풀어 오른 가슴을, 2학년을 뜻하는 빨간 리본이 장식하고 있었다. 2학년. 언제부턴가 반말을 뱉었지만, 소니아는 준페이보다 한 살이 많았다.

"……어쩌다 보니 반말을 하게 됐는데, 선배니까 존댓말을 하는 게 좋으려나?"

"인제 와서 무슨 소용인가요. 존댓말을 해봤자 면종복배일 테고, 저를 선배라고 존경할 생각 따위는 없지 않나요."

"잘 아네. 그럼 사양 않도록 하지."

웃으면서 그렇게 말하고, 준페이는 주위를 둘러봤다. 뜨거운 햇살에 노출된 교정에는 자신과 소니아 말고는 아무도 없다.

"혼자야?"

"저는 이 결투를 구경거리로 삼을 생각이 없습니다. 단장님……카에데 선배는 지켜보고 싶다고 하셨지만, 그것도 거절했습니다. 단둘이서, 일대일로, 정정당당한 승부를 바랍니다. 바로 이 마도 전투 교련 돔에서 말이죠!"

큰소리로 그렇게 말하고, 소니아는 고개를 돌려서 뒤쪽에 있는 돔을 봤다. 학교 시설치고는 유난히 큰 건물이고, 겉모습은 고대 로마의 콜로세움을 연상케 한다.

"준페이 씨도 이 학교 학생이니까, 이 돔에 대해서는 알고 계시겠죠?"

"당연하지. 마도 전투 교련 돔. 전투 마법 훈련에 사용하는 돔이고, 여러 가지 시설이 있지만 가장 큰 특징은 이 건물 자체가 거대한 결계라는 점……이었지 아마?"

"맞습니다. 그 결계 안에서는 모든 마법의 힘이 크게 줄어듭니다. 아울러 오늘은 마법의 힘을 억제하는 도구를 가져왔으니, 만에 하나라도 당신이 죽는 일은 없겠죠. 부디 안심하시기를."

"눈물 나는 배려군. 그나저나 내가 돔을 이용하는 날이 올 줄이야……."

그렇게 투덜거리는 말을 듣고, 소니아가 눈을 깜박거렸다.

"어머나, 처음 온 건가요?"

"난 전투마법 적성이 없으니까."

마법 적성은 사람마다 다르다. 그래서 기초는 그렇다 치고 응용 단계에 들어가면 자신의 특기 마법에 따라 나뉘어서 실습하게 되는데, 준페이는 마법 전투 실습에는 한 번도 참가한 적이 없다. 공격마법을 사용한 실전적인 대련을, 마법을 제어하지 못하는 준페이가 무턱대고 시도하는 건 너무나 위험했다.

"뭐, 전투마법만이 전부는 아니니까요. 생활을 편리하게 해주는 생활마법, 기능직에 도움이 되는 직업 마법 등등 여러 가지가 있고……."

"난 어떤 마법이고 다 안 됐거든."

──넌 에로 마법사!

귓속에서 울리는 메릴의 목소리를 뿌리치고, 준페이는 소니아에게 "가자"고 말했다.

마도 전투 교련 돔에는 입구가 여러 곳 있는데, 준페이와 소니아는 학교 건물과 돔을 연결하는 이동 통로를 향해 들어갔고, 그 통로를 따라 돔 쪽으로 걸어갔다.

"이 돔은 야구 경기장과 비슷하게 생겼어요. 중앙에 커다란 공간이 있고, 그곳을 내려다보는 객석이 있고, 그밖에 대기실, 탈의실, 의무실, 방송실, 화장실, 휴게실 등등…… 하지만, 저희가 가는 곳은 지하입니다."

"지하?"

눈이 휘둥그레진 준페이에게 고개를 끄덕여서 대답하고, 소니아는 통로 끝에 있는 문을 열고 돔으로 들어갔다. 준페이도 그 뒤를 따라갔다.

그 뒤로 어디를 어떻게 걸어갔는지, 준페이와 소니아 앞에 지하로 내려가는 계단이 나타났다. 그 계단을 내려갔더니 복도가 나왔고, 복도 벽을 따라서 문이 여러 개 있었다.

"1층은 원형 경기장처럼 되어 있지만, 지하는 여러 방으로 나뉘어 있어요. 저희는 그중에 하나를 사용하기로 했습니다."

그렇게 말하고, 소니아가 앞장서서 걸어갔다. 마침내 소니아가 그중에 한 방 앞에서 멈춰 섰고, 문 옆에 있는 리더기에 카드를 댔다. 그러자 삑 소리가 나고 이어서 잠금장치가 열리는 소리가 났다.

"그럼, 들어가죠. 당신이 저지른 무례를 천 배로 갚아주겠어요."

소니아가 그렇게 말하고 문을 연 것과 동시에, 방의 조명이 자동으로 켜졌다.

실내는 특별할 것 없는, 아주 심플한 사각형 방이었다. 넓이는 그럭저럭 넓다. 운동은 물론이고 연극이나 음악 연습에도 사용할 수 있는 다목적 공간이라는 느낌이었다.

그 방 중앙에서 적절한 거리를 두고 마주 서자, 소니아가 먼저 입을 열었다.

"지금부터 저희는 결투를 시작합니다만, 앞서 말씀드린 대로 전투 마법만이 마법은 아닙니다. 동물과 대화하거나 변신하거나 다른 사람의 꿈속에 들어가거나 망가진 것을 고치거나, 정리정돈이나 옷을 갈아입는 마법 같은 것도 있습니다."

"그게 어쨌다는 건데?"

준페이가 가시 돋은 목소리로 묻자, 소니아가 빙긋 웃었다.

"마법의 계통, 속성은 무수. 하지만 마법사들한테는 특기 마법과 그렇지 않은 마법이 있고, 그것은 민족마다 어느 정도 비슷한 경향이 있지요. 아울러 마법사는 보통 열 종류 전후의 마법 적성을 보이는데, 당신은 지금까지 제로. 마력은 있고 마법 같은 현상을 일으키기도 하는데, 자신에게 적성이 맞는 마법을 찾아내지 못했다니…….”

“흥, 빈정대는 거야? 그러는 너는 얼마나 쓸 수 있는데.”

“제가 쓸 수 있는 마법의 종류는 천 가지가 넘습니다.”

간단히 대답한 말에 준페이는 “윽” 하고 놀랐다는 소리를 냈다.

한편 소니아는 그런 준페이를 높은 곳에서 내려다보는 태도로 실실 웃고 있다.

“저는 천 년 전부터 이어져 내려오는 용사 가문의 후손, 저희 가문의 역사 속에서 온갖 계통의 마법사들이 시집을 왔고, 사위로 들어오고, 그 자손에게 재능을 물려줬습니다. 그런 눈부시게 빛나는 가문의 후예가 바로 저입니다. 오~ 호호호!”

“큭, 전형적인 거만한 웃음소리를 내고 말이야! 됐어! 시작하자고!”

“어머나, 괜찮겠나요? 지금부터 누더기 같은 꼴이 될 각오는 되셨나요?”

흥, 하고. 준페이는 오른손 주먹으로 왼손 손바닥을 때렸다.

“저기 말이야, 마법을 사용한 결투라고 했지만, 격투로 해도 상관없겠지?”

“물론이죠. 격투 기술에 마법을 응용하는 것도 마법사의 기술이니까요.”

“그 말을 들으니 안심이 되네.”

여자를 때리는 취미는 없지만, 상대가 먼저 걸어온 승부다. 그리고 아마 있는 힘껏 발버둥 쳐도 소니아의 실력이 한참 웃돌 거다.

"간다!"

선수 필승, 준페이는 팔을 치켜들고서 소니아에게 다가가 옆머리를 노리고 주먹을 휘둘렀다.

소니아는 씩 웃으면서 마법을 발동했다.

"라이트닝 스피드."

그러자 소니아가 섬광으로 변하더니 그대로 준페이를 꿰뚫고 뒤쪽으로 빠져나갔다. 준페이는 충격에 허공으로 튕겨 나가 바닥에 떨어졌다. 온몸이 타는 것처럼 아팠다. 아픔에 몸부림치다가 간신히 손을 바닥에 짚고 몸을 일으키자, 소니아가 말했다.

"어머나, 무사해서 정말 다행이군요. 결계와 도구로 힘을 줄이지 않았다면 이걸로 즉사했을 텐데."

"대체 무슨 일이……."

"몸을 벼락으로 바꾸는 마법이랍니다."

소니아는 간단히 말했지만, 그게 어느 정도 수준의 마법인지는 쉽게 상상할 수 있었다. 게다가 주문도 생략했다. 학생의 수준을 뛰어넘었다.

"아까도 말했지만 저는 천 가지 마법을 사용합니다. 보통은 숫자가 많을수록 완성도가 떨어지니, 몇 개를 골라 집중적으로 단련하겠지만, 그건 보통 사람들이나 하는 짓. 진정한 천재는 모든 마법을 완벽하게 구사할 수 있어야죠. 굳이 제가 서투른 게 있다면 힘 조절이려나요? 그래서 도구를 이용해서 마력을 억제하고 강력한 기술은 쓰지 않으려고 하고 있죠. 자칫하면 상대가 죽어 버릴 테니까요. 하지만 제가 진짜 실력을 보였다면 그런 이상한 마녀 따위한테 졌을 리가 없습니다! 자, 일어나세요! 제 속은 아직 풀리지 않았습니다!"

준페이는 이를 악물고 겨우 일어나 소니아를 쳐다봤다.

"메릴한테 진 걸 나한테 화풀이하다니……."

"당신이 바나나 껍질 따위를 소환해서 저를 방해했기 때문이잖아요!"

그리고 소니아는 오른팔을 높이 들고, 집게손가락을 펴서 위쪽을 가리켰다.

"제2라운드예요. 홍옥이여, 오라!"

그랬더니 소니아의 손끝에 1m쯤 되는 거대한 루비 덩어리가 나타났다.

"보석 마법인가……."

그렇게 말한 준페이에게, 소니아는 공격적이고 뜨거운 시선을 쏟아부으면서 주문을 외웠다.

"홍옥이여, 이리 와 부서지라, 수많은 모래가 되고 자갈이 되고, 수천만의 반짝이는 붉은 유성이 되어 내 적을 무한히 꿰뚫으라── 스칼렛 선즈!"

그러자 요란한 소리와 함께 거대한 루비가 단번에 부서지더니, 모래알 같은 파편들이 진홍색 파도처럼 출렁이며 준페이를 덮쳤다.

"크윽!"

준페이는 자기도 모르게 눈을 감고, 두 팔로 얼굴을 가렸다.

루피 파편들이 맹렬한 모래폭풍이 돼서 준페이의 온몸을 거세게 후려쳤다.

"아야, 아파, 아파, 아프다고!"

"후후후후, 이런 상황이니까 아픈 정도로 끝나는 겁니다. 결계가 없었으면 지금쯤 온몸이 찢어져 죽었겠죠. 하지만 당신을 죽일 생각은 없으니 걱정하지 마세요. 물론 단번에 기절시킬 생각도 없지만요. 제가 맛봤던 굴욕을 두 배로 돌려주고, 당신이 눈물을 흘리면서 용서해달라고 빌 때까지, 계속 괴롭혀드리겠습니다."

요란한 소리가 멎어 쭈뼛쭈뼛 눈을 떠봤더니, 루비 폭풍은 이미 멎어 있었다.

하지만 루비는 사라지지 않고 다시 한 덩어리가 되어 소니아 앞에 떠 있었다.

"으엑, 설마……."

그렇게 묻는 준페이를 손가락으로 가리키며, 소니아가 무자비하게 말했다.

"다시 한번, 발사!"

아니나 다를까, 또다시 루비의 폭풍이 덮쳐왔다.

그 뒤로도 소니아는 몇 번이고, 몇 번이고 루비 폭풍을 되풀이했다. 아무래도 준페이가 정말로 울면서 사과하기를 기다리고 있는 것 같았다. 하지만 준페이는 용서를 빌 생각은커녕 슬슬 분노가 차오르고 있었다.

　——젠장, 아프잖아, 저 바보 자식이! 금방이라도 끝낼 수 있는
주제에 날 가지고 놀아?

　이렇게 된 이상 어떻게든 소니아한테 한 방 먹여주고 싶었다.
하지만 마법의 실력 차이는 누가 봐도 확연했고, 단순 격투기로
겨루더라도 소니아를 이길 수 있을 것 같지는 않았다. 수단이 없
었다.

　——아니지……. 나한테도 마법이 있을 거야. 나만의 마법이.

　어릴 적에 불이나 벼락을 자유자재로 다루는 마법사가 되고 싶
었다. 아름다운 짐승을 타고 밤하늘을 날아다니고 싶었다. 별을
따고 싶다고. 하지만, 메릴은 이렇게 말했다.

　——넌 에로 마법사!

　"후…… 후, 후, 후!"

　싸우는 중에, 준페이는 이상한 기분이 들어서 웃음이 나왔다.
그게 이상하게 보였는지 소니아가 눈살을 찌푸리고서 공격을 멈
췄다.

　"어머나, 왜 그러는 거죠? 너무 아파서 정신이 어떻게 됐나요?"

　"아니, 그냥. 네 그 잘난 콧대를 뭉개줄 생각을 하다 보니 웃음
이 나오네."

　그리고 준페이는 자기 안에 있는 마력을 끌어올리기 시작했다.
머리 꼭대기부터 손발 끝까지, 온몸 구석구석을 채워갔다. 소니
아도 그걸 알아차렸는지 아름다운 눈썹을 잔뜩 찌푸렸다.

"쓸데없는 발버둥을…… 마법은 이미지를 제대로 떠올리지 않으면 발동하지 않아요. 자기 마법의 적성도 모르는 당신은, 마법의 이미지를 떠올릴 수가 없죠. 그래서 마법을 발동하는 과정을 완벽히 수행해도 그게 완성으로 이어지질 않죠. 그러니까 마법을 못 쓰는 겁니다!"

"그렇지. 그런데 실은 아예 없진 않거든."

그렇게 소리친 준페이의 말이 허풍이라고 생각했는지, 소니아가 날카롭게 웃으면서 말했다.

"재미있군요! 그럼 보여주시죠, 당신의 마법을!"

──말 안 해도 보여주마. 인정하기 싫지만, 내 마법이라는 에로 마법을!

준페이는 에로 마법이 어떤 것인지 전혀 알지 못했다. 하지만 어떤 일이 일어나는지는 메릴에게 들었다.

한마디로 여자들의 옷 속을 엿보거나 강제로 알몸 상태를 만드는 쓸데없는 효과부터, 자신을 좋아하게 매료하거나 온몸의 감각을 예민하게 만드는 것까지.

그중에서 준페이가 주목한 것은 두 번째 마법이었다.

──강제로 알몸 상태를 만드는 마법!

다른 건 몰라도 건장한 남고생이라면 여성의 알몸을 상상하는 것쯤은 어렵지 않다. 그리고 준페이에게는 마법의 이미지보다 더 절실한 바람이 있었다.

──내가 정말로 에로 마법사인지. 메릴이 했던 말이 사실인지.

이참에 전부 다 확인해주마!

여러 생각들을 하나로 묶어서, 준페이는 오른손으로 총 모양을 만들고 그걸 소니아를 향해 겨눴다.

"받아라!"

그렇게 외치면서, 총 모양으로 만든 오른손으로 발사하는 것처럼 움직였다. 그때, 태어나서 처음으로 자신의 마력이 제대로 된 마법으로 연결되는 게 느껴졌다. 계속 고독했던 두 개의 톱니바퀴가 만나고, 맞물렸다. 그리고 세계의 법칙을 바꿔 쓰는 힘이 힘차게 작용했다.

——이게 내 마법!

그 순간, 소니아의 옷이 속옷까지 몽땅 날아가 버렸다.

"……어?"

소니아는 깜짝 놀랐고, 자신에게 무슨 일이 일어났는지 아직 이해하지 못한 것 같았다.

준페이도 이미지 구축을 위해 소니아의 알몸을 상상했었는데도 실물이 눈에 들어오니 눈을 뗄 수가 없었다. 소니아의 알몸은 상상했던 것보다 훨씬 아름다웠다. 여성이 옷을 벗는 모습을 구름이 걷히고 햇살이 쏟아지는 것에 비유한 사람이 누구였더라?

——아아, 그렇구나. 난 역시 에로 마법사구나. 다음에 메릴을 만나면 사과해야겠네. 또 온다고 했었는데, 언제쯤 올까?

준페이가 쓸데없는 생각을 하고 있자니 이윽고 소니아가 이성을 되찾았다.

"꺄, 꺄아아아아아악!"

소니아는 날카로운 비명과 함께 황급히 두 팔로 가슴과 소중한 부분을 가리면서 새빨간 얼굴로 자리에 주저앉았다. 허공에 떠 있던 루비 덩어리가 마력을 잃고 바닥에 쏟아져서 모래 산을 만들었다. 한편, 그 비명을 듣고 정신을 차린 준페이는 새삼 자신이 무슨 짓을 저질렀는지를 깨달았고, 새파랗게 질려버렸다. 갑자기 무서워졌다.

──큰일 났다. 너무 심했나? 아냐, 저 녀석도 날 마법으로 실컷 괴롭혔으니까 이 정도는 해 줘야 공평……역시 아닌가?

"어, 어쩌지?"

준페이가 당황해서 그런 말을 했을 때, 몸을 웅크린 채로 떨고 있던 소니아의 떨림이 멈췄다. 그리고 온몸에서 엄청난 기운이 아우라처럼 피어오르는 게 느껴졌다.

"저, 저기……."

준페이가 두려움 반 배려 반이 섞인 목소리로 말을 건 순간. 고개를 숙이고 있던 소니아의 입에서 저주의 주문 같은 말이 흘러나왔다.

"내 검이여, 내 갑옷이여, 내 방패여! 용사의 이름으로 명하나니, 빛의 옥좌에서 오라!"

"으엑!"

그 순간, 공기가 흔들리는 것 같은 느낌이 들더니, 갑자기 허공에 검과 갑옷과 방패가 나타났다.

"공간전이?! 소환한 건가!"

그리고 소니아가 벌떡 일어나자 갑옷이 펑, 하고 터졌다. 조각난 갑옷의 각 부품이 저절로 소니아의 몸을 향해 날아가더니, 소니아를 순식간에 갑옷 차림으로 바꾸어 놓았다.

눈 깜짝할 사이에 소니아는 푸른 갑옷을 입은 기사가 되어 나타났다. 오른손에는 칼을, 왼손에는 방패를 들고 있는 소니아는 그야말로 '용맹한 기사'의 모습이었다. 준페이는 꿀꺽 침을 삼켰다.

소니아는 무감정한 눈빛으로 준페이를 보며 말했다.

"이건 선조이신, 용사 아르시엘라께서 마왕을 쓰러트렸을 때 쓴 장비입니다. 성검 오로라 스파크, 그리고 용사의 방패와 갑옷…… 지금은 제가 계승했죠."

"그, 그랬구나."

그렇게 무난한 대답을 한 준페이에게, 소니아가 칼끝을 겨눴다.

"이치노세 준페이. 용사의 후손으로서, 당신을 죽이겠습니다."

"……뭐?"

준페이는 귀를 의심했다. 그리고는 황급히 소니아를 달래보기 위해 웃으면서 두 손을 펼쳐 보였다.

"아니, 잠깐만. 진정해봐. 알몸 좀 보여줬다고 죽이는 건 너무 하잖아. 아무리 생각해도 수지가 안 맞는다고. 그리고 이건 결투 중에 일어난 일이잖아. 여러 가지 의미로 쌍방 과실이라고."

"아쉽게도 일은 이미 그런 차원을 넘어섰습니다. 아무것도 묻지 말고 포기하세요. 자비를 베풀어서 아프지 않게 죽여 드리겠습니다."

담담하게 말하는 소니아의 눈빛, 인형처럼 얼어붙은 표정을 보고, 준페이는 처음으로 공포를 느꼈다. 이것은 알몸을 보인 수치심 따위가 아니다. 더 차갑고 비정한 살기가, 눈에 보이지 않는 날카로운 칼날이 돼서 준페이에게 향하고 있다.

"저기…… 진심이야?"

소니아는 아무 말도 하지 않았다. 진심이라고 판단한 준페이는, 식은땀을 줄줄 흘리면서도 어떻게든 대화로 해결하기 위해 필사적으로 목소리를 짜냈다.

"대체 왜! 왜 갑자기 날 죽이겠다는 건데! 이유를 말 해봐! 설명하라고!"

그랬더니 이를 악물고 있던 소니아의 눈썹 끝이 살짝 처졌다. 준페이는 표정 변화를 놓치지 않고 다시 외쳤다.

"말 해봐!"

그러자 소니아는 천천히 칼을 내리더니 딱딱한 말투로 대답했다. 하지만 그건 준페이를 향한 대답이라기보다는 사실을 되짚는 느낌이었다.

"처음에 당신은 바나나 껍질을 소환했었죠."

"어어? 그, 그랬지……."

"그 탓에 저는 그 바나나 껍질을 밟고 미끄러져서 속옷을 보였습니다. 지난번에는 당신이 일으킨 바람이 제 치맛자락을 들췄고, 그래서 결투를 하게 됐죠. 그리고 오늘 당신은 마법으로 절 알몸으로 만들었습니다…… 마법이 실패했다고 해서 이런 파렴치한 일이 세 번이나 벌어지는 것은 말도 안 됩니다. 즉 그게 당신이 사용한 마법의 효과라는 뜻…… 다시 말해 에로 마법이란 이야기 입니다."

"윽……!"

"그리고 그건 당신이 마왕, 제논 일즈오버의 전생이란 걸 의미 하죠."

"?! 어떻게 네가 그걸……! 아, 그런가. 용사 아르시엘라의 후 손. 마왕에 대한 이런저런 전승들을 알고 있어도 이상할 게 없다 는 얘긴가."

"그렇습니다. 역시나 전생의 기억이 돌아왔군요. 그래서 에로 마법을 사용할 수 있게 됐고."

——아니, 기억은 하나도 안 돌아왔고, 메릴한테 이야기만 들 었을 뿐인데요.

하지만 이런 설명을 해봤자 상황만 더 나빠질 건 뻔했다. 준페 이는 일단 상황을 수습하기로 했다.

"자, 잠깐만 기다려! 난 전혀 몰랐다고! 전생의 기억 따윈 없어! 그냥 조각 같은 지식만 있을 뿐이고, 내가 에로 마법사라는 걸 알 게 된 것도 겨우 며칠밖에 안 됐어! 정말이야!"

실제로 준페이는 전생의 기억이 없었다. 그걸 메릴이 말해줬다 는 부분만 숨겼을 뿐이지, 거짓말은 없었다. 그 절실한 마음이 통 했는지, 소니아의 눈빛이 아주 조금 부드러워졌다.

"분명 전생의 비술은 불완전한 것…… 완전한 기억 계승에 실패했다고 해도 이상하지는 않겠죠. 알겠습니다, 당신이 죽어야 하는 이유를 가르쳐드리죠."

소니아는 거기서 일단 말을 쉬고, 더듬더듬 옛날이야기를 시작했다.

"지금으로부터 천 년 전, 런던에 마왕이라고 불린 대마법사가 있었습니다. 이름은 제논 일즈오버. 그는 지극히 특수한 마법사로, 평범한 마법을 쓰지 못하는 대신에, 자신만이 쓸 수 있는 특수한 마법을 자유자재로 다룰 수 있었죠. 그는 수백 명이나 되는 자식이 있었으나, 그 누구도 그 마법을 물려받지 못했다고 하니, 정말 그만 쓸 수 있는 특이한 마법이었겠죠."

"그게 에로 마법이라고?"

"그렇습니다. 저희 가문의 전승에 의하면 에로 마법에는 이런 것이 있다고 합니다. 여성을 무제한으로 매료시키는 템프테이션, 온몸을 민감하게 만드는 오버 필링, 건드린 유방이나 엉덩이의 크기를 자유자재로 변화시키는 갓 핸드, 이뇨작용을 촉진하는 워터 다운, 대상 여성이 자신 이외의 다른 남자와 관계를 갖는 것을 불가능하게 만드는 버진 프로텍트, 그리고 여성을 알몸으로 만들어버리는 클로스 브레이크…… 제논은 에로 마법을 사용해서 많은 여성을 자기 것으로 만들었습니다. 제 조상 아르시엘라도 그 중에 한 사람이었다고 하더군요. 용사는 마왕의 연인이었습니다. 하지만 제논은 점점 거만해져서, 반지와 각인으로 구성된 금단의 노예 마법에 손을 대고 말았습니다. 그것을 본 아르시엘라는 결국 분노해서 칼을 들었고, 제논을 쓰러트렸습니다. 그리고 죽어가는 그에게 전생의 비술을 걸었고, 다음 생에서 다시 만나자는 말을 하면서 그의 최후를 지켜봤습니다. 이것이 제 조상의 이야기입니다."

——으아, 메릴이 해준 얘기랑 똑같잖아!

준페이는 정신이 아득해졌다. 하지만 삶과 죽음 사이에서 줄타기하는 상황에 넋을 놓고 있을 여유는 없었다. 준페이는 정신을 바짝 차리고서 말했다.

"그, 그거랑 날 죽이는 게, 무슨 관계가 있다는 건데?"

"이 이야기는 더 이어집니다…… 아르시엘라는 사랑하는 사람을 자신의 손으로 죽인 슬픔에 전생의 비술을 걸었지만, 후세에서 똑같은 일이 벌어지지 않는다고 장담할 순 없었습니다. 그래서 아르시엘라는 마왕과의 사이에서 낳은 아들에게 사명을 물려주기로 했습니다. 장남의 핏줄은 용사의 기억과 장비를 물려받도록 말이지요. 그리고 마왕의 전생자와 만난 용사는 싸워서 그를 쓰러트리라고 했습니다!"

그 말이 준페이의 머리에 벼락같은 충격을 줬고, 소니아는 다시 칼을 겨누면서 외쳤다.

"그렇습니다! 다시 태어난 마왕을 쓰러트리는 것은 용사 아르시엘라의 후손인 저의 사명! 설마 제가 이 일을 맡게 될 줄은 상상도 못 했습니다만."

165

"말도, 안 돼! 잠깐만 기다려봐! 내가 마왕의 전생자일 수도 있다고 쳐. 근데 고작 그런 옛날이야기로 날 죽이겠다는 거야?!"

"어쩔 수 없습니다. 당신은 마왕이 다시 태어난 존재. 지금까지는 그냥 낙제생이었지만, 전생의 기억을 되찾고 에로 마법에 눈을 떴다면 지금 죽이는 것이 이 세상과 그곳에 사는 사람들, 그리고 모든 여성을 위한 일! 정의입니다!"

──그딴 정의가 어디 있어?!

준페이는 곧장 반박하려고 했지만, 이내 곧 다시 말을 삼켰다.

소니아의 몸이 살살 떨리고 있었다. 그녀의 눈이 공포로 물들어 있었다. 목숨이 위험한 건 준페이 쪽이건만, 소니아는 사람에게 검을 향하기를 망설이고 있었다.

──그렇구나, 이 녀석.

소니아는 사람을 사람 죽이기를 망설이고 있다. 진즉에 죽일 수 있었는데도, 소니아는 그러지 않았다. 아니, 그러지 못했다. 이런저런 긴 이야기들을 하고, 정의와 사명이라는 말을 추진력으로 삼으려고 했지만, 사람의 목숨을 끊을 각오를 다지지 못했다. 아직 살아날 기회가 남아 있었다.

"그만두자, 너도 못 하잖아?"

"무슨…….."

"사람을 죽이고 싶지 않은 거지? 그건 당연한 일이야. 오래된 전승에 얽매여서 네 손에 피를 묻힐 필요는 없어. 잘 생각해봐. 날 죽이고 나면 그 뒷일은 어쩔 건데? 지금은 그때와 시대도 다

르잖아. 내가 마왕이라는 이유로 죽이면, 너도 그냥 넘어가진 못한다고."

"그 정도는 이미 알고 있습니다. 목숨의 대가는 목숨으로 치를 수밖에 없죠. 당신을 죽이고 저도 죽을 겁니다. 그것이 조상으로부터 물려받은 사명, 그래요, 사명을 완수해야⋯⋯."

소니아의 파란 눈동자에 위험한 빛이 깃들었다. 준페이는 각오를 다지기로 했다.

"아무리 다시 태어난 마왕이라고 해도, 난 이치노세 준페이야! 제논이 아니라고! 잘 들어! 지금 이 자리에서 약속하지! 난 마왕이 되지 않겠어!"

그러자 진심에서 튀어나온 고함이 불꽃으로 변해서, 소니아의 마음속에 있는 무언가에 불을 밝혔는지, 위험한 쪽으로 기울어가려던 소니아의 반응이 바뀌었다.

"⋯⋯정말로?"

"그래."

"그렇다면 저와 계약을 할 수 있겠습니까?"

"계약이라니, 어떤?"

준페이가 그렇게 묻자, 소니아는 싸우지 않겠다는 의지를 태도로 보여주려는 것처럼 칼과 방패를 버리고 준페이 쪽으로 걸어왔다.

어? 하고 생각했을 때는, 이미 소니아의 얼굴이 준페이의 얼굴에 닿아 있었다. 이렇게 예쁜 얼굴이 숨결이 닿을 정도 거리까지

다가오자, 준페이는 지금이 어떤 상황인지도 잊어버리고 얼굴이 빨개졌다.

그 상황에서 소니아가 진지한 얼굴로 말했다.

"당신을 죽이는 건 그만두도록 하지요. 하지만 이대로 방치하지도 않겠습니다. 당신이 앞으로 그 마법을 올바르게 익히고, 제어하고, 사악한 욕망에 휩싸이지 않도록, 즉 정의와 정열과 상상력을 겸비한 레드하트를 지닌 마법사가 될 수 있도록, 제가 당신을 교육하고 감시하겠습니다. 그것으로 제 사명을 다하겠습니다. 당신은 그것을 받아들이고 저를 마법의 스승으로 모시면 됩니다. 알겠습니까?"

"스승? 네가 내 마법 선생님이 돼주겠다는 거야?"

"예. 제게는 마왕이 부활했을 때를 대비해 선조께서 남겨준 에로 마법의 지식이 있습니다. 기억이 불완전한 당신보다 더 잘 알고 있지요. 당신의 선생님이 될 수 있는 사람은 이 세상에 저 하나뿐입니다."

그 제안을 듣고, 준페이는 자기도 모르게 생각에 잠기고 말았다.

"정말 그래도 되겠어? 너는 내가 에로 마법을 모르는 편이 더 좋지 않아?"

"어차피 당신은 이미 여성을 나체로 만드는 마법 『클로스 브레이크』를 자력으로 깨우쳤습니다. 전생의 비술이 불완전했더라도 마왕의 기억과 힘은 당신의 내면 깊은 곳에 계속 잠들어 있다는 거겠지요. 그것이 언제 어떻게 나올지는 알 수 없습니다. 그렇다면 차라리 처음부터 제가 당신을 가르치면서 감시하는 편이 더 좋습니다. 당신에게 에로 마법을 기초부터 가르치면서 자신을 다스리는 방법을 함께 가르치도록 하겠습니다."

그 말을 듣고, 소니아를 보고 있던 준페이의 눈이 번쩍 빛났다.

"알았어. 그럼 널 선생님으로 받아들일게. 잘 부탁해."

"좋습니다. 그럼 계약의 마법을 걸도록 하죠. 용사 가문에 내려오는 비술입니다. 당신은 저를 배신할 수 없고 저도 당신을 배신할 수 없게 되죠. 자, 눈을 감아주세요."

뭔가 소니아에게 알 수 없는 박력이 느껴져서 준페이는 곧장 눈을 감았지만, 바로 다시 한쪽 눈만 뜨고서 물었다.

"그…… 혹시나 해서 묻는데, 그거, 아픈 건 아니지?"

"안 아프니까 어서 눈을 감아요!"

소니아가 대뜸 소리쳤다. 어쩐지 잔뜩 긴장한 게, 움직임 매우 뻣뻣해 보였다.

"그, 그래, 알았어."

이번에야말로, 서둘러서 눈을 꼭 감았다. 그랬더니 눈 앞에 펼쳐진 어둠 저편에서 소니아가 심호흡하는 소리가 들려왔다. 뭘하려는 거지, 하고 생각하고 있는데 뭔가 달콤한 향기가 가까이다가왔고, 부드러운 것이 입술에 닿았다.

——어?

놀라서 눈을 떴더니, 눈을 감고 있는 소니아의 얼굴이 시야를가득 채우고 있었다. 너무 황당해서, 대체 무슨 일이 일어난 건지 이해할 수 없었다.

──이, 이거 뭐야?!

"꺄아아아악!"

준페이는 몸을 한껏 뒤로 젖혀서 얼굴을 멀리 떼고는 그렇게 소리를 질렀다. 소니아는 눈이 휘둥그레지더니 준페이의 얼굴을 보고 화난 표정을 지었다.

"뭐에요, 그 반응은! 실례잖아요!"

"하지만 너, 지금, 나, 나한테, 키, 키스──"

"이게 비술을 쓰는 방법인데 어떻게 해요! 저도 첫 키스는 달빛 아래 같은 분위기 있는 곳에서 하고 싶었다고요!"

"아니, 그러니까──!"

준페이는 갑자기 심장이 뜨겁게 달아올라 말을 삼키고 말았다. 소니아도 한 손으로 왼쪽 가슴을 누르고 있고.

"뭐, 뭐야 이거?!"

"아무래도 마법이 성공한 것 같군요. 목숨을 공유하는 마법."

"공유라니?"

"제가 죽으면 당신도 죽고, 당신이 죽으면 저도 죽는 심플한 마법이에요."

의기양양하게 말하면서 웃는 소니아를 보며, 소니아는 입이 떡 벌어졌다.

"그건 마법이 아니라 저주인 거 같은데……."

"후훗. 만약에 당신이 길을 벗어나고 제 눈에 띄지 않는 곳으로

도망치지 않는다고 해도, 제가 자결하면 당신도 죽습니다. 기억해두세요."

——으아, 귀찮게 됐네.

준페이는 사슬에 묶인 신세가 된 것 같아서 짜증이 났지만, 소니는 만족했다는 것처럼 몇 번이나 고개를 끄덕였다.

"이걸로 당신이 악행에 빠지면, 저도 목숨을 대가로 치를 수 있으니 공평하다고 할 수 있겠죠. 당신 말대로 단죄한다고 끝나는 게 아니니까요. 이 정도는 돼야 타당하죠."

그런 건가? 준페이는 고개를 갸웃거렸지만, 그것보다 마음에 걸리는 게 있었다.

"그런데 이 마법, 유효 기간은 있는 거야?"

"없습니다, 영원히 지속합니다."

소니아는 그렇게 말하고 의기양양하게 가슴을 활짝 폈다.

그 뒤에 앞으로의 일에 관해 이야기하기 위해서, 준페이와 소니아는 둘이서 학생 기숙사로 돌아왔다. 소니아도 유학생으로서 이 기숙사에서 살고 있지만, 준페이를 자기 방에 들이는 건 싫은지, 이야기는 19층에 있는 준페이의 방에서 하기로 했다. 참고로 소니아는 용사의 장비들을 런던으로 다시 돌려보냈고, 교복은 수복마법으로 고쳤다.

"실례하겠습니다."

그렇게 말하고 준페이의 방으로 들어온 소니아가 방 안을 둘러

보면서 말했다.

"생각만큼 더럽진 않군요."

"……그렇지 뭐."

"그나저나 뭐라고 할까, 가구나 물건을 고르는 센스가 없는 거 아닌가요? 너무 살풍경해요. 좀 더 꾸미는 게 어때요?"

"가뜩이나 좁은데 그런 걸 어떻게 들여. 뭐, 일단 아무 데나 적당한 데 앉아."

그렇게 말하면서, 준페이는 침대에 걸터앉았다.

그런 준페이를 보면서, 소니아가 물었다.

"차는?"

"그런 건 없어. 내가 음식을 해 먹는 것도 아니고, 마실 걸 사와도 바로 다 마셔버리기 때문에 냉장고도 텅텅 비어 있어. 마시고 싶으면 밑에 매점에 가서 사와야 해."

준페이가 그렇게 말하자 소니아는 믿을 수 없는 말을 들었다는 표정으로 하늘을 우러러봤고, 그리고는 현기증이라도 난 것처럼 손가락으로 관자놀이 언저리를 눌렀다.

"구, 굳이 마시고 싶다면, 수돗물이라도 줄까?"

"아뇨, 됐습니다."

소니아는 한숨과 함께 그렇게 말하고는, 좌식 테이블 앞의 바닥에 앉았다.

"자, 본론에 들어가기 전에 확인하겠습니다. 오늘 결투는 제가 이겼다고 봐도 되겠죠?"

"거기서부터냐……. 그렇게 되면, 난 너를 마법으로 공격하려 했던 책임을 져야 하는데?"

"당연하죠. 하지만 큰 벌은 받지 않도록, 저도 잘 말씀드리도록 하겠습니다. 어차피 당신이 이겼다고 설명하는 것보다는 그게 쉬울 테고."

그건 그렇다. 두 사람이 싸워 준페이가 이기리라고 생각하는 사람은 아무도 없을 테니까.

"알았어, 그렇게 해 두자고. 그리고 본론 말인데."

그러자 소니아도 표정을 다잡고서 말했다.

"예. 먼저 당신은 학교에서 낙제생 취급을 받고 있죠?"

"그래…… 내가 에로 마법사라는 걸 알게 된 것도, 겨우 며칠밖에 안 됐어."

"그건 전생의 기억이 갑자기 되살아났다는 뜻인가요?"

"조금 다르지만, 뭐, 대충 그래."

사실은 메릴이 지적해줘서 알게 됐지만, 그 얘기를 하면 일이 복잡해진다. 왜냐하면, 메릴은 콘도 선생님이 병원 신세를 지게 만든 흉악범으로 알려져 있고, 소니아도 그렇게 알고 있을 테니까. 만약에 준페이가 메릴과 우호적인 관계라는 사실을 알게 되면 그것과 관련된 오해를 풀기가 상당히 힘들어지고, 소니아가 또다시 준페이를 죽이겠다고 할지도 모른다.

──역시 나와 메릴의 관계를 소니아가 모르게 해야겠군.

준페이는 몰래 그렇게 결심하면서, 천천히 이야기를 꺼냈다.

"지금까지는 『뭔가 기적이 일어났으면 좋겠다』 같은, 그런 애매한 이미지로 마법을 썼기 때문에 불발이나 폭발이 계속 일어났던 것 같아. 하지만……."

"예, 지금부터는 다릅니다. 당신은 자신의 마법이 뭔지, 정체를 알아냈죠. 그러니까 이제는 이미지에 따라서 마법을 자유자재로 쓸 수 있을 겁니다."

한마디로 이제야 겨우 마법사로서의 출발점에 선 것이다. 그 사실 때문에 가슴이 뜨거워지고 있는데, 소니아가 이런 질문을 했다.

"제가 제일 먼저 묻고 싶은 건, 당신 자신에 대한 일입니다."

"나?"

"예. 저는 당신의 선생님이 됐습니다. 조금 전에 말씀드린 것처럼 이제부터 에로 마법을 통제할 기술과 정신을 가르쳐야 하죠. 하지만 그걸 당신의 마음을 밟아가면서 해서는 안 됩니다."

준페이는 그 말을 듣고서 깜짝 놀랐다. 소니아가 마왕을 들먹이며 모든 걸 엄하게 관리할 줄 알았는데, 소니아는 그럴 생각이 없는 것 같았다.

"뭐지? 의외로 상식적인 사람이었던 건가……."

"절 어떻게 생각했던 거죠?!"

준페이에게 그렇게 소리친 소니아는 어흠, 하고 헛기침을 한 번 해서 마음을 다잡고서 계속 말했다.

"이상한 소리 하지 말고 솔직하게 대답해주세요. 당신은 장래에 어떻게 하고 싶으신가요? 꿈은? 희망 직업은? 또는 본인의 신상에 관한 이야기도 좋습니다. 동아리 활동을 하는 것도 아닌데 기숙사에 남아 있다는 건 뭔가 사정이 있다는 뜻이겠죠?"

그런 걸 물어볼 줄은 몰랐다. 준페이는 약간 머쓱했지만, 이제 소니아와 자신은 목숨을 공유하는 운명공동체다. 말해줘야 할 것들은 말해줘야 한다.

준페이는 지난번에 카에데한테 했던 이야기를 소니아에게도 그대로 들려주었다. 마법사가 되기를 꿈꿨던 어린 시절. 마법사가 아닌 부모님 사이에서 태어난 돌연변이라는 것. 그 탓에 가족이 무너졌다는 것. 그리고 오늘까지 마법학교의 낙제생이었던 것, 등등.

"카에데 선배가 그랬어. 마법을 좋아하면서 마법을 싫어한다니, 엉망진창이라 큰일이라고."

"그렇군요. 지금은 어떤가요?"

"음…… 솔직히 처음에는 바라던 마법사의 이상과는 달라서 실망했어. 하지만 한편으로는 이렇게 생각했지. 지금까지 계속 낙제생이었던 나한테도, 이제야 겨우 한 사람의 마법사가 될 수 있는 길이 생겼다고 말이야. 그러니까, 역시 내 재능을 시험해보고 싶어."

"그렇군요…… 그럼 먼저 당신의 『낙제생』이라는 딱지를 떼는 것부터 시작해볼까요. 당신, 레드하트 브레이브에 들어오세요."

"뭐? 내가?"

"예. 며칠 전에 카에데 선배가 말씀하셨습니다. 『이대로 두면 준페이는 계속 밑으로 떨어지기만 한다. 그래서 높은 목표를 갖게 하고 싶다. 레드하트 브레이브를 목표로 삼는 건 어떨까』라고. 그 말을 들었을 때, 저는 불가능한 이야기라고 생각했습니다. 하지만 생각을 바꿨어요. 이건 딱 좋은 목표입니다. 그렇게 생각하지 않나요?"

"카, 카에데 선배가, 그런 생각도 하고 있었구나. 그런데 잠깐만. 그건……."

갑자기 그런 말을 들으니 너무 놀라서 약간 소심해졌다. 하지만 준페이의 그런 심정을 눈치챘는지, 소니아가 눈살을 찌푸리면서 말했다.

"뭔가요? 자신이 없나요? 불가능할 것 같아서? 아닙니다, 할 수 있어요. 하면 할 수 있고, 손을 뻗으면 잡을 수 있습니다. 게다가 제가 도와드리지 않나요? 당신은 뭐든지 할 수 있고 되고 싶은 것도 반드시 될 수 있습니다!"

환한 얼굴과 목소리로 그렇게 말하는 소니아가 너무나 눈부시게 보였다.

"대단하네……. 정말로 뭐든지 할 수 있을 것 같은 기분이 들었어. 근데 난 에로 마법사잖아? 이런 건 사람들에게 들키면 안 되는 거 아니야?"

"예, 그래요. 당신이 마왕이 전생한 존재라는 것, 사용하는 마법이 에로 마법이라는 것, 이 두 가지는 비밀로 해야만 합니다.

다른 사람들이 알면 틀림없이 안 좋은 일이 벌어질 테니까요."

"그렇다면……."

"그러니까, 에로 마법을 에로 마법이라고 부를 수 없도록 사용하면 되는 겁니다. 결과는 밝혀도 과정은 밝히지 않고, 잘 응용해서 다른 계통의 마법인 척하면 되는 거죠."

"그런 게 가능——"

"입버릇처럼 『못 한다』고 하지 마세요!"

마음속을 읽은 것처럼 크게 야단치자, 준페이는 정신이 번쩍 들었다.

소니아는 벌떡 일어나서 침대에 걸터앉아 있는 준페이를 내려다보며 말했다.

"당신, 이 상태로 좋은 건가요? 기껏 마법사로서의 출발점에 섰잖아요? 에로 마법을 제대로 다뤄서 다른 사람들을 속이고, 낙제생이라는 골짜기 밑바닥에서 뛰쳐나오고 싶지 않나요? 조금이라도 그렇게 생각한다면 도전하세요! 도전해서, 지금부터 눈부신 학창 시절을 보내세요! 그쪽이 훨씬 즐거울 겁니다!"

"……."

소니아의 눈이 부신 빛이 마치 마음속에 있던 어두운 밤을 몰아내고 아침을 불러오는 태양처럼 느껴졌다. 준페이는 문득 카에데와 했던 이야기가 떠올랐다.

——마법사라는 이유만으로 왜 이렇게 모든 일에 제약이 생기는 거냐고.

──그것이 마법사로 태어난 자의 숙명이다.

그때는 낙제생인 자신이 마법사의 의무만 짊어지고 있는 것 같아서 화가 났었다. 하지만 오늘부터는 아니다. 오늘부터는 진짜로 마법사니까.

"소니아……."

"저는 당신의 스승이 됐습니다. 제자의 마음속 날개를 꺾는 게 아니라, 훨훨 날아가게 해주는 것이 스승 된 자의 의무. 그러니까 당신도 온 힘을 다해서 제게 응해주세요."

"그래, 할게. 열심히 할게……."

준페이는 필사적으로 숨을 쉬는 것처럼 그렇게 말하고, 앉아 있으면 안 되겠다는 생각이 들어서 벌떡 일어났다. 그리고는 반짝반짝 빛나는 눈으로 소니아를 보며 말했다.

"다시 한번 약속할게. 난 마왕 같은 건 되지 않아. 널 실망하게 하지도 않고. 그리고 이 낙제생이라는 오명을 만회하고, 레드하트 브레이브의 일원이 되겠어!"

"아주 좋습니다."

그렇게 말하면서 미소를 지었던 소니아가 갑자기 진지한 얼굴로 돌아왔다.

"그럼 구체적인 훈련 계획을 정해볼까요. 저는 슈퍼 엘리트다 보니 여러모로 일정이 많고 바쁘지만, 어차피 당신은 한가하겠죠? 제게 맞춰서 일정을 조율할까 하는데, 이의는 없겠죠?"

"그래, 없어. 그런데, 저기……."

거기서 준페이가 말하기 거북하다는 것처럼 우물거리자, 소니아는 눈살을 찌푸리고 고개를 갸웃거렸다.

"뭔가요?"

"아니, 그게 말이야. 갑자기 생각이 났는데, 에로 마법의 효과, 말인데. 그러니까, 한마디로…… 온몸을 민감하게 만드는 오버 필링이라든지, 건드린 가슴이나 엉덩이의 크기를 마음대로 변화시키는 갓 핸드라든지, 그걸 너한테 해도 되는 거야?"

끄익 하고 소니아의 목에서 이상한 소리가 났다. 다시 보니 얼굴도 일그러져 있었다.

만약 여기서 소니아가 '응'이라고 말한다면, 이건 메릴 사건보다 더 큰 사건이다!

그리고 소니아는 얼굴 전체에 결의를 담고서, 곤란한 일에 임하는 사람의 눈빛으로 입을 열었다.

"그러니까, 저를 에로 마법의 실험대로 삼는 데 주저하고 있다는 말이군요. 그건 저도 이해할 수 있습니다. 그게 상식이라는 것이죠. 하지만 이렇게 된 이상은 어쩔 수가 없군요. 이것도 세상을 위해 사람들을 위해…… 제 몸을 바치는 것이 용사의 후손 된 자의 사명! 이 한 몸을 바쳐서 장래의 비극을 피할 수 있다면, 저는 기꺼이 바치도록 하겠습니다!"

소니아는 큰 목소리로 그렇게 말하고는, 씩씩하게 자기 오른손을 가슴에 댔다.

"사양하지 말고, 있는 힘껏 해보세요. 저는 용사 아르시엘라의 후손이자 슈퍼 엘리트니까, 꼴사납게 전생한 당신의 에로 마법 따위에는 절대로 지지 않습니다!"

이렇게 해서, 이날부터 준페이와 소니아의 에로 마법 비밀 특훈이 시작됐다.

준페이는 당연히 메릴과 반지에 관한 것도 잊지 않았다. 하지만 이쪽에서 먼저 메릴한테 연락할 수단이 없는 이상, 지금 준페이가 할 수 있는 일은 에로 마법 특훈뿐이었다.

——내가 에로 마법을 제대로 다룰 수 있게 되면 레드하트 브레이브의 일원이 될 수 있는 건 물론이고, 10년 전에 노예의 각인이 새겨진 열 명의 여자아이들의 몸에 있는 각인을 지워줄 수 있을지도 모른다.

준페이는 그렇게 마음먹고, 메릴을 신경 쓰면서도 소니아와의 에로 마법 특훈에 매진했다.

그리고 8월 중순, 여름방학도 절반이 지난 그 날 오후, 준페이는 소니아와 둘이서 마도 전투 교련 돔 지하에 있는 방에 와 있었다. 저번에 결투를 벌였던 그 방이었다.

에로 마법을 훈련하는 모습을 다른 사람들에게 보여줄 수는 없으므로, 평소에는 준페이의 방이나 빈 교실, 외부의 다목적실을 빌려서 훈련을 했었지만, 지금은 마침 연휴 기간이다 보니 동아리 활동도 없었다. 그런 시기에, 소니아가 또다시 이 방을 빌린 것이다.

"……참고로 마도 전투 교련 돔 곳곳에는 CCTV가 있지만, 지하의 각 방에는 그게 없습니다. 명문 마법사 가문에는 문외불출의 특수한 마법을 보유한 경우가 종종 있는데, 그런 마법은 카메

라에 보여줄 수 없기에 이런 공간이 필요한 거죠. 따라서, 여기서는 에로 마법을 써도 괜찮아요."

참고로 소니아는 오늘도 교복 차림이었다. 학교 설비를 이용할 때는 교복을 입는 게 소니아의 드레스 코드인 것 같아서, 준페이도 거기에 맞춰서 교복을 입었다.

"자, 먼저 몸풀기로 항상 하던 걸 해보세요."

"알았어."

준페이는 자연스럽게 손바닥으로 소니아를 겨냥했다. 마력을 끌어올리고, 이미지를 떠올린 뒤 마법을 발동했다.

"글리터 위시!"

그러자 소니아의 발밑에서 발생한 바람이 치맛자락을 성대하게 뒤집어버렸다. 하지만 소니아는 여전히 당당히 서 있었다. 그야 속바지를 입었으니 당황할 일도 없겠지만…….

어쨌거나 바람이 멈추자 소니아는 머리카락과 치맛자락을 바로잡고는, 손을 흔들면서 말했다.

"글리터 위시는 완벽하게 익힌 것 같군요."

"그런 것 같네. 내가 생각해도 참 한심한 마법이지만. 치맛자락을 뒤집는 마법이라니, 도대체……."

"원래 그런 마법이니 어쩔 수 없잖아요. 자, 준비운동은 끝. 그걸 하도록 하죠. 뭐, 한 번도 성공한 적이 없지만."

그렇게 말한 소니아는 다음 마법이 대비해서 살짝 자세를 바꿨다.

준페이도 올렸던 팔을 내리고 어깨의 힘을 빼고 정신을 집중하기 시작했다.

소니아와의 특훈이 시작된 첫날, 제일 먼저 내린 과제는 글리터 위시를 완벽하게 익히는 것과 오버 필링 마법을 성공하는 것이었다.

오버 필링이란 여성의 온몸을 민감하게 만드는 마법이다. 이 마법에 걸리면, 어디가 됐든 손가락으로 한 번 건드리기만 해도 난리가 난다고 한다.

소니아가 그런 마법을 제일 먼저 제안한 데는 이유가 있었다. 소니아가 '제가 그런 마법 따위에 질 리가 없어요. 당신이 어떤 곳을 건드리더라도 견뎌보겠습니다' 하고 호언장담한 것이다. 준페이는 그날부터 계속 오버 필링 마법을 연습했으나, 안타깝게도 아직 단 한 번도 성공한 적이 없었다.

"잔소리처럼 들리겠지만, 마법 성공의 비결은 자신의 마법을 믿는 것. 그리고 자신의 마법이 불러오는 기적의 이미지를 강하게 떠올리는 거예요. 이미지는 시범을 보여줄 교사가 있다면 빨리 익힐 수 있겠지만, 당신의 마법은 당신뿐이니까 스스로 도달할 수밖에 없죠. 자, 상상해보세요."

상상하라고는 해도, 뭘 상상해야 할지 감이 오지 않는 건 마찬가지였다. 소니아가 마법에 굴복하는 모습을 상상하면 되는 걸까. 하지만 손을 잡기만 해도 다리가 풀어져서 주저앉은 소니아의 모습은 도저히 떠올릴 수가 없었다. 소니아가 준페이의 마법

185

을 견뎌낼 생각이 만만한 탓이었다.

역시 그 이미지를 깨트리고 소니아가 패배한 모습을 상상해야 할까?

——으으으으음!

끌어올린 마력을 더 유지하기가 힘들었던 준페이는 소니아를 놀라는 이미지를 그리며 마력을 방출했다.

"오버 필링!"

평소라면 이걸로 아무 일도 없이 끝나겠지만, 오늘은 뭔가 반응이 느껴졌다. 어느샌가 손바닥 안에 무언가가 들어와 있었다.

"응?"

자기도 모르게 쥐고 있던 오른손을 펴봤더니, 묘하게 뜨뜻한 웬 하얀 천 덩어리를 쥐고 있었다.

"뭐야 이거?"

천을 잡아 펼쳐보니, 레이스가 들어간 브래지어였다.

"어——?"

자기도 모르게 그런 소리가 나왔다. 왜 갑자기 이런 일이 일어났지 싶어 소니아를 쳐다보니, 소니아는 눈이 휘둥그레져서 두 손으로 자기 가슴을 여기저기 더듬고 있었다.

"……없어."

"…………."

준페이는 입을 굳게 다물고 침을 삼켰다. 그러자 소니아가 무표정한 얼굴로 따지고 들었다.

"이건 오버 필링이 아니군요."

"……그럼 뭔데?"

"클로스 테이커. 여성의 의류를 약탈하는, 범죄적인 에로 마법이에요!"

다음 순간, 온 힘을 다한 보디 블로가 작렬했고, 준페이는 뒤집힌 개구리처럼 뒤로 자빠졌다. 넘어지면서 오른손을 펼치는 바람에 하얀 브래지어는 허공을 날았고, 소니아는 곧장 오른손으로 속옷을 움켜쥐었다.

"잠깐 탈의실에 다녀올게요."

소니아는 발소리를 크게 울리며 밖으로 나갔다.

겨우 몸을 일으킨 준페이는 그 자리에 웅크리고 앉아서는, 얻어맞은 배를 문지르면서 생각했다. 방금 일어난 일은 오버 필링을 사용하려다가 다른 마법을 썼다고 봐야 하리라. 소니아가 입고 있던 속옷을 텔레포테이션 마법으로 강탈한 것이다.

"……그럼 난, 속옷을 공간 전이시킨 건가?"

공간 전이는 엄청난 고등 마법이다. 그걸 실현했으니 참 감격스러운 일일 텐데, 용도가 여자 옷을 빼앗는 것밖에 없다고 생각하니 한심하게 짝이 없었다.

——이래서 평범한 마법사로 위장할 수 있을까, 이거…….

치마를 들치는 마법이나 속옷을 빼앗는 마법을 대체 어떻게 응용해야 한단 말인가.

준페이가 고민하는 사이에 소니아가 들어왔다. 게다가 엄청나게 화가 난 채로.

"잘 들으세요? 두 번 다시, 앞으로, 절대로, 제 예정에서 벗어난 에로 마법을 멋대로 쓰지 마세요! 알겠나요?"

"일부러 그런 게 아니라고."

"No, 말대답!"

그렇게 고함을 지르자 준페이는 어쩔 수 없이 "알겠습니다!"라고 대답했다.

그리고 다시 소니아와 대치했지만, 마음이 편치 않았다. 일부러 그런 게 아니라고 변명은 했지만 듣지도 않았고, 얻어맞은 배는 여전히 아팠다.

——빌어먹을, 이 망할 계집애.

준페이는 자기도 모르게 송곳처럼 뾰족한 시선으로 소니아를 쏘아보고 있었다. 최근 며칠 동안 오버 필링이 불발로 끝나고 훈련을 마칠 때마다, 소니아가 「시간 낭비였군요」라느니 「가르치는 의미가 있기는 한가요?」라느니 「정말 못 배우는군요」 같은 소리를 실컷 들었다. 오늘도 이대로 끝나면 또 그런 소리를 들을 게 뻔했다.

준페이는 마음속에서 오늘도 그런 치욕을 당할 수는 없다는 생각이 배를 맞은 억울함과 섞이는 게 느껴졌다. 그리고 이는 곧 투지로 변해 마그마처럼 끓어오르기 시작했다.

"자, 언제든 해보시지요?"

소니아의 그 말을 신호로 삼아, 준페이는 모든 마력을 끌어모았다.

——이번에는 꼭, 마법을 성공시켜서, 네가 찍소리도 못하게 해주겠어!

이미 준페이의 머릿속에는 소니아를 괴롭혀주겠다는 생각밖에 없었다. 그리고 준페이의 그 집념은 고스란히 마법으로 흘러 들어갔다.

"오버 필링!"

그 순간, 아주 잠깐이었지만, 준페이의 오른손에서 빛의 파동이 터져 나오더니 곧 소니아의 몸을 하얗게 비추었다. 얼핏 보기에는 큰 변화가 일어나지 않았지만, 그래도 이런 현상이 일어난 건 처음이다 보니, 준페이는 조금 흥분해서 이렇게 말했다.

"성공했나?"

"글쎄요. 아직 모르——히익!"

자기 몸을 확인하려는 것처럼 두 팔을 움직이고 양쪽 손바닥을 내려다보던 소니아가 갑자기 이상한 소리를 내면서 굳어져 버렸다. 준페이는 고개를 갸웃거렸다.

"왜 그래?"

"이, 건…… 설마……? 팔을 좀 움직였을 뿐인데……?"

"저기요, 듣고 있어요?"

하지만 소니아는 여전히 동상처럼 딱딱하게 굳어 있었다. 가만히 있어봤자 소용없을 것 같다는 생각이 든 준페이는 결국 먼저 소니아에게 다가갔다. 그런데 준페이가 움직이자마자 소니가 굳어버린 그 상태 그대로 매우 당황한 표정을 지었다.

"잠깐만 기다리세요! 뭔가가, 이상해요……."

"이상하다니, 뭐가?"

기다리라고 했지만, 준페이는 이미 소니아의 코앞까지 와 있었다. 기분 탓인지 소니아는 준페이를 피하듯 얼굴을 일그러트린 채 몸을 뒤로 젖히고 있었다.

"피부의 감각이 이상해요. 몸을 움직이면서 공기에 닿는 것 자체가, 왠지, 아주, 아주……."

그 영문 모를 말을 듣고, 준페이는 고개를 갸웃거렸다.

"잘은 모르겠지만, 오버 필링은 온몸의 감각을 예민하게 만든다고 했잖아? 그렇다면 성공한 게 아닐까?"

"그럴지도……."

말하는 사이에 소니아의 얼굴이 점점 빨개졌다. 마법이 본격적으로 효과를 발휘하고 있는 것 같다고 생각하며, 준페이는 씩 웃으면서 오른손 집게손가락을 세워 보였다.

"확인해 봐도 될까?"

"화, 확인?"

"음…… 손등을 손가락으로 건드려볼게. 그걸로 반응이 있으면 마법이 성공한 거 아니겠어?"

"그렇기는 합니다만, 뭔가 좀 위험한 것 같은……."

"에이~, 슈퍼 엘리트의 정신력이면 견뎌낼 수 있다며?"

그렇게 말했더니 소니아가 매우 복잡한 표정을 지었다. 하지만 긍지가 앞섰는지 마침내 자신만만하게 웃었고, 발그레하게 달아오른 뺨에 비지땀을 흘리면서도 고개를 끄덕였다.

"무, 물론이죠. 자, 해보세요. 건드려보세요."

그렇게 말하고, 소니아는 자기 오른손을 손등이 준페이 쪽으로 향하게 해서 들어 올렸다. 예쁜 손이었다. 피부는 하얗고 손가락은 길고, 잘 다듬은 손톱은 진주처럼 빛나고 있다. 섬섬옥수라는 말은 이런 손을 가리키는 거겠지. 그런 생각을 하며, 준페이는 그 손등을 손가락으로 살짝 찔렀다.

"……으읏."

소니아는 재빨리 이를 악물었지만, 흘러나오는 소리는 참지 못했다. 달콤한 목소리가 유난히 크게 들리자, 준페이는 솔직히 말해서 살짝 겁이 났다. 소니아의 얼굴을 봤더니 눈은 당장이라도 눈물을 흘릴 것처럼 촉촉했고, 볼은 빨갛게 달아올랐고, 숨까지 거칠어져 있었다.

"뭐, 뭐야. 괜찮은 거야?"

"아윽……! 손등을 손끝으로 살짝 건드렸을 뿐인데, 이 등줄기를 타고 올라오는 느낌은, 크윽!"

"저기, 소니아?"

어떻게 된 영문인지 소니아는 허벅지를 딱 오므리고서 열심히 비벼댔고, 그러면서도 입술을 깨물고 분한 표정으로 준페이를 노려봤다.

"……아무래도, 마법이 성공한 것 같군요."

"그렇구나."

그렇게 말하고, 준페이는 또다시 소니아의 손등을 손가락으로 건드렸다. 기습한 탓인지 소니아는 준페이가 놀랄 정도로 큰 소리를 내더니, 전력 질주라도 한 사람처럼 거칠게 숨을 쉬면서 말했다.

"무, 무슨 짓을, 하는 겁니, 까……!"

"그게, 효과를 좀 더 확인해 볼까 하고. 용사의 후손이니까 문제없잖아?"

준페이가 빙긋 웃으면서 말하자 소니아는 또다시 매우 복잡한 표정을 지었지만, 마침내 정신을 다잡고서 말했다.

"무, 물론 괜찮습니다. 그런데 당신, 설마 즐기고 있는 건 아니겠죠?"

"아니, 그럴 리가~. 그냥 아까 한 대 맞은 것만 좀 돌려주고 싶었을 뿐이야. 네가 내 마법을 얼마나 견딜 수 있는지, 한 번 승부를 겨뤄볼까."

승부라는 말을 꺼내자, 소니아의 파란 눈동자 속에서 순식간에 불꽃이 활활 타올랐다.

"받아들이겠어요!"

그렇게 큰소리를 치고, 소니아는 또다시 오른손을 들어서 준페이 쪽으로 내밀었다.

"자, 해보세요."

준페이는 또 소니아의 손등을 손가락으로 찌를까 했지만, 똑같은 짓을 또 하는 건 좀 아깝지 않을까 하는 생각이 들었다. 그래서 소니아의 손에 얼굴을 가까이 들이대고는 후, 하고 숨을 불었다.

"아, 아아아아앙!"

——어이! 목소리가 너무 크잖아!

소니아가 숨을 거칠게 쉬면서, 부모님 원수라도 되는 것처럼 노려보면서 말했다.

"이 무슨 불의의 공격을……! 정말 비겁하고, 너무나 비열합니다!"

"그냥 숨만 좀 불었을 뿐이거든. 자."

그렇게 말하고, 이번에는 정말로 손가락으로 찔렀다. 소니아는 펄쩍 뛰는 게 아닌가 싶을 정도로 몸을 움찔거렸지만, 그래도 뒤로 물러나지는 않았다. 얼굴은 순식간에 새빨개졌고 눈은 눈물이 흘러나오지 않는 게 신기할 정도로 젖어 있었지만, 그래도 어떻게든 견디고 있었다.

"후, 후, 후…… 이 정도로 제가 쓰러질 줄 알았다면, 큰 착각입니다."

"그렇구나. 그럼 이번엔 연속으로 해볼까?"

준페이는 마음의 준비를 할 틈도 없이 소니아의 손등을 몇 번이고 빠르게 찔렀다. 그때마다 소니아는 필사적인 목소리를 짜냈다.

"저, 어, 는! 에, 로, 마법, 따위, 에에에에에!"

소니아가 너무 필사적으로 구는 바람에 준페이는 저게 괴로운 건지 쾌락을 참는 건지 구분할 수가 없었다. 온몸의 감각이 민감해진다고 했으니까 아마 쾌락이겠지만, 쾌락이 과도하면 고통이 되는 건지도 모른다. 그리고 고통도 도를 넘으면 쾌락이 될지도 모르고.

하지만 준페이는 승부를 쉽게 양보할 생각은 없었다. 소니아 역시 어깨까지 들썩이면서 숨을 거칠게 쉬는 중에도 젖은 눈에서 투지를 불태우고 있었다.

"절대, 로, 지지…… 않——"

——잘도 버티네.

준페이는 소니아가 대단하다는 생각이 들었지만, 소니아가 어디까지 버틸 수 있을지, 그리고 오버 필링 마법이 어느 정도 효과를 발휘하는지 알고 싶은 호기심이 앞서, 마지막 공격을 해보기로 했다. 준페이는 두 손으로 소니아의 손을 꽉 잡았다.

"————!"

소리 없는 고함을 지르며, 소니아가 고개를 세차게 뒤로 젖혔고, 그대로 부들부들 경련하면서 뒤로 쓰러졌다. 예상 이상의 반응에 준페이는 심하게 당황했다.

——이런, 너무 심했다!

준페이는 두 손으로 잡고 있던 소니아의 오른손을 잡아당겨서 뒤로 쓰러지지 못하게 막았고, 자기 품에 안았다. 그리고는 깨지는 물건이라도 다루는 것처럼 신중하게 바닥에 눕히고, 준페이

자신은 한쪽 무릎을 꿇고 앉아서 소니아의 얼굴을 들여다봤다.

"저, 저기…… 괜찮아? 미안해, 내가 좀 심했던 것 같아……."

하지만 대답이 없다. 혹시 기절한 걸까? 쓰러지면서 흐트러진 머리카락이 소니아의 얼굴을 대부분 가려버려서, 표정을 보고서 상황을 판단할 수는 없는 상태였다.

"이봐, 소니아?"

또 한 번 그렇게 부르고, 어깨를 흔들고, 마지막으로 얼굴을 덮고 있던 금색 머리카락을 손으로 치우자, 크게 뜨고 있던 소니아의 파란 눈동자가 퍼뜩하고 움직여서 준페이 쪽을 봤다.

"뭐야, 대답이 없어서 기절한 줄 알았잖아."

안도의 한숨을 내쉬는 준페이에게, 소니아가 숨을 헐떡이면서 말했다.

"아무래도, 한 번의 피크를 지나고 나면 마법의 효과도 떨어지는 것 같군요…… 지금은 원래대로 돌아왔어요."

──피크?

준페이는 그 의미를 이해하지 못하고 고개를 갸웃거렸지만, 땀을 너무 흘려서 김이 피어오를 것 같은 소니아를 보고 있으니 왠지 질문을 삼켜야만 할 것 같았다.

"물이라도 가져다줄까?"

준페이가 그렇게 묻자, 소니아는 고개를 저은 뒤에 겨우 몸을 일으켰다. 그 모습을 보고 준페이는 진심으로 안도했다.

"괜찮은 것 같네."

"예, 뭐, 하지만 이 마법, 여성에게는 효과가 너무 강력해요. 위험합니다."

"그래? 그럼 다시는 안 쓰는 게 좋으려나?"

"아뇨, 이 마법은 당신이 레드하트 브레이브에 들어가려면 꼭 필요합니다. 처음 연습할 마법으로 오버 필링을 선택한 이유이기도 하고."

그 말을 듣고 준페이의 눈이 휘둥그레졌다.

"슈퍼 엘리트의 정신력인가 뭔가 때문이 아니었던 거야?"

"무슨 말을 하는 건가요? 오버 필링은 쓰기에 따라선 마비 마법이나 신경 마법으로 위장할 수 있어요. 이걸로 여성 범죄자를 잡기라도 하면 실적도 만들 수 있겠죠. 사람들에게는 독 마법사라고 하면 되고."

"독 마법사……. 뭔가 나쁜 놈처럼 들리지만, 그게 어디겠어. 그런데 상대가 남자일 때는 어떻게 해야 하지? 여자한테만 효과가 있으면 의심받지 않겠어?"

"남성 범죄자는 성전환 마법을 사용해서 일시적으로 여성으로 만들어버리면 되겠죠. 구속한 뒤에 성별을 원래대로 되돌려놓고. 그때 성전환 마법의 존재가 제삼자에게 들키지 않도록, 현혹계 마법 아이템을 이용한 위장이 필요해요. 다음에 집에 가면 괜찮은 걸 찾아보도록 하죠."

그 이야기를 들은 준페이는 한 계단 올라갔다는 실감을 느꼈다.

"그, 그렇구나! 소니아 너, 제대로 다 생각해주고 있었네! 그렇

다면 말이야, 오버 필링 연습을 더 하고 싶은데, 계속 도와줄 수
있겠어?"

그러자 소니아는 얼굴이 살짝 빨개져서 고개를 끄덕였다.

"예, 좋습니다. 필요한 일이니까요. 하지만, 다음부터는 수영
장이나 욕실에서 하도록 하죠. 저는 수영복을 가져올 테니까."

──수영장? 수영복? 왜?

"왜 수영장인데?"

그러자 소니아는 눈과 입을 크게 벌리고는 "성희롱입니다!"라
고 소리치면서 갑자기 준페이의 콧등을 때렸고, 그리고는 일어나
서 샤워실 쪽으로 가버렸다.

◇

소니아는 공부를 비롯해 레드하트 브레이브 활동 등, 여러 가
지 일이 있어 여름방학 중에도 꽤 바쁜 날을 보내고 있었다. 소니
아에게 마법을 쓴 탓에 결투까지 치른 벌로 받은 '화장실 청소'와
'여름방학 숙제' 말고는 할 일이 없는 준페이와는 전혀 달랐다.

그런데도 소니아는 매일같이 준페이를 위해 시간을 내줬다.

그런 소니아의 마음에 보답하기 위해서, 준페이도 열심히 에로
마법을 연습했다. 지금까지 낙제생 취급을 받던 준페이는 이 모
든 게 즐겁고 보람차게 느껴졌다.

──마법사의 계단을 올라가는 게 이렇게 즐겁다니!

그날, 그야말로 날개라도 얻은 것 같은 기분으로 일과인 아침 로드워크를 하러 나간 준페이는, 아침 해와 경쟁하는 것처럼 언덕을 뛰어 올라가 꼭대기에 골인하고 천천히 걷기 시작했다. 목덜미에 손을 대보니 땀 때문에 흠뻑 젖어 있었다. 하지만 마음은 신기한 만족감으로 가득 차 있었다. 준페이는 그대로 여름 아침의 상쾌한 바람을 맞으며 차도 가장자리를 따라 걸어갔다. 언덕 위쪽에 있는 지역이다 보니 전망이 좋아, 아래쪽에 있는 시내의 모습이 아주 잘 보였다. 준페이가 시내를 바라보고 있자니 옆에서 느긋한 감상이 들려왔다.

"경치 좋네."

"그러게."

준페이는 자연스럽게 대답했다가 화들짝 놀라서 돌아보았다. 그랬더니 며칠 전에 헤어질 때 봤던, 칠흑의 닌자 옷을 입은 메릴이 거기에 있었다.

"어우, 놀라라! 메릴이잖아!"

"야호~ 오랜만이야. 맞아, 메릴이야."

그렇게 말하면서 눈을 찡긋하고, 복면을 쓴 입에 손을 대서 키스를 날리는 메릴을 멍한 얼굴로 지켜본 준페이는, 다시 정신을 차리고는 어느샌가 멈춰 있던 숨을 몰아 내쉬면서 말했다.

"잘 생각해보니 계속 이런 식으로 만났던 것 같군. 새삼 놀랄 것도 없었어."

"지금 메릴은 닌자니까."

메릴은 그렇게 말하고, 갑자기 그 자리에서 공중제비를 돌았다. 준페이는 다시 한숨을 쉬고 말했다.

"닌자랑 상관없이 넌 항상 그렇게 갑자기 나타났잖아. 그나저나, 이렇게 당당하게 시내를 돌아다녀도 돼? CCTV에 찍히기라도 하면 바로 경찰이 달려올 텐데."

"지금은 닌자 모드로 숨어 있어서 괜찮아."

"그런 마법인가. 편리하구만."

메릴은 입는 옷에 따라서 마법 스타일이 달라지는 마법사다. 닌자 복장이라면 스텔스 같은 게 있어도 이상하지 않다. 아니면 수백 수천의 닌자 기술을 익혔고, 그중에 은신술도 있던지.

그런 생각을 하고 있는데, 차 한 대가 옆으로 지나갔다. 하지만 운전자한테는 메릴이 보이지 않은 것 같았다. 준페이가 "크으~" 감탄하면서 메릴에게 말했다.

"그 뭐냐, 저번 일 말인데…… 그때는 미안했어. 너무 동요해서, 거짓말쟁이라고 한 거 말이야. 그런데 네 말이 맞았어. 난 마왕이 다시 태어난 게 맞고, 에로 마법사였어. 그렇다면 네 말대로, 에로 마법의 일종인 지배의 마법이 있다는 것도 사실이고, 그걸 어떻게든 해야 한다는 것도 사실이겠지. 그러니 나도 협력할게."

"오, 준페이, 말을 알아듣는 애가 됐구나……!"

그렇게 말한 메릴은 살짝 감동하기까지 한 것 같았다.

"왜 갑자기 그렇게 말을 잘 알아듣게 된 거야?"

"그게 말이지, 얘기하자면 길어지는데……."

그렇다고 설명을 안 할 수도 없다. 그렇게 생각한 준페이는 어디서부터 어떻게 이야기해야 좋을지, 생각을 정리하기 시작했다. 하지만 메릴은 고개를 저으면서 말했다.

"아, 그럼 메릴이 알아서 읽을게. 잠깐만 가만히 있어 줘 메릴."

"읽는다고?"

메릴은 고개를 갸웃거리는 준페이의 양쪽 어깨를 두 손으로 붙잡더니, 준페이의 얼굴에 자기 얼굴을 들이댔다. 예쁜 얼굴을 보고 조금 두근거린 준페이에게 메릴이 말했다.

"자, 메릴 눈을 똑바로 봐."

시키는 대로, 준페이가 메릴의 자수정 같은 눈에 빨려들 기세로 쳐다본 그때.

"메릴 인법, 신의 눈!"

그 순간, 눈동자에 벼락을 맞은 것 같은 충격이 찾아왔고, 준페이는 시간이 멈춰버린 것 같은 신기한 감각을 맛봤다. 그런 준페이의 눈을 들여다보면서 메릴이 말했다.

"흐응, 그렇구나, 레드하트 브레이브 단장이 눈독을 들이고 있었네. 그래서 에로 마법에 대한 게 소니아한테 들켰고, 그러다가 친해졌구나."

메릴은 만족했는지 준페이에게서 다시 거리를 벌렸다. 그랬더니 멈춰 있던 시간이 다시 흐르는 것 같은 감각이 느껴졌고, 준페이는 메릴을 거칠게 떠밀었다.

"느닷없이 무슨 짓이야?! 마법으로 기억을 읽다니! 그건 범죄라고!"

"뭐 어때, 메릴이랑 준페이 사이잖아."

"어떤 사인데!"

준페이는 온몸의 힘을 다해서 소리쳤지만, 메릴은 전혀 듣지 않았다.

"정말이지, 너라는 녀석은……."

간신히 마음을 진정시킨 준페이에게 메릴이 후후후, 하고 웃으면서 물었다.

"그럼 준페이는 이제 메릴을 완전히 믿어주는 거지?"

"……그래, 믿을게. 넌 정말 엉망이기는 해도 좋은 녀석이니까."

며칠 전에 있었던 전파 해킹도 그렇고 지금 했던 기억 투시도 그렇고, 수단을 가리지 않고 엄청난 짓을 저지르는 구석이 있기는 하지만, 메릴은 나쁜 사람이 아니다.

메릴은 기쁜 듯이 웃었다.

"고마워 준페이. 그럼 메릴이 준페이한테 부탁할게. 반지를 사용해서 탐색하는 건 앞으로도 메릴이 할 테니까, 준페이는 열심히 에로 마법 연습을 해주세요."

"어? 그건 반지 찾기보다 노예의 각인을 어떻게든 할 방법을 찾는 걸 우선하라는 얘기야?"

"응, 맞아! 반지와 각인으로 구성된 노예 마법. 그걸 준페이가 사용할 수 있게 되면 그 아이들에게 새겨진 노예의 각인을 지울 방법을 알게 될지도 모르고, 오리하르콘 반지를 다시 제조해서 나머지 반지를 전부 찾아낼 수 있을지도 몰라! 꿈과 희망과 가능성이 단숨에 펼쳐지는 거야! 그래서 준페이한테 기대하고 있어 메릴!"

메릴은 밝은 얼굴로 그렇게 말했지만, 준페이는 얼굴을 찌푸렸다.

"그건 나도 생각했어. 그래서 은근슬쩍 소니아한테 노예 마법에 관해서 물어봤는데, 지배의 마법은 에로 마법 중에서도 최상위 마법이라 마력을 키우고 다른 에로 마법을 전부 통달했을 때비로소 쓸 수 있다고 설명해주더라. 그것도 아주 무서운 얼굴로……."

"음, 뭐 그렇겠지. 하루아침에 어떻게 될 일은 아니야. 그래도 가능성은 있잖아?"

메릴의 눈동자는 준페이를 시험하는 것 같기도 했고, 도전하는 것 같기도 했다. 준페이는 도전을 받겠다는 각오로 힘차게 고개를 끄덕였다.

"있어. 뭐, 두고 보라고. 당장 올여름에는 무리지만, 졸업할 때까지는 어떻게든 해 보일 테니까."

"오, 단언하네?"

"그 정도는 해야지."

아마 말처럼 쉬운 길은 아닐 거다. 어쩌면 에로 마법의 길은 3년이 아니라 10년씩 걸리는 길일지도 모른다. 하지만 그렇게 느긋하게 할 순 없다. 노예의 각인이 새겨진 소녀들의 시간을 너무 많이 빼앗고 마니까. 그 사람들이 한 살이라도 젊을 때 노예 사슬을 끊어줘야 한다. 안 그러면 너무 불쌍하잖아.

"그리고 이 정도는 해내야, 졸업하기 전까지 레드하트 브레이브 멤버가 되기로 한 약속도 지킬 수 있겠지."

준페이는 그렇게 말하면서, 아래쪽에 펼쳐진 경치를 바라봤다. 아주 먼 곳까지 가야 한다고 생각하면서.

그리고 그런 준페이를 보면서 메릴이 말했다.

"준페이, 변했네."

"뭐?"

"밝아졌다고 할까, 긍정적으로 변했다고 할까……."

"내 마법이 뭔지 알았으니까. 따지고 보면 네 덕분이야."

그리고 소니아와 카에데 덕분이기도 하지만, 제일 처음에 계기를 만들어준 건 역시 메릴이었다. 메릴을 만나지 않았다면, 메릴이 문을 열어주지 않았다면, 준페이는 지금도 자기 마법의 정체가 뭔지 몰라서 고민하고, 올여름을 헛되게 보냈을 것이다.

"고마워, 메릴."

"에잇!"

고맙다는 말을 한순간, 준페이의 시야가 갑자기 왼쪽으로 기울었다. 메릴이 준페이의 다리를 후렸기 때문이다. 갑작스러운 일이라서 영문도 모르는 채 넘어질 뻔했던 준페이를, 메릴이 떠올리는 것처럼 안아서 일으켰다. 그리고.

"표와~!"

"으아~!"

메릴의 기묘한 기합과 준페이의 비명이 길게 늘어졌고, 두 사람은 저 높은 하늘을 향해서 날아올랐다. 이것도 닌자 기술이려나. 메릴은 준페이를 안은 채로 수백 미터를 점프했고, 마침내 중력의 손길에 사로잡혀서 포물선을 그리기 시작했다.

"우와악, 떨어진다――!"

"안 떨어져! 메릴 인법, 근두운!"

메릴이 그렇게 소리치자 발아래 하얀 구름이 생겼고, 두 사람은 그 구름 위에 살며시 착지했다.

"호이, 도착."

메릴은 그렇게 말하고, 준페이를 근두운인가 하는 구름 위에 대충 집어 던졌다.

준페이는 신기한 감각을 느끼며 구름 대지에 손을 짚고, 고개를 들었지만, 차마 일어설 수는 없었다. 너무 놀라서 다리가 풀려 버린 탓이었다. 심장도 쿵쾅쿵쾅 거세게 뛰고 있었다. 주위를 둘러보니 근두운이 다른 구름 위를 지나고 있었다. 아무래도 어디론가 나아가고 있는 모양이었다.

상황을 이해하고 조금 마음을 진정시킨 준페이는 메릴을 향해서 소리쳤다.

"야, 뭐 하는 거야!"

"마법학교 기숙사까지 데려다주려고."

"그렇게 갑자기 하지 말라고! 먼저 설명을 한 다음에 하란 말이야! 깜짝 놀랐잖아!"

그렇게 소리친 준페이는 갓 태어난 망아지처럼 비틀거리며 일어서서는, 자신이 탄 지름 10m가량의 구름 대지가 불안한지 이리저리 살펴보았다.

"저기, 이 구름, 괜찮은 거겠지? 혹시나 뻥 뚫리기라도 하면 땅바닥으로 직행인데?"

"괜찮아, 괜찮아, 메릴의 닌자 기술을 믿으시오. 닌닌."

그렇게 말하면서 가슴 앞에서 적당한 수인(手印)을 맺는 메릴.

준페이는 결국 따지기를 포기하고 한숨을 쉬고는 그 자리에서 양반다리를 하고 앉았다.

"넌 이런 짓을 아무렇지도 않게 한다니까."

"맞아. 왜냐하면, 메릴은 메릴이니까!"

메릴은 그렇게 말하면서 준페이 쪽으로 걸어왔다. 두 사람은 동쪽 하늘에 떠 있는 태양의 빛을 받으면서, 흘러가는 구름을 타고 하늘의 바다를 천천히 나아갔다.

"……저기, 준페이. 준페이가 메릴이랑 처음 만났을 때 입었던 옷, 기억해?"

"그 프린세스 드레스?"

잊고 싶어도 잊을 수 없는 기억이었다. 그때 마법학교 창고 지붕 위로 뛰어넘어온 메릴을 마법으로 포박하려고 했던 게, 두 사람의 만남이었으니까.

"그러고 보니 그 공주님 같은 드레스에는 어떤 마법 효과가 있는 거야?"

"그건 말이야, 자신의 행운을 높여주는 힘이 있어. 입고 있기만 해도 좋은 만남을 불러온다고 하는 운명 간섭계 마법 효과라고나 할까? 뭐, 그렇게 대단한 효과가 있는 건 아니지만! 그냥 반지를 찾아낼 수 있으면 좋겠다 싶어서 입고 있었는데, 어째선지 준페이한테 습격당했어요."

"습격한 건 아닌데……."

――운명이라고?

그 말이 왠지 로맨틱하게 느껴져서, 준페이는 살짝 웃었다.

"소니아한테서 들었는데, 에로 마법에도 그런 게 있다는 것 같아."

"행운을 불러오는 마법?"

"그래. '엠브레이싱 러브 스토리'라는 녀석이지. 운명에 간섭해서 미녀와 야하고 운 좋은 만남을 불러오는 효과가 있다나 뭐라나……."

그 마법을 처음 알았을 때, 준페이는 생각하기를 그만두었다. 설령 행운이 찾아왔다 해도, 그게 마법의 효과로 일어난 건지 아닌지 검증할 방법이 없다. 즉, 엠브레이싱 러브 스토리라는 마법은 존재 자체가 의심스러운 마법인 셈이었다.

"하지만 어쩌면, 그때……."

준페이는 메릴을 잡으려고 마법을 썼는데, 그게 엠브레이싱 러브스토리였던 건 아닐까. 상상이 거기까지 비약했을 때, 준페이는 씁쓸하게 웃었다.

"아냐, 설마. 생각이 너무 나갔어. 운명이라는 말을 들어서 그러나……."

"아니야, 그럴 수도 있어. 준페이의 마법과 메릴의 드레스가 상승효과를 일으켜서 만난 걸지도 몰라. 왜냐하면 메릴이 지붕에서 떨어진다는 건 말도 안 되는 일이니까."

준페이는 메릴의 말에 큰 충격을 받았다. 만약에 그게 사실이라면, 그건 그야말로──

"운명적인 만남이었네."

메릴과의 만남은 말 그대로 준페이의 운명을 극적으로 바꿔버렸다.

그 뒤에 준페이는 메릴에게 이끌려서 닌자 기술로 바람을 탔고, 아무도 없는 틈을 노려서 기숙사 뒤쪽에 있는 주차장에 착지했다. 둥실둥실한 구름 위에 있다가 단단한 아스팔트 바닥을 밟고서 압도적으로 안심하고 있는 준페이에게 메릴이 말했다.

"그럼 준페이. 메릴은 계속해서 반지를 찾을 테니까, 에로 마법 열심히 해."

"그래. 열심히 할 거긴 한데, 벌써 가버리는 거야?"

"응. 왜냐하면, 사람이 다가오는 기척이 느껴지거든 메릴."

"뭐라고?"

깜짝 놀라는 준페이 앞에서, 메릴이 손가락으로 엉뚱한 방향을 가리켰다.

"상대가 일반인이라면 숨을 수 있지만, 여기는 마법학교니까. 상대가 마법사라면 보일 수도 있으니까 철수할게요. 그럼 바이바이 메릴!"

메릴이 웃는 얼굴로 준페이에게 손을 흔들자, 발밑에서 작은 회오리바람이 일어나면서 낙엽들이 날아올랐다. 그 낙엽들이 순식간에 메릴의 모습을 감춰버렸다.

"메릴 인법, 낙엽 숨기!"

그리고 회오리바람이 사라지고 잎이 떨어졌을 때, 메릴의 모습은 이미 사라진 뒤였다.

"가버렸네……."

──뭐, 메릴이니까, 나중에 또 불쑥 나타나겠지.

준페이는 그렇게 생각하면서 약간의 쓸쓸함을 얼버무리고는 메릴이 가리켰던 쪽을 봤다. 딱 기숙사 쪽에서, 검은 머리카락을 높이 묶어 올린 미소녀 한 사람이 나타나고 있었다.

"카, 카에데 선배!"

"준페이인가. 여기서 뭘 하고 있지?"

"그냥, 잠깐, 혼자서 마법 정신통일 훈련 같은 걸…… 카에데 선배는요?"

"왠지 인기척이 느껴져서 말이다. 수상한 사람인가 싶어서 잠깐 보러 왔을 뿐이다."

그 말을 듣고 준페이는 간담이 서늘해지는 기분을 맛봤다. 만약 여기서 메릴과 카에데가 마주쳤다면 대체 무슨 일이 일어났을까. 카에데는 준페이 앞까지 다가오는 중에 몸을 숙이더니, 바람을 타고 발밑을 굴러가던 낙엽 한 개를 재주도 좋게 붙잡았다.

"여름인데 낙엽이…… 여기에 누구 다른 사람이 있었나?"

"아, 아뇨, 아무도…….'

"왠지 여자 목소리가 들린 것 같았는데."

그렇게 캐묻자, 준페이는 위험하다는 생각이 들었다. 괜찮은 변명거리가 생각나지 않았다. 그러나 상대가 메릴일 거라고는 생각하지 못했는지, 굳은 표정을 짓고 있던 카에데의 얼굴이 조금씩 풀어지더니, 미소를 지으면서 농담하듯이 말했다.

"혹시 소니아인가?"

"예?"

"나는 계속 네가 마음에 걸리고 있었다. 기회가 되면 또 이야기하고 싶었고. 그런데 어느 날 소문을 들었다. 최근에 너희 둘이 자주 같이 있다는 것 같더군. 여러 사람이 봤다고 한다. 어느새 그렇게 친해진 건가?"

"그게, 그러니까…….'

생각지도 못한 말에 준페이는 뭐라고 변명도 못 하고, 그저 입만 떡 벌리고 있었다. 조금만 생각해보면 예상할 수 있는 일이었는데. 두 사람이 친해졌다는 사실이 제삼자에게 알려졌을 때는 뭐라고 변명해야 좋을지 이야기를 해두었어야 했다.

──여름방학이라고 방심했었다. 설마 소문이 났을 줄이야.

"어떻게 된 건가?"

카에데의 말투는 부드러웠지만, 준페이는 왠지 추궁당하는 것 같은 기분이 들어, 일단 말할 수 있는 부분만 솔직하게 대답했다.

"사, 사실은…… 최근에 조금, 사이가 좋아져서……."

"결투했는데도?"

"그 결투가 계기가 돼서, 친해졌거든요."

"그렇군. 일단 싸운 뒤에 화해한 건가. 그건 좋은 소식이군. 좋은 소식인데……."

카에데의 입술은 웃는 모양이었다. 하지만 눈에는 구름이 잔뜩 드리워 있다. 그 얼굴을 보고 준페이 쪽이 되레 너무 신경이 쓰여서, 몸을 기우뚱거리면서 말했다.

"무슨 문제가 있나요?"

"아니, 뭐랄까. 왠지 뭔가 답답한 기분이 들어서 말이다. 나는 올해 4월에 네가 고등부로 올라온 뒤로 계속 널 지켜봤었는데, 내가 아주 잠깐 눈을 뗀 사이에 이런 일이 생기다니. 대체 소니아와 어떻게 친해진 거지?"

"그건……."

준페이는 뭔가를 말하려고 했지만 결국 아무 말도 하지 못했다. 에로 마법에 대한 사실은 소니아와의 비밀, 그리고 그 소니아에게도 메릴과의 관계는 말하지 않았다. 그것은 그럴 수밖에 없는 이유가 있기 때문인데, 잘 생각해보니 카에데한테는 너무 함부로 대한 게 아닐까.

"그래, 그렇구나……."

메릴이나 소니아와 만나기 전, 낙제생이라 불리며 혼자 우울해져 있던 준페이에게 유일하게 손을 내밀어주고 격려해준 사람이 카에데였다. 그런 카에데에게, 준페이는 아직 고맙다는 말도 제대로 전하지 못했다.

준페이가 그런 생각을 했을 때, 카에데의 분위기가 갑자기 달라졌다.

"아니, 미안하다. 이건 내 잘못이군. 폭포수라도 맞으면서 머리를 식히면 해결되겠지. 너와 소니아가 친해졌다. 좋은 일이 아닌가, 그래."

"아뇨, 좋지 않아요. 선배한테도 설명할 테니까 잠시만 기다려 보세요. 일단 소니아와 상담 좀 하고."

"뭐? 아니 잠깐——"

당황하는 카에데를 무시하고, 준페이는 서둘러 휴대용 디바이스를 꺼내서 소니아와 연락했다.

그리고 한 시간 뒤. 기숙사 19층에 있는 준페이의 방에 준페이와 카에데, 소니아 세 명이 바닥에 있는 탁자를 둘러싸고 앉아 있었다. 세 사람 앞에는 빨대가 꽂혀 있는 아이스커피 잔이 놓여 있었다. 이건 소니아가 처음 이 방에 왔을 때 차 한 잔도 대접하지 못했다는 사실을 반성해 준비한 음료였다. 참고로 커피 자체는 페트병에 들어 있는 값싼 커피였다.

준페이는 카에데에게 커피를 권하고, 소니아에게 이렇게 된 경위를 설명해줬다.

"⋯⋯그러니까, 카에데 선배한테 전부 설명할까 싶어."

"그 사실은 당신과 저만의 비밀이 아니었던가요?"

"하지만 카에데 선배는 계속 날 걱정해줬어. 그런데 그 카에데 선배한테까지 숨기다니, 말도 안 돼. 무슨 일이 있었는지 설명을 해야 안심할 거 아니야."

그런 준페이의 열의를 당해내지 못했는지, 소니아가 한숨을 쉬면서 카에데 쪽을 쳐다봤더니, 아이스커피를 홀짝홀짝 빨아 먹고 있던 카에데가 빨대에서 입을 떼고서 말했다.

"대체 무슨 이야기를 하는 건가? 『그 사실』은 또 뭐지? 핵심은 언급하지 않고 이야기를 나누고 있다는 건 알겠지만, 대체 뭐가 뭔지 전혀 모르겠다."

"맞아요. 결론부터 말하자면, 준페이 씨 마법의 정체가 판명됐어요."

소니아가 직접 그렇게 밝힌 말을 듣고, 준페이의 얼굴이 확 밝아졌다.

"소니아!"

"하아⋯⋯ 카에데 선배라면 믿어도 되겠죠. 적어도 어디 가서 함부로 말하지는 않을 겁니다. 하지만 전부 가르쳐드릴 수는 없어요. 왜냐하면, 이건 저와 당신, 둘만의 비밀이니까요."

'둘만'을 유난히 강조하면서 말한 소니아가 빙긋 웃었다.

"카에데 선배가 납득하는 데 필요한 부분만 밝히겠어요. 괜찮 겠죠?"

"알겠어."

준페이가 웃으면서 고개를 끄덕이자 소니아는 "좋아요"라고 맞 장구를 치고, 멍하니 있는 카에데에게 준페이가 전생한 존재라는 것, 그리고 에로 마법에 대해서 차분하게 설명했다. 다만 준페이 의 전생이었던 에로 마법사가 마왕이었다는 점이나 반지와 각인 으로 구성된 에로 마법 등, 에로 마법의 위험성은 덮어두고, 소니 아는 오로지 에로 마법의 엉큼한 점만을 강조했다. 마치 카에데 가 준페이를 싫어하게 되기를 바라는 것처럼.

"이상이에요."

소니아가 그렇게 마무리했을 때, 준페이의 얼굴은 새파랗게 질 려 있었다.

——카에데 선배를 안심시키려고 말을 한 건데, 듣다 보니 그 냥 에로한 괴짜가 되어버렸잖아! 이거 미움받으면 어쩔 거야?!

아니나 다를까, 카에데는 얼굴이 새빨개져서 큰 소리로 말했다.

"그런 파렴치한 마법이 세상에 어디 있나!"

"믿기 힘들겠지만 사실이에요. 아니, 못 믿겠으면 잊으셔도 상 관없어요. 다만 부디 다른 데서는 말하지 말아 주세요. 그거면 됩 니다."

"아니, 잠깐만. 에로…… 아니, 그러니까 뭐라고 할까, 그 이름 을 입에 담는 것조차 꺼려지는군."

에로 마법이라는 단어를 입에 담는 것조차 창피해하는 카에데를 보며, 소니아가 슬며시 웃었다.

"그렇다면 뭔가 다른 호칭을 생각해볼까요?"

옆에서 듣고 있던 준페이는 바로 지금이 에로 마법이라는 꼴사나운 이름에서 벗어날 기회라는 생각에 가슴이 두근거렸다. 하지만.

"아니…… 그건 안 된다. 마법의 이름을 바꾸면 사용자의 이미지가 흔들려서 마법의 성공률에 영향을 미치는 경우가 있다. 그러니까, 알았다, 됐다. 에로 마법이란 말이지!"

얼굴이 빨개지면서도 정색하고 말한 것 같은 카에데가, 이름을 바꿀 기회를 놓치고 실망하는 준페이를 보면서 말했다.

"준페이, 지난번에 내게 마법을 시험했을 때의 일을 기억하고 있나?"

"무, 물론이죠. 카에데 선배 교복 블라우스 단추가 세 개나 날아갔……."

준페이가 그때 봤던 보라색 브래지어를 떠올리고 있는데, 소니아가 매섭게 노려봤다.

"그게 무슨 얘기죠?"

"아…… 그게 말이야, 사실은 그날, 메릴이 학교에 나타났던 날인데, 카에데 선배가 마법을 써보라고 해서 한 번 시험해봤거든. 그랬더니 카에데 선배 블라우스가 찢어졌어……."

그 말을 들은 소니아는 갑자기 심각한 표정이 돼서 이렇게 말했다.

"아무래도 여성을 강제로 알몸 상태로 만드는 『클로스 브레이크』가 불완전하게 발동했던 모양이네요. 카에데 선배, 위험했었어요."

"으……."

까딱 잘못하면 알몸이 됐을 수도 있다고 이해한 카에데가 겁먹은 것 같은 표정을 지었다. 하지만 그것도 잠깐이었다. 카에데는 바로 진지한 표정으로 돌아와서 말했다.

"그렇군, 그게 그런 일이었나. 하지만 아직도 믿을 수가 없다. 준페이, 나한테 에로 마법을 한 번 써봐라. 그래, 오버 필링이라는 게 좋겠구나."

"예? 아니, 그건——"

"미안하지만 내가 좀 완고해서 말이다. 그런 마법이 있다는 걸 내 몸으로 직접 확인하기 전에는 믿을 수가 없다. 뭐, 사양할 필요는 없다. 내 입으로 말하는 건 그렇지만, 나도 나름대로 몸과 마음을 단련했다고 생각한다. 에로 마법 같은 파렴치한 마법에는 절대로 지지 않겠다!"

그렇게 기염을 토한 카에데를, 준페이는 멍하니 쳐다보고 있었다. 카에데의 성격상 이제 오버 필링을 걸어주지 않으면 절대로 납득하지 않겠지. 그런데 이건 언젠가 어디선가 본 적이 있는 전개다. 준페이가 슬쩍 소니아를 봤더니, 소니아는 살짝 한숨을 쉬고서 카에데에게 말했다.

"어떻게 돼도 전 몰라요."

그 뒤에 카에데가 오버 필링에 걸려서 엄청나게 창피한 꼴을 보이는 바람에 소니아가 재빨리 끌고 가서 욕실에 집어넣는 소동이 벌어졌다. 소니아는 "너무 심했잖아요!"라는 날벼락 같은 소리를 지르며 카에데한테 기숙사 방 열쇠를 받고는 갈아입을 옷을 가져온 뒤 준페이를 방에서 쫓아냈다. 준페이는 졸지에 방에서 쫓겨나 복도에 무릎을 꿇고 앉아 있는 신세가 되었다.
──대체 뭐냐고. 내 방인데 말이야.
준페이가 방에 들어와도 좋다는 말을 들은 건, 그 뒤로 30분이나 지난 뒤였다.

검은 운동복을 입고 있는 카에데는, 아직 다 마르지 않은 머리카락을 묶지도 않은 채로 늘어뜨리고 있었다.
──우와. 머리카락을 풀었을 뿐인데 분위기가 엄청나게 달라졌네. 다른 사람 같다.
코를 간질이는 샴푸 냄새 때문에 두근두근하고 있는데, 운동복 차림이라서 그런지 편하게 양반다리를 하고 앉아 있는 카에데가 말았다.
"일단 거기에 앉아라, 준페이. 그리고 아까 본 것은 잊어버려라."
"예."
준페이는 시키는 대로 하고는, 소니아에게 눈짓과 표정으로 가볍게 인사를 하고, 한동안 내버려 뒀던 아이스커피를 한 모금 마셨다. 그 뒤에 카에데가 말했다.

"에로 마법이 정말로 존재한다는 건 알았다. 이걸 제어하지 않으면 위험하다는 것과 그걸 위해서 소니아가 제 한 몸을 던지고 있다는 것도. 아울러 에로 마법이 에로 마법이라 불리지 않도록 다루면서, 네가 마법사로서 높은 경지를 목표로 삼겠다는 계획은 나도 찬성이다."

"카에데 선배……!"

준페이는 앉은 채로 살짝 승리 포즈를 취했다. 카에데가 인정해준 게 너무나 기뻤다.

"저, 열심히 할게요."

"그래, 열심히 해라. 하지만 에로 마법 훈련에 나도 참여하겠다."

"예?"

준페이가 얼빠진 소리로 되물었다. 소니아도 눈이 휘둥그레졌다.

"그게 무슨 소리예요?"

"그러니까, 왜냐하면 이 마법, 파렴치하지 않은가. 단둘이 있다가 잘못된 일이라도 일어나면 어쩔 셈인가? 안 된다, 그건 절대로 안 된다. 앞으로 에로 마법 특훈에는 나도 시간이 나는 대로 꼭 입회하도록 하겠다. 셋이서 하자."

그러자 소니아가 벌떡 일어나서 카에데를 내려다보며 말했다.

"죄송합니다만 카에데 선배, 이건 용사의 후손인 제 사명이에요."

"용사? 용사와 에로 마법이 무슨 관계가 있다는 건가?"

카에데에게는 마왕이나 용사의 이야기는 설명하지 않았다. 하지만 소니아는 빈틈을 보이지 않았다.

"용사 된 자로서 각오하고 임하겠다는 의미입니다! 이건 제가 짊어져야 할 숙명이에요. 당신까지 희생할 필요는 없습니다. 저 한 사람이면 충분해요!"

"그런가. 하지만 나는 희생이라고 생각하지 않는다. 그저 준페이에게 도움이 된다면 기쁘겠다 싶었을 뿐이다."

카에데는 준페이를 바라보며 환하게 웃었다.

"어찌 됐든 나는 준페이를 좋아하니까 말이다."

터무니없는 폭탄이 날아왔다.

"예……?"

준페이는 당황해서 말문이 턱 막혔다. 심장은 거세게 뛰는 데 손끝은 차가워져만 갔다.

소니아도 입을 떡 벌린 채로 당황해서 부산을 떨었다.

"자, 잠깐만 기다려주세요! 제 번역마법이 완전히 번역하질 못한 것 같은데, 그『좋아한다』는 대체 무슨 의미로 한 거죠?"

소니아가 대놓고 물어보자, 준페이도 심장이 거세게 뛰었다. 카에데는 준페이 쪽을 슬쩍 보고, 다시 소니아 쪽으로 시선을 옮기고는 말했다.

"……실은 나도 잘 모른다. 하지만 4월에 준페이를 알게 된 뒤로 계속 어떻게든 해주고 싶다고 생각했었고, 에로 마법에 관한 이야기를 들은 지금도 준페이를 위해서 뭔가 도와주고 싶다고는 생각하고 있지. 이건 결국 좋아한다는 뜻이겠지. 그래, 좋아한다."

카에데는 빠르게 말하는 동안에도 볼이 점점 발그레해지고 있었다. 소니아는 즉각 무슨 말을 하려고 했지만 카에데는 틈을 주지 않았다.

"너야말로 어떤가. 희생이라는 말을 했지? 그렇다면 사실은 싫다는 건가? 사명이라는 이유만으로 억지로 하고 있다는 말인가?"

"그, 그건⋯⋯."

소니아의 파란 눈동자가 준페이를 향했다. 만약 카에데의 말대로라면 소니아는 그간 울분을 쌓고 있었을지도 모른다. 그간 모인 소니아의 감정이 갑자기 거친 파도가 되어 준페이를 덮칠지도 모르는 일이었다. 하지만 준페이는 불평할 상황이 아니었으므로 조용히 각오를 굳혔다.

그런데.

"처음에는 정말 희생할 생각이었어요. 하지만 대체 왜인지 지금은 싫지가 않습니다."

"소니아⋯⋯!"

준페이의 마음속에 안도와 기쁨이 피어났다. 그러자 생명을 공유하는 마법을 걸었을 때 느껴졌던 키스의 감촉이 입술에서 뜨겁게 되살아나면서, 소니아를 쳐다보는 준페이의 눈빛이 정열적으로 변했다.

"고마워⋯⋯. 날 싫어하지 않아서, 정말 기뻐."

"큭──!"

소니아는 큰 충격을 받은 것처럼 비틀거리다가 침대 위에 털썩 앉았다. 그리고는 그대로 다리를 꼬더니 우아한 손놀림으로 앞머리를 쓰다듬으면서 말했다.

"그, 그야, 처음에는 귀엽지 않다고 생각했던 개라도, 키우다 보면 애착이 생기기 마련이죠."

"개 취급이냐!"

"맞아요, 개입니다. 정말이지, 나도 참…… 호호호. 호호호호!"

방에는 냉방이 잘 나오고 있는데, 소니아는 덥다는 것처럼 자기 얼굴에 손부채질했다.

그런 소니아를 보면서 카에데가 미소를 지었다.

"과연, 그렇군. 알았다. 그렇다면 내가 이겼구나."

"당신이 이겼다고요? 그게 무슨 의미죠?"

"나는 준페이를 좋아한다고 확실하게 말했지만 너는 그러지 않았다. 그렇다면 내가 에로 마법 훈련에 참여한다고 해도 불만은 없겠지. 만약 불만이라면 이런저런 이유로 단둘이서 훈련하고 싶다고 지금 말해봐라. 예를 들자면 다른 여자가 준페이한테 다가오면 불편하다든지."

"따, 딱히 그런 건, 없답니다!"

"그럼 괜찮겠지?"

"크으윽…….."

소니아는 이를 뿌드득 갈고는, 강렬한 사파이어 블루 눈동자로 준페이를 노려봤다.

"준페이 씨! 당신 의견은?"

"어, 나?"

"그래요! 당신 마법과 관련된 일이니까 당신이 정하세요! 지금까지 하던 대로 저와 단둘이서 에로 마법 훈련에 임할지, 카에데 씨도 받아들일지! 어느 쪽이죠?!"

그렇게 재촉하자, 준페이는 마른 침을 삼키고서 쭈뼛쭈뼛 말했다.

"세, 셋이 좋을 것 같은데. 카에데 선배가 도와줘도 딱히 나빠질 건 없지 않잖아……?"

결정 났다. 카에데는 논리에서도, 여론에서도 승리했다.

카에데가 만족한 것처럼 웃으면서 고개를 끄덕였다.

"들었나, 소니아?"

"예…… 아주 잘 들었어요."

소니아는 천천히 일어나더니 풍만한 가슴을 받쳐 올리는 것처럼 팔짱을 끼고, 준페이를 차가운 눈으로 내려다보며 말했다.

"아, 그렇군요. 아~주 잘 알겠습니다. 준페이 씨는—— 에로에로에로에로, 에로밖에 모르는군요! 당신은 오늘부터 에로페이입니다!"

"이상한 별명 붙이지 말라고! 그리고 대체 뭘 그렇게 화를 내는건데? 카에데 선배가 도와주는 게 그렇게 싫어?"

"그건, 그러니까……."

소니아는 우물거리고, 부들부들 떨고, 그리고 얼굴 전체가 새빨갛게 물들어서 소리쳤다.

"인정할 수 없습니다!"

◇

에로 마법 훈련에 카에데가 참여하고, 여름방학도 하루하루 흘러갔다.

그러던 어느 날. 카에데가 오쿠무라 선생님과 다른 교사들과 함께 콘도 선생님의 병문안을 하러 갔다. 원래는 레드하트 브레이브가 전부 가야 했지만, 너무 많은 사람이 병실에 가면 그것도 민폐기 때문에, 카에데와 3학년 남학생 두 사람만 가게 됐다.

그렇게 해서 지금, 준페이는 오랜만에 소니아와 단둘이 있다. 장소는 냉방이 잘 들어오는 준페이의 방. 서로 무릎을 꿇고 마주 앉아 있는 상태에서, 소니아가 먼저 입을 열었다.

"오늘 훈련을 시작하기 전에 상담할 게 있어요."

"상담?"

"예, 오늘은 카에데 선배도 없으니까, 이 기회에, 가가가, 갓 핸드를 시험해볼까 하는데, 이건 조금, 그게, 그러니까……."

소니아는 얼굴이 새빨개지고 말을 제대로 못 했다. 그 이유는 준페이도 바로 눈치챌 수 있었다.

"갓 핸드라면…… 설마 손으로 건드린 가슴이나 엉덩이의 크기를 마음대로 변화시킬 수 있다고 하는, 그거?!"

"바, 바로 그렇습니다!"

소니아는 고개를 끄덕였지만, 얼굴에는 약간의 두려움이 섞여 있었다. 왠지 몸도 살짝 뒤로 빼고 있었다. 준페이도 이 어려운 문제를 앞에 두고 말 한마디 없이 가만히 있었지만, 침묵이 길어져봤자 더 불편하기만 할 것 같다는 생각에, 한쪽 손을 들어 올리면서 말했다.

"저기, 질문."

"하세요."

소니아도 안심한 것 같은 태도로 발언을 허락했다.

준페이는 큰마음 먹고 입을 열었다.

"그 갓 핸드를 시험할 경우, 저는 소니아 선배의 몸을 건드려도 됩니까?!"

"당연히 안 되죠!"

소니아는 버럭 소리를 질렀지만, 이내 곧 얌전해져서는 고개를 숙이고, 더듬더듬 말했다.

"……그렇게, 말하고 싶지만, 저한테도, 조금, 고민이 있어서."

"무슨 고민인데?"

준페이가 그렇게 되묻자, 소니아가 고개를 들고서 말했다.

"준페이 씨는, 제 가슴을 어떻게 생각하시죠?"

"엄청 커."

준페이가 솔직하게 말하자 소니아는 잡아먹을 것 같은 눈으로 준페이를 노려봤다. 하지만 곧 눈에서 힘을 빼더니 후우, 하고 한숨이 돌아왔다.

"저는, 그…… 개인적으로 너무 큰 게 아닌가 싶거든요. 솔직히 말하자면 운동할 때 방해가 됩니다. 그래서 조금 작았으면 좋았을 텐데 하고 생각할 때가 있죠. 물론 몸에 칼을 댈 만큼 절박하지는 않았습니다만, 당신의 마법으로 간단하게 그 꿈을 이룰 수 있다면……."

"좋아, 당장 하자!"

준페이는 얼굴이 확 밝아져서 힘차게 일어났다. 일어난다고 뭐가 달라지는 건 아니지만, 그렇다고 가만히 있을 수는 없었다. 그런 준페이를 의아해하는 눈으로 보며, 소니아가 말했다.

"왜 갑자기 그렇게 의욕이 넘치는 거죠?"

"어차피 이건 피해갈 수 없는 길이 아니겠어? 솔직히 갓 핸드는 그냥 몸을 건드리기만 하는 거잖아. 에로 마법에는 이것보다 대담하고 위험한 마법도 잔뜩 있지?"

"그야 뭐…… 뭐랄까, 정말로 에로한 마법이니까요!"

"그럼 고작 갓 핸드 따위를 무서워해서야 되겠나. 해보는 수밖에 없어."

소니아는 그렇게, 뜨겁게 말하는 준페이를 수상하다는 눈으로 쳐다봤지만, 마침내 한숨을 쉬고서 말했다.

"뭐, 그렇겠죠. 그리고 저도, 카에데 선배한테 지고 싶지는 않으니까."

"카에데 선배한테?"

"그래요. 최근 며칠 동안, 카에데 선배의 행동을 가까이에서 보며 생각했어요. 그 사람은 당신에게 너무나 상냥하고 헌신적입니다. 하지만 저는, 그런 카에데 선배한테 지고 싶지 않아요. 용사의 후손으로서, 갓 핸드의 상대 정도는, 완벽하게 해내겠어요!"

그렇게 말하고, 소니아도 벌떡 일어나서 준페이에게 가슴을 들이밀었다.

"갓 핸드라는 마법은, 대상의 육체를 직접 건드려야만 합니다. 옷을 입은 상태로는 효과가 없고요."

"뭣?! 정말로?"

"예. 그러니까, 지금부터 당신의 눈을 가리도록 하겠어요."

1분 뒤. 준페이는 눈가리개를 한 상태로 무릎 꿇고 앉아 있었다. 눈가리개는 소니아가 미리 약국에서 사놓았다.

"이 정도면 됐어요."

가만히 앉아 있는 준페이의 뒤쪽으로 가서 직접 꼼꼼하게 눈을 가려준 소니아가, 아름다운 목소리로 그렇게 말했다. 준페이는 안구를 지키기 위해서 (눈을 뜨면 찔린다) 필사적으로 눈을 감고 있었지만, 시험 삼아 눈을 살짝 떠봐도 아무것도 보이지 않았다.

"어흐흐."

"뭐라고 하셨나요?"

"아니, 아무것도."

준페이가 그렇게 시치미를 떼자 소니아도 아무 말도 하지 않았고, 그저 발소리만이 들여왔다. 아무래도 소니아가 준페이 앞쪽으로 이동한 것 같다.

"아무리 마법 훈련이라고 해도, 처녀의 살결을 함부로 드러낼 수는 없습니다. 그리고 오감 중에 하나를 봉인해서 마법을 다루는 제6감을 높이는 것은 마법사의 오랜 훈련 방법이죠."

"그래, 알았어."

"분명히 말씀드립니다만, 제가 『됐다』고 하기 전에 그 눈가리개를 벗으면……."

"말 안 해도 알아. 나도 목숨은 아까우니까."

살짝 실망했다는 건 부정할 수 없지만, 상식적으로 연인도 아닌 남자에게 알몸을 보여줄 리가 없다. 그리고 몸을 건드리는 건 어디까지나 마법 훈련이 목적이었다.

"좋습니다. 그럼 잠시 그대로 기다려주세요."

그러자 또 발소리가 들렸다. 소리의 방향과 거리, 가구의 배치를 대조해서 생각해보면, 아무래도 침대 쪽으로 간 것 같다. 거기서 천 쓸리는 소리가 들렸다. 눈을 가리고 있는 만큼 그 소리가 유난히 생생하게 들렸고, 준페이는 갑자기 몸이 부르르 떨릴 것만 같았다.

"……저기."

"뭔가요?"

"하나 물어보겠는데, 정말로 벗는 거야?"

그대로 5초를 기다렸지만, 대답은 돌아오지 않았다.

"듣고 있어?"

"드, 듣고 있어요!"

"벗고 있는…… 거야?"

"버, 벗고 있습니다. 상반신만! 어, 어쩔 수 없는 일이 아닌가요, 그런 마법이니까! 이 쓸데없이 커다란 군살을 조금 건드리는 것만으로 작게 만들 수만 있다면, 저는, 저는…… 이야앗!"

갑자기 찢어지는 기합이 들렸고, 앉아 있던 준페이는 자기도 모르게 엉덩이를 들었다.

──이야앗, 이라니. 지금 뭘 한 거야? 뭘 한 거냐고? 벗은 거야? 출렁, 한 거야?

상상만 해도 무릎 위에 얹어놓은 두 손에 땀이 밸 것 같다.

"기, 긴장되네."

"당신이 긴장해서 어쩌자는 건가요? 긴장해야 하는 건 제 쪽이죠!"

그렇게 거친 소리를 낸 덕분에 용기를 얻은 건지 될 대로 되라는 심정이 된 건지, 소니아는 거친 발걸음으로 준페이 앞으로 다가왔다. 그런가 싶더니 무릎에 뭔가가 닿았고, 준페이의 긴장감이 올라갔다.

"자, 눈이 보이지 않으니까 설명해 드리겠습니다. 저는 지금 당신의 바로 눈앞에 앉아 있습니다. 말 그대로 무릎과 무릎이 닿은 상태죠."

"아, 내 무릎에 닿은 게 무릎이었구나. 진짜 가깝네."

"그래야 당신의 손이 필요한 곳에 닿겠죠. 설명 끝. 그럼, 시작하세요."

준페이는 공이 자신에게 넘어왔다고 느꼈다. 이번에는 준페이 차례라는 뜻이다. 해야 할 일은 정해져 있다. 팔을 들고, 손을 앞으로 뻗어서, 건드린다.

──건드려? 건드려도 되나? 아니, 그런 마법이니까, 괜찮겠지. 마법? 이 상황에서 집중해서 마법을 끌어올려? 할 수 있을까?

준페이는 머릿속에서 정신없이 자문자답을 되풀이하면서, 마치 불 속으로 손을 집어넣는 기분으로 슬며시 팔을 앞으로 뻗다가 문득 생각난 게 있어서, 손을 멈추고 소니아에게 물었다.

"저기, 갑자기 생각났는데 말이야, 여기서 오버 필링을 쓰면 어쩔 거야?"

"죽일 겁니다."

아주 차가운 대답이 돌아왔다. 준페이도 찬물을 뒤집어쓴 것 같은 기분을 맛봤다.

"그렇겠지. 그냥 해본 소리야, 정말로."

준페이는 그렇게 말해서 장난스러운 생각을 잊어버리고는, 멈췄던 손을 다시 앞쪽을 향해 움직이기 시작했다.

"그럼, 한다?"

"……예."

소니아가 그렇게 대답한 다음 순간, 준페이의 손이 사람의 살갗에 닿은 게 느껴졌다. 게다가 그 손이 상상했던 것보다 훨씬 더

깊이, 깊이 잠겼다.

"으어!"

놀라서, 자기도 모르게 그런 소리를 냈다.

"뭐야 이거! 진짜 부드럽다! 우와!"

"잠깐…… 소리가 너무 커요!"

"아니, 그게, 살이 물컹물컹하잖아!"

어느 정도 개인차는 있겠지만, 여자 몸이 이렇게까지 부드러운 줄은 몰랐다. 상상했던 것보다 훨씬 놀라운 세상이 거기에 있었다.

"그, 그냥 건드리기만 하지 말고, 빨리 마법을……!"

"지금 마법이 문제가 아니라고! 난 지금, 엄청나게 감동했어!"

"가, 감동? 제 몸을 건드려보고 감동했다는 말인가요?"

"그래. 처음으로 여자 몸을 건드렸다고! 남자라면 누구든지 감동할 수밖에 없을 거야."

"무, 무슨 말인지는 말 조르겠지만, 진지한 기분이라는 건 알겠어요."

그때, 소니아가 몸에서 힘을 뺐다. 지금까지 몸을 움츠리고 미묘하게 저항하고 있었는데, 부드럽게 받아들이는 느낌이 됐다. 그러면서 또 새로운 사실을 발견했다.

"응? 부드럽기만 한 게 아니네. 손바닥에 뭔가 딱딱한 게…….."

그 순간 흐익, 하고 소니아가 비명 같은 소리를 들려왔다.

"실황 중계 금지!"

직후, 갑자기 턱에 충격이 느껴졌고── 한 대 얻어맞았다는 걸 깨달았을 때, 준페이의 의식은 이미 어둠 속으로 가라앉고 있었다.

대체, 얼마나 정신을 잃었던 걸까. 준페이가 눈을 떴을 때 이미 눈가리개는 벗겨져 있었고, 자신은 침대에 누워있었다. 얼굴이 새빨개진 소니아가 팔짱을 낀 자세로 준페이를 내려다보고 있었다. 당연하지만 옷은 다 입고 있었다.

"옷…… 입었구나."

"예. 아무래도 갓 핸드는 아직 이른 것 같군요. 당신에게도, 제게도."

그렇게 말하고, 소니아는 얼굴이 더 새빨개져서 고개를 휙 돌렸다.

"무엇보다 당신, 건드리기만 하고 마법을 쓸 생각을 안 했잖아요. 마력을 끌어올리는 것도, 마법을 구성하려고 집중하는 것도, 무엇 하나 느껴지지 않았어요."

"그건……."

가슴을 건드린 순간, 이성이 날아가 버렸다.

──그런 상황에 어떻게 집중을 해…….

그런 준페이의 마음의 소리를 듣기라도 한 것처럼, 소니아가 말했다.

"그러니까, 아직 이르다는 겁니다. 저는 이만 물러가겠습니다.

오늘 있었던 일은 꿈이라고 생각하고 잊어버리세요. 카에데 선배한테도 비밀입니다."

소니아는 그렇게 말하고, 발을 돌려서 현관 쪽으로 갔다. 준페이는 침대에서 일어나 소니아를 쫓아가려고 했지만, 신발을 신고 있는 소니아를 어떻게 붙잡아야 좋을지를 몰랐다.

"그럼, 안녕히."

그 말을 마지막으로, 소니아는 준페이의 방에서 나갔다.

혼자 남은 준페이는 다시 베개에 머리를 묻고는 멍하니 천장을 바라봤다.

"잊어버리라니, 그걸 어떻게 잊어버리겠어."

태어나서 처음으로 만져본 여자 살갗의 매끄러움, 부드러움, 온기, 그리고 감동, 실제로 준페이는 그 뒤에도 계속 기억하고 있었다. 인생에 몇 개 안 되는, 선명한 기억의 한 페이지로서.

8월 하순. 준페이를 포함한 세 명은 기숙사에서 조금 떨어진 공원에 와 있었다. 공원 한쪽에는 작은 야외무대가 있다. 얼마 전에 무녀 복장 차림의 메릴한테서 많은 이야기를 들었던 바로 그 자리에서 준페이는 소니아와 대치하고 있고, 카에데는 멀리 떨어져서 그런 두 사람을 지켜보고 있었다.

오늘은 에로 마법 훈련이 아니다. 기초 훈련인 로드워크를 하던 중에 여기에 들렀고, 마침 무대가 비어 있는 걸 보고 소니아와 카에데가 번갈아 가며 격투 훈련을 지도해주고 있었다.

"음탕한 마법 훈련만 하면 정신이 썩어버리니까요."

"음. 가끔은 에로 마법에 대한 건 잊어버리고 상쾌하게 땀을 흘려야겠지."

그런 이유로, 소니아와 카에데가 제안했다. 준페이도 그 제안을 받아들였고, 지금 소니아에게 실컷 얻어맞고 있었다. 소니아한테는 그저 고마울 뿐이기에, 화도 나지 않았다. 하지만 카에데는 그런 소니아를 보면서 눈살을 찌푸렸다.

"소니아, 좀 봐주면서 하면 안 되겠나."

"저는 봐주는 걸 모릅니다. 카에데 선배야말로 준페이 씨한테 너무 살살 대하는 게 아닌가요?"

"다치면 아무 의미가 없지 않은가. 이제 됐으니까 나와 교대하자."

거기서 대련 상대가 카에데로 바뀌었지만, 준페이 입장에서는 카에데 쪽이 훨씬 더 무서운 상대였다.

간신히 카에데와의 힘든 대련에서 해방됐을 때, 시계는 이미 오후 5시를 가리키고 있었다.

"벌써 시간이 이렇게 됐나."

카에데는 손목시계를 흘끗 보고는, 무대 밑으로 뛰어내린 뒤에 준페이와 소니아 쪽을 보면서 말했다.

"일단 해산하자. 나는 기숙사로 돌아가서 샤워하겠다. 너희는?"

"저랑 준페이 씨는 좀 더 여기 있겠어요. 바람도 불기 시작해서 시원하니까."

준페이가 뭐라고 말을 하기도 전에 소니아가 그렇게 대답했다. 그 말을 듣고 카에데가 말했다.

"알았다. 그럼 18시 30분에 기숙사 로비에 집합이다. 오늘 저녁은 고기다!"

최근 며칠 동안, 카에데는 매일같이 준페이와 소니아에게 저녁을 대접해주고 있었다. 데려가는 곳들이 고깃집, 라멘, 소고기덮밥, 튀김, 돈가스 가게뿐인 건 애교로 받아들여 주자.

"그럼, 나중에 보자!"

그렇게 말하고 시원시원하게 걸어가는 카에데의 뒷모습을 바라보며, 소니아는 저녁 바람 때문에 흐트러진 머리카락을 한 손으로 살며시 누르면서 즐거워 보이는 미소를 지었다.

"카에데 선배는 준페이 씨가 솔직하게 저녁을 먹어줘서 기쁜 것 같더군요. 당신, 예전에는 선배가 식사하자고 해도 거절했다면서요."

"그때는…… 왠지 신세 지는 게 불편해서."

하지만 지금은 그 불편한 느낌이 없어졌다. 아마도 받은 걸 돌려주는 것 같은 관계가 됐기 때문이 아닐까, 준페이는 그렇게 생각하고 있었다.

마침내 카에데가 안 보이게 되자, 소니아는 무대 위에서 서쪽 하늘을 보면서 눈을 가늘게 떴다.

"해 지는 시간이 점점 빨라지는 걸 보면, 어느새 여름방학도 거의 다 끝났군요."

"그러게."

돌이켜보면 올여름은 소니아와 함께 보냈다. 거기에 카에데도 추가되면서, 셋이서 마법사의 계단을 올라간 나날은 정말로 즐거웠고, 어떤 의미에는 모험으로 가득 찬 자극적인 시간이었다.

"……여름방학이 끝나고, 계속 이렇게 내 훈련을 도와줄 거야?"

"당연하죠. 당신을 가르치는 것이 용사인 제 사명이니까."

"사명이라……."

소니아는 여전히 사명이라는 말을 즐겨 사용한다. 며칠 전에 카에데와 했던 이야기는 잊어버린 것처럼. 준페이는 그게 살짝 쓸쓸하다는 기분이 들었고, 소니아의 솔직한 말을 듣고 싶다고 생각했다.

"카에데 선배는, 날 좋아한다던데 말이야."

"……그러고 보니, 그런 말도 했었죠."

"넌 어때? 나 좋아해?"

좀 더 빙 돌려서 물어보려고 했었는데 심장을 찌르는 것처럼 단도직입적인 말을 던져버렸고, 그리고는 준페이 자신도 깜짝 놀랐다. 소니아도 놀라움에 잠깐 숨을 삼키더니, 얼굴이 점점 빨갛게 물들어갔다. 준페이는 그걸 '소니아가 화가 났다!' 하고 해석했다. 곧 『까불지 마세요. 당신은 개라고 했을 텐데요!』 같은 말이 날아올지도 모른다.

하지만 준페이의 그런 예상과 달리, 소니아는 가볍게 무대에서 뛰어내렸다.

"자, 그만 가도록 하죠."

"어? 저기, 소니아?"

"가자니까요?"

그 말을 듣고, 준페이는 소니아가 대답할 생각이 없다는 걸 깨닫고 쓸쓸한 기분이 들었다.

"아냐…… 난 좀 더 여기서 바람 좀 쐬고 갈게."

"그런가요. 그럼 먼저 실례하겠어요."

그렇게 말한 소니아는 고개를 돌리고, 허리를 곧게 펴고서 걸어갔다. 뒷모습도 아름다웠다.

"……결국, 소니아는 날 어떻게 생각하는 걸까?"

"궁금하면 지금이라도 쫓아가지 그래?"

"그러게. 하지만 지금은 그것보다 더 신경 쓰이는 일이 생겼어."

"그거, 메릴 얘기야?"

"그래. 에로 마법 훈련은 순조로운데, 메릴 그 녀석은 그 뒤로 한 번도 안 나타났다니까. 지금쯤 어디서 뭘 하고 있는지, 계속 궁금해 죽겠……다고오오오?!"

준페이가 그렇게 소리치면서 뒤를 돌아봤더니, 프린세스 드레스를 입은 메릴이 서 있었다.

"메릴?!"

"야호~ 오랜만이야 준페이. 잘 지냈어?"

그렇게 말하면서 윙크를 하고 손으로 키스를 날리는 메릴을 보면서, 준페이는 살짝 씁쓸하게 웃었다.

"그래서, 그 뒤로 어떻게 됐어? 나는 내 마법을 제어할 수 있게 됐는데."

"응, 응, 그거 대단하네. 100점 줄게. 하지만 메릴도 오늘까지 놀기만 한 건 아니거든? 일단 반지를 가진 사람은 어느 정도 알아냈다고 할까나?"

그 말을 듣고 준페이의 눈빛이 진지해졌다.

그날 그 공원에 있었던 것은 경찰, 마도 기동대, 레드하트 브레이브, 매스컴과 구경꾼들이었다. 하지만 반지의 반응은 학교 쪽에서 나왔으니까, 메릴은 레드하트 브레이브 관계자를 의심했다. 만약에 그렇다면, 만약에 콘도 선생님이 병원 신세를 지게 만든 게 같은 마법학교의 동료라면…… 준페이는 손에 땀을 쥐고, 큰마음 먹고서 물었다.

"그게 누군데?"

"아직은 비밀. 왜냐하면, 준페이가 연기를 못 할 것 같으니까."

"뭐? 대체 왜! 아니 그보다, 왜 연기해야 하는 상황이 오는데?"

황당해하면서도 그렇게 쏘아붙인 준페이에게, 메릴이 느긋하게 말했다.

"그러니까 말이야, 메릴이 반지를 가진 사람을 알아냈단 말이지? 그래서 그 사람을 습격할까 생각했는데, 그 한 사람을 어떻게 한다고 일이 해결될지 아닐지 아직 몰라. 다른 동료가 있을 수도 있잖아? 준페이네 학교 선생님을 병원으로 보낸 진범이라든지 말이야. 그래서 배후관계나 비밀을 전부 털어놓게 만들고 싶어. 그래서 말인데, 준페이가 잠깐 경찰에 체포돼줬으면 싶어 메릴!"

"갑자기 나타나서는, 무슨 소리야?"

——경찰에 체포되라고?

"말도 안 되는 소리."

"응. 그래서 체포되면 경찰이 준페이한테 이것저것 물어보게 될 텐데——"

"잠깐만. 왜 내가 체포당하는 걸 전제로 얘기하고 있는데?"

"최대한 정직하게 대답하는 쪽이 좋을 것 같아. 전생이나 에로 마법에 대한 건 비밀로 해도 되지만, 메릴이나 지배의 마법에 대한 건 말해버려. 그러면 경찰 내부에 숨어 있는 반지를 가진 사람이 어떻게든 준페이한테 손을 쓰려고 할 테니까."

그 말을 듣고서 메릴의 의도를 이해한 준페이는 목구멍까지 치밀어 올라왔던 고함이 녹아서 사라져버리는 걸 느꼈다.

"그건 즉 반지를 가진 사람은 마법학교 사람이 아니라 경찰 쪽 사람이고, 날 미끼로 삼아서 그 녀석과 한패들을 전부 끌어내겠다는 얘기야?"

"그런 얘기야 메릴. 메릴이 반지를 가졌다고 짐작한 인물한테 같은 편이 있는지 아닌지, 개인인지 조직인지를 준페이를 미끼로 삼아서 판단하고 싶어요."

그 말을 들은 준페이는 크게 신음을 내고서 고개를 숙였다.

"이유는 알았어. 하지만 그건 함정 수사라는 거 아닌가……?"

"맞아. 그래도 위험하다 싶으면 메릴이 도와줄 테니까 걱정하지 마! 안심해도 돼!"

"아니, 어떻게 안심해! 네 계획은 어딘가 늘 엉성하잖아! 지금도 누명을 그대로 쓰고 있으면서!"

"그건 어쩔 수 없는 일이야. 세상에 완벽한 건 없으니까. 하지만 선처는 할게."

그렇게 말했지만, 준페이의 불안은 가시지 않았다. 하지만 호랑이 굴에 들어가야 호랑이 새끼를 잡는다고, 여기서 겁을 먹는 수준의 남자가, 레드하트를 가진 훌륭한 마법사가 될 수 있을까?

"크으…… 알았어. 악당을 그냥 놔둘 수는 없으니까. 널 믿고 해볼게!"

그러자 메릴은 꽃이 활짝 핀 것처럼 밝은 미소를 짓고, 기뻐하는 발걸음으로 준페이에게 다가왔다. 그리고 서로의 몸이 닿을 정도 거리까지 다가와서, 준페이는 자기도 모르게 주춤했다.

"이, 이봐. 뭐야?"

"후후, 고마워 준페이. 이제 어떻게 준페이를 감옥에 보낼지가 문제인데…… 마침 목격자가 생겼으니까, 이 계획으로 갈래 메릴."

"목격자라니? 누가――"

"자, 그럼, 쪼옥~."

준페이가 말을 마치기도 전에 메릴이 준페이의 멱살을 쥐고 강하게 끌어당겼다. 준페이 쪽이 키가 더 크기 때문에, 메릴이 정면에서 끌어당기면 어쩔 수 없이 허리를 구부정하게 숙이게 된다. 그리고 서로의 얼굴이 가까워지고, 촉촉하게 빛나는 메릴의 보라색 눈동자가 눈앞까지 다가왔다.

――'쪼옥'이라니?

그렇게 생각한 순간, 메릴의 입술이 준페이의 입술에 닿았다. 한마디로 입맞춤이었다. 태어나서 두 번째 해보는 키스, 여자와 하는 두 번째 키스였다.

입술이 떨어졌을 때, 준페이는 너무 당황해서 말도 나오지 않았다. 그런 준페이를 보면서, 오른손을 놓은 메릴이 그 손으로 V를 만들었다.

"우훙, 키스해 버렸네. 참고로 이거, 메릴의 첫 키스거든."

그 말을 듣고, 그제야 준페이의 머리가 제대로 돌아가기 시작했다.

"아니, 잠깐만. 대체, 무슨 짓이야!"

준페이는 귀까지 새빨개져 소리쳤다. 심장이 빠르게 뛰고 있었다.

그런데.

"준페이 씨."

그 목소리를 들은 순간, 준페이는 목에 칼을 들이대기라도 한 것처럼 몸이 차게 얼어붙었다. 준페이가 조심스럽게 고개를 돌리자, 언제 왔는지, 무대 아래쪽에서 소니아가 죽은 생선 같은 눈으로 준페이를 바라보고 있었다.

"소, 소니아……?! 왜 여기에? 먼저 간 게 아니었어?"

"잠깐 할 얘기가 있어서 돌아와 봤어요. 그랬더니, 이게 대체, 어떻게 된 거죠? 지금, 당신과 입을 맞춘 여자는, 지난번에 우리 학교에 침입하고, 콘도 선생님을 다치게 했던 메릴이 아닌가요!"

준페이가 공원에서 메리를 만나고 있을 무렵.

준페이와 헤어져서 공원 밖으로 나갔던 소니아는, 저녁노을 진 하늘 아래에서 빠른 걸음으로 기숙사를 향해 걸어갔다. 감정이 흐트러져서, 차분하게 천천히 걸을 수가 없다. 머릿속에서 준페이가 했던 말이 몇 번이고 울려 퍼졌다.

——카에데 선배는, 날 좋아한다던데 말이야. 넌 어때? 나 좋아해?

"정말이지, 대체 뭘 물어보는 건가요……!"

소니아는 자기도 모르게 그런 소리를 했다. 사실 소니아는 용사의 후손이라는 사명감 때문에 준페이를 지도하기 위해 사제관계를 맺은 것뿐이지, 여자로서 준페이를 어떻게 여기는지는 생각해본 적이 없었다. 정확히 말하자면 생각하지 않으려고 했다.

하지만 막상 준페이가 마음속에 있는 생각을 물어보니까 어째선지 마음이 흐트러졌다. 그 결과, 지금 이렇게 준페이한테서 도망치듯 떠나왔다.

"어째서? 대체 왜죠? 어째서 제가, 이렇게 마음이 진정되지 않는 거죠? 어쩌면 저는, 준페이 씨를…… 아니, 아니, 아니에요! 그런 건 말도 안 돼요! 왜냐하면, 저는, 그 사람을 좋아할 이유가 없어요……."

하지만 사랑은 늘 『이런저런 이유로 당신을 좋아하게 됐습니다』라는 핑계와 주석을 붙일 수 있는 건 아니었다.

"서, 설마, 제가, 정말로……."

──준페이 씨를 좋아하는 건가요?

"아아, 정말이지! 그런 일은 있을 리가 없어요!"

소니아는 그렇게 소리치고는 자신이 아직 사랑에 빠지지 않았다는 증거를 찾기 위해서 열심히 걸어갔다.

──진지하게 생각해보도록 하죠.

준페이는 변했다. 이제는 상당히 우수한 학생이다. 지금까지 낙제생 취급을 받아왔던 것은 그가 자신의 마법 적성을 몰랐기 때문이고, 에로 마법사라는 것을 확실하게 알게 된 지금은 무시무시한 속도로 새로운 마법들을 익혀가고 있다. 오버 필링을 배울 때만 해도, 소니아는 준페이가 상당히 고생할 줄 알았는데, 실제로는 그렇지 않았다.

——준페이 씨는 모르는 것 같지만, 오버 필링은 배우는 데 1년은 걸리는 마법이에요. 그런데 설마, 일주일도 안 돼서 익히다니! 이건 마법을 배우는 게 아니라 원래 알고 있었던 걸 기억해내고 있다고 봐야 해요. 기억이나 능력을 완전히 계승하지 못했지만, 그건 사라진 게 아니라 그의 내면에서 잠들어 있었던 거에요.

그리고 준페이는 지금, 그것들을 엄청난 속도로 되찾고 있다.

——이 페이스로 간다면, 제가 예상했던 것보다 훨씬 빨리 여러 마법을 쓸 수 있게 되겠지요.

소니아는 머지않아 상급 마법에 자신의 몸을 바칠 날이 찾아온다는 생각이 들자 발이 멈춰버렸다. 기숙사로 돌아가는 걸음이 멈춘 게 아니라 미래로 나아가는 발이 멈췄다.

——이게 무슨 일인가요! 각오했다고 생각했었는데, 이 얼마나 미숙한 생각인지! 아아, 하지만, 계약을 위해서 키스를 하고, 치맛자락이 뒤집히고, 알몸을 보이고, 눈을 가렸다고는 해도 가슴을 만지게 하기도 했어요! 아마 이대로 에로 마법 훈련이 진행되면 그 이상의 행위를 해야만 하는 날도 오겠죠. 하지만 과연 제가 그렇게 할 수 있을까요? 해낸다고 해도 가족에게, 세상에, 그리고 미래의 남편에게 뭐라고 변명을 해야 좋을까요? 미래의 남편

은 준페이 씨에게 이런 짓에 저런 짓을 당한 저를 어떻게 생각하려나요? 역시 싫겠죠…… 응? 미래의 남편?

이때, 소니아는 크나큰 희망과 함께 좋은 아이디어가 떠올랐다.

"그래요! 준페이 씨와 결혼하면 되는 거예요!"

너무나 훌륭한 아이디어였기에, 자기도 모르게 큰 소리로 말하고 말았다.

"준페이 씨와 결혼하면 그와 키스한 것도, 가슴을 만지게 한 것도, 아무 문제가 없어요. 더구나 앞으로 과격한 에로 마법을 연습한다고 해도 그가 책임을 지는 셈이니 만사 해결! 그리고 부부가되면, 그가 길을 벗어나지 않도록 감독하는 용사의 사명에도 딱맞아요! 세상에 이럴 수가, 너무나 완벽해요!"

그리고 그 완벽한 루트를 찾아낸 지금이기에, 똑똑히 알 수 있다. 마음이 말해주고 있다. 자신이 준페이를 어떻게 생각하는지.

——저는, 아니, 이건 준페이 씨에게 직접 말해야겠죠. 소중한 마음이니까.

일단 결정했으면 쇠뿔도 단김에 빼라고, 소니아는 눈을 번쩍번쩍 빛내면서 뒤를 돌아서는 다시 공원 쪽으로 돌아갔다. 준페이가 기숙사로 돌아올 때까지 기다리고 있을 수 없었다. 지금 당장 준페이를 만나서 장래 약속을 받아내고 싶었다. 소니아는 꿈을 그리며 날 듯이 뛰어갔다.

그리고 그 뒤에, 소니아는 보고 말았다. 무대 위에서 낯선 은발 소녀와 입술을 맞대는 준페이의 모습을. 게다가 그 은발 소녀의 정체는 메릴이었다.

◇

소니아는 화를 식히려는 것처럼 긴 한숨을 쉬고, 눈꼬리를 치켜올리고서 준페이를 노려봤다.

"다시 한번 묻겠어요. 이게, 대체, 어떻게 된 일이죠?"

"아니, 그게……."

준페이는 목이 메어서 말이 나오지 않았다. 어떤 변명을 해야 좋을지, 애초에 변명하는 게 옳은지, 알 수 없었다.

준페이가 혼란에 빠져 어쩌지도 못하고 있자, 갑자기 메릴이 가까이 달라붙어서 밝은 목소리로 말했다.

"우와 들키고 말았네. 들켰으니 어쩔 수 없네. 사실 준페이는 메릴을 도와주는 사람이었어요~. 그리고 메릴이랑 사귀는 사람이에요~! 남자 친구 없던 기간=나이인 메릴의 첫 남자 친구입니다!"

"뭐?!"

준페이가 당황해서 그런 소리를 내자, 소니아가 살기를 내뿜었다.

"유죄."

그렇게 단언하고, 꽁꽁 얼어붙은 준페이 앞에서, 소니아가 벼락처럼 격렬한 빛을 내뿜으면서 말했다.

"제가 말하지 않았나요? 당신을 죽이는 대신 깨끗하고 올바른

삶을 살도록 하겠다고. 그런데 하필이면, 나쁜 마녀에게 유혹당해 있었다니…… 언어도단이에요!"

소니아는 오른팔을 높이 들고서 큰 목소리로 외쳤다.

"내 검이여, 내 갑옷이여, 내 방패여! 용사의 이름으로 명하나니, 빛의 옥좌에서 오라!"

다음 순간, 천둥소리 같은 굉음이 울리고, 저녁 하늘에 언젠가 봤던 칼과 갑옷과 방패가 나타났다.

"저건……!"

그날 봤던 것처럼 갑옷은 순식간에 소니아를 푸른 갑옷의 기사로 바꾸어 놓았다.

눈부시게 빛나는 오로라 스파크를 본 준페이는 눈이 휘둥그레져서 뒤로 한 걸음 물러났다.

"완전무장은 하지 말라고!"

"닥치세요! 저를 속이고, 배신하고——!"

"내 말 좀 들어! 착각이야! 그날 사건은 메릴이 한 게 아니라고! 학교에 몰래 들어온 일이나 전파 해킹을 저지른 데는 이유가 있고, 콘도 선생님 건은 누명이야! 진범은 따로 있어!"

"지금 저 여자를 감싸겠다는 건가요?"

무표정한 얼굴의 소니아의 얼어붙을 정도로 차가운 목소리를 듣고, 준페이는 바로 자신의 잘못을 깨달았다. 메릴을 감싸는 말을 할 때가 아니었다.

——대체 어쩌라는 거냐고!

그렇게 소리 지르고 싶어졌을 때, 메릴이 준페이의 귓가에 속삭였다.

 "준페이, 이대로 구속당해. 메릴의 협력자라는 이유로 구속되면, 자연스럽게 경찰서 내부로 들어갈 수 있잖아? 그리고 조사가 시작되면 아까 말한 대로 지배의 마법에 대해서 말해버려. 그러면 뭔가 움직임이 있을 테니까."

 "그런, 얘기인가……."

 준페이는 그제야 메릴이 무슨 꿍꿍이로 소니아를 도발했는지 이해했다. 이해했기 때문에, 어두운 얼굴로 어쩔 수 없다는 듯이 메릴을 쳐다봤다.

 "메릴, 역시 네가 하는 일들은 너무 엉성해. 소니아의 저 엄청나게 화난 얼굴을 보라고. 저게 날 경찰에 넘기려는 사람 얼굴로 보여?"

 "뭐?"

 메릴의 눈이 휘둥그레진 그 순간, 소니아는 준페이한테 칼을 겨누고서 큰 소리로 말했다.

 "여기서 끝입니다! 준페이 씨, 당신을 죽이겠습니다! 그리고 저도 죽겠습니다!"

 그 말을 듣고 메릴이 깜짝 놀랐다.

 "뭐, 뭐어어어! 왜? 왜 그런 살벌한 소리를 하는 거야? 진짜 말도 안 되는 얘기 아냐?"

 "용서할 수 없어요…… 지금까지 있었던 모든 일을, 용서할 수 없단 말입니다!"

소니아는 더는 자기 생각이나 감정에 대해 일일이 말하지 않았다. 오로지 여기서 같이 죽겠다는 각오만이 느껴졌다. 메릴조차도 새파랗게 질려서 준페이를 내버려 두고 무대에서 가볍게 뛰어내려서는 소니아에게 다가갔다.

"아냐, 잠깐만 기다려봐. 미안해, 설명 좀 하게 해줘 메릴. 메릴한테도 다 이유가 있어. 메릴이 찾고 있는 반지에 관한 것부터 말할 테니까 들어줬으면 싶어."

"그렇게 저를 회유하겠다는 겁니까? 너무 우습게 봤군요. 이 소니아 라이트펠로우, 어쩔 수 없이 선인의 적이 되는 일은 있어도, 악인의 편이 되는 일은 절대로 없습니다!"

"메릴은 나쁜 사람 아니야!"

"믿을 수 없습니다!"

"이 눈을 봐! 이게 거짓말하는 사람 눈이야?"

메릴은 눈을 크게 뜨고, 집게손가락으로 자신의 반짝반짝 빛나는 보라색 눈동자를 가리켰다.

"으, 으으으음……."

의외로 그게 효과가 있었는지, 소니아의 격렬한 적의가 살짝 수그러들었다. 그러나 그것뿐이었다.

"하지만, 그래도, 용서할 수 없어요!"

소니아는 고개를 휘젓고는, 메릴을 향해서 전투를 개시하기 위한 첫걸음을 내디뎠다. 지난번에는 메릴한테 완패했지만, 이번에는 성검 오로라 스파크를 비롯해 완전무장한 상태였다. 아무리 봐도 진심으로 싸울 생각이었다. 만약 마력을 억누르고 있다는 도구까지 해제한다면, 정말 누구 하나가 죽을지도 몰랐다.

"말도 안 돼! 제발 부탁이니까 그만두라고!"

준페이는 그렇게 말하면서 무대에서 뛰어내리고는, 메릴을 감싸려는 것처럼 소니아 앞으로 뛰어들었다. 돌진하던 소니아의 눈이 휘둥그레졌지만, 소니아는 발을 멈추지 않았다.

"제 발로 앞에 나서다니, 배짱도 좋군요! 이 손으로, 단숨에——"

"소니아! 난 널 좋아해!"

"예——?!"

그 순간 소니아의 눈이 휘둥그레지더니 자신 있게 들어 올린 성검이 손에서 빠져나가 어디론가 날아가 버렸다. 하지만 소니아는 이미 검 따위는 잊어버렸는지 빨려 들어갈 기세로 준페이를 바라보고 있었다. 준페이도 각오를 굳히고 소니아와 마주 보았다.

"뭔가 착각을 한 것 같은데, 나와 메릴은 연인도 아무것도 아냐! 아까 그 키스도 그냥 사고였어. 내가 좋아하는 건 너야, 소니아!"

그랬더니 소니아는 순식간이 얼굴이 빨갛게 달아올랐고, 떨리는 목소리로 이렇게 말했다.

"정말로요?"

"정말이야."

"그럼, 한 번 더…….

"널 좋아해."

준페이가 다시 한번 말하자, 소니아가 활짝 핀 꽃처럼 웃었다.

"그렇다면 됐어요."

"어? 됐다고?"

──그걸로 만족한 거야? 아니, 가만. 그건 즉 소니아도······?

준페이가 소니아의 마음을 헤아리고 있자, 소니아가 표정을 다 잡고 진지한 얼굴로 말했다.

"하지만, 다음에 또 저를 속인다면, 그때는 정말로 용서하지 않 겠습니다. 메릴 씨가 정의의 사도라는 것을, 증명해주시겠죠?"

"그래, 네가 우리 얘기를 끝까지 들어준다면."

최악의 사태를 피한 준페이는 메릴과 마주 보고 웃었다.

어느샌가 해가 저물어 있었다. 서쪽 하늘은 아직 어렴풋이 보 라색으로 물들어 있지만, 주위는 이미 어둑어둑했다. 공원에 있 는 가로등만이 하얗게 빛나고 있었다.

메릴은 무대 끝에 준페이와 소니아를 앉혀놓고 무대 아래서 두 사람을 올려다보며 자신의 사정을 처음부터 전부 설명해줬다. 소 니아는 무장을 해제하고 격투 훈련 때 입고 있던 움직이기 편한 사복 차림으로 메릴의 이야기를 듣고 있었다.

"──그렇게 된 거야 메릴."

메릴이 그렇게 이야기를 마무리하자, 소니아가 준페이에게 따 지고 들었다.

"어째서 메릴 양에 대해서 더 일찍 말해주지 않은 건가요!"

"그야, 말하면 묻지도 따지지도 않고 날 죽이려고 들 것 같아서."

"제가 그럴 리 없잖아요!"

"아까만 해도 다짜고짜 칼부터 들었잖아!"

"그건 당신이 메릴 양과 키스 같은 걸 했으니까――"

이야기하는 사이에 소니아는 볼이 발그레해졌지만, 그 열기를 식히려는 것처럼 세차게 고개를 흔들더니, 반쯤 화풀이하듯 메릴에게 따졌다.

"설마 당신이 찾고 있다는 반지가 노예 마법의 지배의 반지였을 줄이야! 심지어 10년 전에 그걸 부활시킨 사람이 있었고, 아직도 해결되질 않았다는 건가요?"

10년 전이라면 소니아는 아직 만 일곱 살이니, 마스터 트릭시가 저지른 사건을 몰라도 이상할 게 없지만, 용사의 후손으로서 책임을 느끼는 모양이었다.

"소니아……"

"그나저나 소니아, 메릴이 반지를 찾고 있다는 말을 듣고서 노예 마법 반지라는 생각은 못 했어?"

"생각할 리가 없죠. 예로부터 반지는 마법과 인연이 깊었어요. 마법사들에게 마법 반지라는 건 흔하디흔한 물건이라고요. 그냥 반지라는 말을 듣고서 바로 지배의 반지를 떠올리는 것은 엄청난 비약이에요. 저도 그냥 뭔가 다른 마법과 관련된 반지인 줄 알았고요……"

"흐음, 흐음. 그럼 준페이가 에로 마법사라는 걸 알고 있는 사람은 더 없는 거야?"

그 질문에 준페이와 소니아가 자기도 모르게 얼굴을 마주 봤고, 그 뒤에 준페이가 고개를 돌려서 메릴 쪽을 보면서 말했다.

"아니, 한 사람 더 있어. 히지카타 카에데라고, 3학년 선배야."

"어……?"

메릴은 눈까지 휘둥그레지면서 깜짝 놀랐다. 준페이는 메릴이 왜 놀랐는지 대충 짐작해서 이렇게 말했다.

"아니야, 걱정 안 해도 돼. 입이 무거운 사람이니까, 다른 사람한테 말하지는 않을 거야."

"준페이의 기억 속에서 보긴 했는데, 카에데는 그 까만 머리카락을 상투처럼 묶은 그 예쁜 애를 말하는 거지? 에로 마법에 대해서 전부 말했어?"

"아니, 소니아가 날 창피하게 만들려고, 에로 마법의 엉큼한 부분만 강조해서 얘기했어. 용사와 마왕의 인연이나 노예 마법에 대해서는 몰라. 하지만 그래서 다행이라고 생각해. 너무 걱정 끼치고 싶지는 않으니까……."

"흐응, 그렇구나. 그럼 괜찮겠네."

계속 응, 응, 하고 고개를 끄덕이는 메릴을 이상하다는 눈으로 쳐다보며, 소니아가 말했다.

"뭔가 신경 쓰이는 일이라도?"

"아냐, 그냥 나 혼자 일이니까 신경 쓰지 마 메릴. 그럼, 이제 슬슬 준페이를 경찰한테 넘기고 싶은데 말이야."

이게 다 작전이라는 걸 알고 있는데도, 경찰에 넘긴다는 말을 들으니 준페이는 저도 모르게 깜짝 놀랐다. 하지만 소니아는 여전히 차분한 태도로 말했다.

"반지의 소유자가 경찰 내부에 있으니 준페이 씨를 메릴 양의 동료라는 이유로 넘겨서 상대가 어떻게 나오는지 지켜보겠다는 얘기죠?"

"그래, 맞아! 반지를 가진 사람이 10년 전 계획의 관계자라면 메릴의 동료를 그냥 둘 리가 없으니까. 참고로 누가 반지를 가졌는지는 아직 비밀이야 메릴. 준페이의 연기에 악영향을 줄 것 같으니까."

거기에 동의한 소니아가 준페이를 보면서 이렇게 말했다.

"그럼 어쩔 수 없군요. 준페이 씨. 메릴 씨와 당신이 같이 있었다는 이유로, 제가 당신을 경찰에 넘기겠습니다. 무슨 위험한 일이 일어나면 저와 메릴 씨가 반드시 구출해드릴 테니까 안심하세요."

"그렇게 말해도 불안한 건 마찬가지다만……. 그나저나 카에데 선배랑 저녁 약속은 어쩌지?"

"그건 나중에 사과하는 수밖에 없겠죠. 이 건은 최우선 사항입니다. 반지의 소지자, 연속 의식불명 사건의 범인, 그리고 콘도 선생님께 중상을 입힌 범인…… 이 세 개의 그림자가 전부 동일인물인지 아닌지는 모르겠지만, 1초라도 빨리 해결해야 해요!"

준페이는 자기도 모르게 하늘을 우러러봤지만, 소니아의 말이

옳았다. 카에데에게는 다음에 사과하기로 마음을 먹고, 소니아를 보면서 고개를 크게 끄덕였다.

"……알았어. 그래서, 난 구체적으로 어떻게 되는 거지?"

"경찰에 넘길 겁니다만, 아마 경찰에게 오래 붙잡혀 있지는 않 겠지요. 이 나라에서 죄를 저지른 미성년 마법사가 가는 곳은 따 로 정해져 있으니까요."

메릴과 내통했다는 이유로 소니아에게 고발당한 준페이는 그
날 바로 경찰에 구속됐고, 마력을 약하게 만드는 특수한 수갑을
차고서 도쿄도 안에 있는 마도 갱생원으로 이송됐다. 마도 갱생
원의 외관은 일반적인 소년원과 다를 게 없었다. 소년원과 다른
점은 마법사의 수갑을 상정했다는 점과 구속부터 문초, 재판까지
전부 마법 갱생원 안에서 행해진다는 것이다.

준페이도 아침까지 기다렸다가 마도 갱생원 3층에 있는 취조
실로 가게 됐다. 방은 좁았고, 중앙에 있는 책상 앞에 등받이 달
린 의자가 있었다. 준페이는 그중 한쪽에 앉았는데, 나머지 의자
는 비어 있다.

──누가 날 문초하게 될지는 모르겠지만, 아무튼 노예 마법에
대해 고발하고 그게 경찰 내부에서 퍼져나가면 적이 뭔가 행동을
보이겠지.

준페이가 그렇게 생각하면서 수갑 사슬을 당겼다가 놨다가 하
고 있는데, 취조실 문이 열리고 정장을 입은 남자가 들어왔다.

"안녕 이치노세 군. 기다리게 해서 미안해."

"오쿠무라 선생님?!"

그 사람은 마도 갱생원에서 마법학교로 파견 나왔고, 레드하트
브레이브의 부고문을 맡은 오쿠무라였다.

"오랜만이야. 메릴이 학교에 들어왔던 날, 카에데 군과 같이 레

드 룸에서 본 뒤로 처음인가. 자네의 문초는 내가 맡게 됐어. 전혀 모르는 사이도 아니니까."

그렇게 말하고, 오쿠무라는 깜짝 놀라고 있는 준페이의 맞은편 자리에 앉아서 살짝 웃었다.

"왜 그래, 귀신이라도 본 것 같은 얼굴을 하고?"

"그게, 설마 오쿠무라 선생님이 오실 줄은……."

"내 본업은 이쪽이거든. 잊어버린 건 아니겠지? 교직 일도 하면서, 마법학교에 다니는 학생들의 감시자로서 조용히 지켜보는 게 내 일이야."

그렇다. 오쿠무라는 마도 갱생원에서 온 사람이었다. 그래서 싫어하는 학생들도 많지만, 그게 이 사람의 일이고, 무엇보다 카에데가 존경한다고까지 말했던 사람이다.

그런 오쿠무라 선생님이 자세를 바로잡고, 표정에서도 웃음을 지우고서 본론에 들어갔다.

"그래서, 대체 어떻게 된 일이지? 메릴과 내통했다고 들었는데 말이야? 아니면, 나한테는 말하고 싶지 않으려나?"

"아뇨, 오쿠무라 선생님은 카에데 선배가 존경하는 사람이니까요. 저도 선생님을 믿고서 얘기할게요."

"오, 그거 기쁜데."

그렇게 말하면서 웃는 오쿠무라에게 미소를 지어서 대답한 준페이는, 자신의 전생과 에로 마법 이야기는 숨기면서 메릴과의 만남, 메릴과 협력하게 된 경위 등을 잘 설명했다.

이야기를 다 들은 오쿠무라는 흐음, 하고 신음을 내면서 오른손으로 턱을 문질렀다.

"그러니까 그날, 학교에서 메릴과 만난 너는 나중에 그녀와 접촉했고, 사람을 노예로 만드는 마법의 이야기를 듣고는 정의감 때문에 메릴에게 협력해서 내정을 살피고 있었다. 메릴이 행동에 문제가 있기는 해도 근본적으로 착한 사람이고, 콘도 선생님을 다치게 했다는 것도 억울한 누명이다. 그리고 메릴과 같이 행동하는 모습을 소니아 군에게 들켜서 포박됐다, 그런 얘기지?"

"예, 대충 그래요."

이제 이 증언이 적에게 전해지기를 기다리기만 하면 된다. 그러면 상황이 알아서 움직일 테고, 메릴과 소니아가 자신을 구해주러 올 테니까.

──오겠지?

준페이가 약간 불안한 마음을 품은 그때, 오쿠무라가 말했다.

"너는 메릴의 말을 믿고 있나?"

"믿고 있어요."

"근거는? 무슨 증거라도 보여줬나? 메릴의 논리는 알겠지만, 그녀가 거짓말을 했을 가능성도 있지 않을까?"

"그건……."

왜 메릴을 믿었을까. 그것은 자신이 에로 마법사이기 때문이고, 소니아도 증명해줬기 때문이다. 하지만 최종적으로 메릴을 믿어야겠다고 생각한 것은, 결국 자신의 영혼이 메릴에게 이끌렸기 때문이 아닐까.

그걸 어떻게 설명해야 좋을지, 에로 마법까지 다 이야기를 해야 좋을지 고민하고 있는데, 오쿠무라가 갑자기 탁자를 손으로 짚으면서 벌떡 일어났다.

"……선생님?"

"아니, 미안하다. 너는 메릴을 믿었구나. 그렇다면 나도 방침을 정했다. 너한테 보여줄 게 있다. 이야기를 좀 하고 올 테니까, 잠깐만 기다려라."

"어, 저기……."

갑작스러운 일에 준페이는 눈이 휘둥그레졌고, 하고 싶은 말이 있었지만 그걸 미처 다 정리하지도 못했다. 그런 준페이를 남겨두고, 오쿠무라는 취조실 밖으로 나가버렸다.

"뭐야, 대체……."

오쿠무라가 돌아온 것은 그 뒤로 약 15분 정도 지난 후였다.

"기다리게 해서 미안하군. 자, 일어나라. 가자. 너한테 보여줄 게 있으니까."

보여주고 싶다는 게 뭔지 설명하지도 않은 채, 오쿠무라는 준페이를 데리고 취조실에서 나와 긴 복도를 걸어갔고, 엘리베이터 앞까지 왔다. 여전히 수갑을 채워놓은 채였지만, 허리에 밧줄을 묶은 것도 아니고 오쿠무라 말고 다른 사람이 따라오는 것도 아니었다.

마침내 엘리베이터가 도착했다는 소리가 나고 문이 열리자 한 남자가 나타났다. 그 남자는 오쿠무라를 보고 살짝 놀랐고, 오쿠무라도 예의를 갖추면서 말했다.

"안녕하십니까, 히지카타 차장님."

"히지카타? 설마……."

자기도 모르게 끼어든 준페이 쪽을 보며, 오쿠무라가 고개를 한 번 끄덕이고서 말했다.

"그래, 전에 말했었지. 카에데 군 아버님이 마도 갱생원 차장님이시라고. 그게 이분이야. 히지카타 가문 당주이자 검도 마법도 달인이신 히지카타 토시사부로 씨."

그 말을 듣고, 준페이는 토시사부로를 무례하다고 할 정도로 빤히 쳐다봤다. 토시사부로는 40대 초반의 키가 큰 남자로, 정장을 입고 있어도 근육질이라는 것을 알 수 있을 정도의 건장한 몸이었다. 하지만 얼굴이 약간 멍해 보이는 게, 많이 피곤해 보였다.

──카에데 선배하고는 거의 안 닮았네.

그 토시사부로가 준페이를 보면서 오쿠무라에게 말했다.

"오쿠무라 군. 이 아이가, 그……?"

"예, 그렇습니다. 지금부터 지하로 데려가려고 합니다."

"그렇군."

토시사부로는 그렇게만 말하고, 준페이에게는 한마디도 하지 않고 그 자리를 떠났다.

난 무시하는 건가── 준페이는 약간 상처를 받으면서도 오쿠무라와 함께 엘리베이터를 탔고, 그 엘리베이터가 아래쪽을 향해 움직이기 시작했을 때 입을 열었다.

"언제였더라, 카에데 선배가 말한 적이 있어요. 여름방학 동안 계속 기숙사에 있는 건 부모님과 사이가 안 좋기 때문이라고. 지금, 생각이 났어요."

"흐음, 그렇군. 뭐, 저 집안도 여러모로 문제가 있으니까."

문제란 뭘까. 마음에 걸리기는 했지만, 그 이상 물어볼 틈도 없이 엘리베이터가 지하 3층에 도착했고, 문이 열렸다. 그 앞에 있는 엘리베이터 홀에는 교도관 제복을 입은 체격이 좋은 남자가 기다리고 있었다는 것처럼 서 있었고, 오쿠무라가 그 남자에게 말했다.

"새로운 넘버즈를 데리고 왔습니다. 방으로 안내 부탁드리겠습니다."

그러자 교도관이 고개를 한 번 끄덕이고, 방향을 돌려서 안쪽 복도를 향해 걸어가기 시작했다. 오쿠무라가 그 사람을 따라가기 시작해서, 준페이 또한 그 뒤를 따라갈 수밖에 없었다.

왠지 모르게 조용하고 묵직한 공기 속에, 뚜벅뚜벅 발소리만이 울린다. 가만히 있으면 분위기에 압도당할 것 같아서, 준페이는 일부러 밝은 목소리를 지어내서 오쿠무라에게 물었다.

"저기요 선생님. 넘버즈라는 게 뭐죠?"

"오늘부터 너는 81번이다. 너한테는 이 번호를 기억해둬야 할 의무가 있고."

갑자기 무슨 소리인가 싶어서 어안이 벙벙해져 있는 중에 앞에서 걸어가던 교도관이 멈춰 섰고, 문 하나를 열었다. 준페이는 본능적으로 불길한 예감이 들어서 멈춰 섰지만, 오쿠무라가 조용히 팔을 잡고서 준페이를 방 안으로 데리고 들어갔다.

그곳은 창문도 없는 좁은 방이고, 침대와 세면대와 칸막이도 없는 좌식 변기가 하나 있을 뿐이었다.

"독방?"

"그렇게 보여도 어쩔 수 없다만, 엄밀히 따지자면 아니라고 해야겠지."

오쿠무라는 그렇게 말하고, 교도관에게 손짓으로 뭔가를 지시했다. 교도관이 나가고, 밖에서 문을 잠갔다. 준페이는 깜짝 놀랐지만, 오쿠무라는 계속해서 말했다.

"이치노세 군, 이 지하 3층은 마도 갱생원의 특별 갱생 시설이야. 당연한 얘기지만 우리 쪽으로 송치되는 애들도 참 다양하거든. 근본은 좋은 애들이 있는가 하면 손 쓸 도리가 없는 악동도 있지. 그런 반항적인 애들이나 이상한 위험 사상에 물든 애들은 통상적인 갱생 프로그램으로는 대응할 수 없어서 좀 더 특별한, 단호한 대응을 취해야 할 필요가 있지."

"그렇군요……."

준페이는 그렇게 말하면서 반걸음 뒤로 물러났다. 머릿속에서 불길함이 계속 경고를 보내고 있었다.

그런 준페이를, 오쿠무라가 차가운 눈으로 보면서 말했다.

"너를 메릴과 공감한, 위험한 사상의 소유자로 판정한다. 너는 여기서 특별 갱생 프로그램을 받아야 한다."

예상은 했지만, 실제로 그렇게 딱 잘라서 하는 말을 들었더니 너무 실망해서 눈앞이 새카매졌다.

"선생님, 믿어주세요! 제 말은 거짓말이 아니라고요! 사람을 노예로 만드는 마법이 존재해요! 메릴은 그걸 없애려고 하는 것뿐이고요!"

"응, 그건 나도 안다. 지배의 마법은 존재하지. 내가 마스터 트릭시한테 그걸 배웠으니까. 지금으로부터 10년 전에."

"……뭐라고요?"

오쿠무라를 설득하려고 입을 열었는데, 오쿠무라는 준페이의 예상과 전혀 다른 소리를 했다. 깜짝 놀라는 준페이를 보며, 오쿠무라가 웃었다.

"지배의 마법은 존재한다. 하지만 그것은 아주 좋은 마법이고, 그 마법을 소멸시키려 하는 메릴은 나쁜 놈이다. 그러니까 너도 갱생을 받아야만 한다."

준페이는 경악을 금치 못했다. 정신이 아득해져만 갔다.

"오쿠무라, 당신……."

"너한테는 말해주도록 하지. 나한테는 세 가지 얼굴이 있다. 하나는 마법학교 수학 교사. 또 하나는 마도 갱생원 직원. 마지막 하나는 노예 마법의 부활을 노리는 연구자다."

"바보 같은……!"

전혀 예상 밖의 인물이 나와 놀랐지만, 지금 생각해보면 메릴은 처음부터 마법학교 고등부에서 반지의 반응을 느꼈다고 했다. 콘도 선생님이 습격당했을 때도 오쿠무라는 현장에 있었다. 메릴은 경찰 관계자가 반지를 가지고 있는 게 아닐까 했지만, 마도 갱생원에서 마법학교로 파견 나온 오쿠무라는, 학교 관계자인 동시에 경찰 관계자이기도 했다.

모든 것이 이어졌다. 준페이는 오쿠무라를 향해서 소리쳤다.

"대체 무슨 생각이야! 마스터 트릭시 대신 세계정복이라도 할 셈이냐!"

"착각하지 마라. 내가 마스터 트릭시에게 물려받은 것은 연구뿐이다. 사상까지는 물려받지 않았어. 10년 전에 마스터 트릭시는 우리를 속이고 있었다. 인간이 마법사를 관리하기 위한 연구라고 했었는데, 실제로는 그 사람이 세상을 정복하려는 계획을 돕고 있었을 뿐이었지. 하지만 나는 아니다. 나는, 나처럼 마법의 힘이 없는 평범한 사람들이 마법사를 관리하기 위해, 오로지 그것만을 위해서 연구하고 있다."

"관리라니……."

"솔직히 말해서 내가 보기에 너희들은 괴물이나 다를 게 없어. 마음만 먹으면 주문을 한 번 외워서 도시 하나를 불태워버릴 수도 있는 위험한 생물이지. 그런데 그런 게 사슬도 없이 당당하게 시내를 활보하는 건 이상하지 않나. 너희들은 관리해 마땅한 존재다. 노예의 각인을 찍어서라도 말이야!"

"헛소리 집어쳐——!"

준페이는 오쿠무라를 향해서 몸통 박치기를 날렸다. 수갑으로 묶여 있어서 주먹으로 때릴 수는 없지만, 몸으로 부딪쳐서 쓰러트리는 정도는 할 수 있을 줄 알았다. 하지만 오쿠무라는 긴 다리로 준페이의 배를 걷어차 간단히 막아냈다. 준페이는 "커흑" 소리를 내면서 바닥에 쓰러졌다.

"이거 봐라. 야만적이잖아."

그렇게 투덜거리는 오쿠무라를 분하다는 눈으로 노려보면서, 준페이가 말했다.

"카에데 선배는, 마법사에게는 지켜야 할 의무와 책임이 있다고 했었어. 레드하트 브레이브도, 사회의 신뢰를 얻기 위해서 활동하고 있는 거잖아. 나도 이제야 겨우, 마법사로서의 첫걸음을, 내디뎠는데……!"

"아니, 믿을 수 없다. 마법사는 괴물이다. 관리해야 할 필요가 있다."

준페이는 오쿠무라가 벽처럼 느껴졌다. 마법사는 오쿠무라의 벽 바깥쪽에 있는 존재다. 그에게 무슨 말을 해도 소용없다.

──그렇게도 마법사가 무서운 거냐……!

무섭다! 괴물! 다가오지 마라! 우리가 사는 세상에서 꺼져라! 그런 취급을 받은 끝에 사람들을 미워하게 되고 세상을 버린 마법사의 이야기는 셀 수도 없다.

준페이는 그들이 맛봤던 것과 같은 고독을 느끼면서, 오쿠무라를 노려봤다.

"그게…… 네가 소속된 조직의 뜻인가?"

"조직? 무슨 소리지. 나는 개인이다. 뭐, 정확히 말하면 조수가 하나 있고, 마도 갱생원 직원이라는 입장을 이용해서 움직이고 있는 거지만. 어딘가의 조직원은 아니야."

"혼자? 혼자서 그런 짓을 꾸미고 있었다고?! 말도 안 돼! 마왕 유물도 없고, 마법사도 아닌 당신이, 어떻게 노예의 각인을 부활시킬 수 있지?!"

"잘 알고 있구나. 근데 미안하지만 나는 반지와 각인을 전부 가지고 있다."

"둘 다 있다고?"

"그래. 지배의 마법은 반지와 각인으로 구성된다. 그중에서 각인을 분석해서 어떤 마도구사에게 각인과 똑같은 작용을 하는 마도구를 만들게 했는데, 그게 바로 이거다."

오쿠무라는 그렇게 말하면서 정장 재킷 안주머니에서 아주 평범하게 생긴 검은 가죽으로 만든 목줄을 꺼내더니 자랑스럽게 보여줬다.

"이 목줄에는 노예의 각인이 복사되어 있지. 목줄을 찬 인간은 노예의 각인이 새겨진 자와 똑같은 상태가 된다. 참고로 이 목줄을 만들어준 마도구사(魔道具師)는 다른 녀석들과 똑같이 의식불명 상태로 만들어줬다. 볼 일도 다 봤고, 믿을 수도 없으니까."

"이 자식……!"

"근데, 이것도 결국은 복제니까 말이지. 진짜 각인처럼 육체에 직접 새기는 게 아니니까 목줄을 벗으면 그걸로 끝이라는 문제가 있어. 그래서 미리 누군가에게 이 목줄의 성능을 시험해봐야겠다 생각하고 있었는데, 그때 때마침 네가 굴러들어왔지. 그래, 널 갱생시킨다는 명목으로 이것저것 시험해보는 것도 재미있을 것 같군."

준페이는 자칫 노예 마법의 실험체 신세가 될 위기란 걸 깨닫자 공포와 분노가 뒤섞여 치솟기 시작했다. 준페이는 다리를 세우고 일어나면서 소리쳤다.

"웃기지 마!"

"이런, 내가 화나게 했나? 하지만 그 화도 금세 사라질 거야. 너는 내 꼭두각시가 될 테니까!"

오쿠무라는 실실 웃으면서 준페이의 어깨를 걷어찼다. 준페이는 허무하게 쓰러졌다. 수갑이 없었다면 이렇게 간단히 넘어지지는 않았을 텐데. 팔을 마음대로 움직일 수 없다는 이유만으로, 이렇게 몸의 균형을 잡기 힘들어질 줄은 몰랐다.

하지만 여기서 포기하면 꼼짝 없이 노예 신세다.

——말도 안 돼! 이런 데서 끝날 순 없어!

"빌어먹을!"

준페이가 진심으로 화가 나서 그렇게 소리친, 그 순간. 바깥쪽에서 벼락같은 요란한 소리가 나더니 문이 부서져 버렸고, 파란 기사 갑옷으로 무장한 금발의 여성이 뛰어 들어왔다.

"준페이 씨!"

"소니아!"

표정이 확 밝아지는 준페이와 얼어붙어 버린 오쿠무라 사이로 끼어든 소니아는, 손에 쥔 성검 오로라 스파크를 오쿠무라에게 겨누고서 말했다.

"지금 당장 그 목줄을 손에서 놓지 않으면, 오른손을 잘라버리겠습니다! 3, 2, 1!"

은색 섬광이 번쩍이고, 히익, 하는 소리를 낸 오쿠무라가 목줄을 버리고 뒤로 물러났다. 그리고 소니아는 바닥에 떨어진 목줄을 더러운 물건이라도 되는 양 노려보더니, 칼끝을 겨누고서 말했다.

"크림슨 파이어!"

그랬더니 공중에 붉은 열기의 구슬이 잔뜩 발생했고, 그곳에서 동시에 터져 나온 여러 줄기의 열선이 노예의 목줄을 태워서는 순식간에 재로 만들어버렸다. 오쿠무라는 입이 떡 벌어져서 그 모습을 지켜보고는 신음하는 것처럼 말했다.

"하, 하나밖에 없는 프로토타입이……!"

"어머나, 양산한 게 아니었나요? 그거 다행이군요, 정말 다행이에요. 호호호."

소니아가 고전적인 소리로 웃고 있을 때, 특촬 프로그램에 나오는 악의 여간부 같은 차림새를 한 은발에 보라색 눈동자의 소녀가 방 안으로 들어왔다. 피부 노출이 많고, 두 갈래로 갈라서 말아놓은 아방가르드한 머리 모양이 마치 악마의 뿔처럼 보였다.

"야호~ 준페이. 약속한 대로 구해주러 왔어. 타이밍 좋았지?"

"메릴! 저, 정말로 도와주러 왔구나……."

"당연하지. 소니아랑 둘이서 몰래 숨어들어왔고, 보안요원들을 제압하고 상황을 살피다가, 지금 한 이야기도 다 들었어. 메릴은 잠깐 들를 데가 있어서 소니아보다 늦게 왔지만, 정말로 왔다고?"

메릴이 그렇게 말하면서 V 사인을 해 보였을 때, 오쿠무라가 큭큭 하고 웃었다.

"이거 참, 메릴이 이치노세 군을 도와주러 올 가능성은 생각했었지만, 소니아 군까지 같이 온 건 예상 밖이군. 메릴과 한패였나? 그렇다면 이치노세 군을 이쪽으로 넘긴 것도, 처음부터 나를 낚기 위한 작전이었던 건가?"

그러자 소니아가 뚱한 목소리로 말했다.

"오쿠무라 선생님, 당신께는 상당히 실망했습니다. 마법사를 너무 두려워한 나머지 자신이 괴물이 되었군요. 10년 전 계획의 관계자들을 차례차례 습격한 것도 당신이죠?"

"글쎄, 그건 어떠려나."

애매하게 넘어가려는 것 같은 그 말과 전혀 미안한 기색이 없는 태도가 마음에 안 들었는지, 소니아가 살기를 내뿜으면서 오쿠무라에게 한 걸음 다가갔다.

"콘도 선생님을 공격한 건?"

"아, 그 친구한테는 좀 미안하게 됐지. 아무 관계도 없는데 병원 신세를 지게 해버렸어. 하지만 죽진 않았으니까 괜찮지 않겠어?"

"이게——!"

거기서 폭발하려던 소니아를 메릴이 말렸다.

"잠깐만. 메릴이 이 사람하고 할 얘기가 있으니까, 소니아는 준페이 수갑을 풀어줘."

그러자 소니아는 한숨을 한 번 크게 쉬어서 화를 식혔고, 몸을 돌려서 준페이 쪽으로 다가왔다. 그리고 칼을 한 번 휘둘러서 준페이의 손에 채워진 수갑의 사슬을 잘라버렸다.

"고, 고마워."

수갑이 이 정도로 몸의 자유를 빼앗을 줄은 몰랐다. 해방감을 맛보며 일어난 준페이는 소니아를 보면서 미소를 지었다.

"별말씀을."

수갑 사슬을 잘라줬을 뿐인데, 소니아는 아주 의기양양해 보였다. 한편, 메릴은 소니아와 교대해서 오쿠무라와 대치하고 있다. 오쿠무라는 메릴을 보자마자 얄밉다는 목소리로 말했다.

"오랜만이군, 메릴."

"응? 만난 적이 있었나?"

"……10년 전에, 네가 내 팔꿈치를 반대 방향으로 꺾어놨었잖아!"

"미안, 기억 안 나. 그나저나 너, 얼굴이랑 이름을 바꿨잖아. 그래서 찾느라고 한참 고생했단 말이야. 그런데 어떻게 알아보겠어?"

"아니, 이름은 바꿨지만, 성형수술은 안 했다. 다이어트만 했을 뿐이지."

오쿠무라의 그 말을 듣고, 메릴이 깜짝 놀랐다. 그런 메릴을, 준페이가 참 한심하다는 것처럼 쳐다보면서 말했다.

"저기 메릴, 너……."

"에헷."

귀엽게 혀를 살짝 내밀면서 그렇게 말한 메릴은, 어흠, 하고 헛기침을 한 번 하고 나서 다시 오쿠무라를 향해서 말했다.

"그것보다! 아까 준페이랑 한 얘기를 들어보니까, 넌 조직이 아니라 혼자서 활동한다고 했었지. 뭐 10년 전에 적대했던 자들은 물론이고 같이 활동했던 동료들까지 의식불명으로 만든 시점에서 다른 사람을 전혀 믿지 않는 것 같다고 프로파일링을 했지만 말이야? 그렇게 되면, 조금 이상한 부분이 나온단 말이지."

그 말에, 옆에서 듣고 있던 준페이가 고개를 갸웃거렸다.

"무슨 소리야, 메릴?"

"그러니까 말이야, Y를 비롯해 의식을 잃고 병원에서 잠들어 있는 사람들은 전부 마법에 당해서 그렇게 됐거든. 약물이 아니라 마법. 하지만 이 사람은 마법사가 아니야. 그렇다면 마법사가 아니라도 다룰 수 있는 마도구 같은 걸 가지고 있거나, 아니면——"

"마법사 동료가 있다는 뜻이겠죠."

소니아의 말을 들은 준페이는 헉, 하고 놀랐다.

"그러고 보니 조수가 한 명 있다고 했었는데."

"애초에 조직의 지원 없이 혼자 움직이고 있다는 말도 믿기 어렵습니다. 왜냐하면, 여기는 마도 갱생원이니까."

규탄하는 소니아에게, 오쿠무라가 실실 웃으면서 말했다.

"아니, 나 혼자인 건 사실이야. 그래서 사라진 마스터 트릭시의 연구 성과를 그러모으고, 옛날 일을 알고 있는 놈들의 입을 막고, 네가 태워버린 노예의 목줄을 완성하는 데 10년이나 걸렸지. 정말이지, 머릿속에 목줄의 데이터가 남아 있지 않았다면 너무 화가 나서 미쳐버릴 뻔했다니까. 그리고 이 마도 갱생원 말인데, 여기서 갱생 프로그램을 받는 애들을 실험체로 사용하려고 한 건 이번이 처음이야. 갱생원 전체가 나와 한패인 건 아니라고. 이 나라에서 그런 일을 하는 건 무리야."

"그게 사실이라면, 여기서 널 뚝뚝하고 해치우면 끝인데 말이야. 그런데 아직 메릴의 질문에 대답하지 않았잖아? 그 많은 사람의 의식을 어떻게 빼앗은 거야? 지금까지 죽은 사람은 없으니까, 얌전히 말해준다면 메릴도 조용히 끝내줄 수 있거든?"

그 말을 들은 오쿠무라는 말없이 어깨를 으쓱거렸다. 아무래도 말할 생각은 없는 것 같다. 준페이는 그렇게 생각하고 메릴에게 귀엣말을 했다.

"저기 메릴, 시간을 너무 끌면……."

"응, 경비원이 오겠지. 그러니까, 일단은, 이렇게!"

악의 여간부 차림새를 한 메릴이 팔을 휘두르자, 독방의 풍경이 일그러졌다. 메릴의 모습이 흐릿해지면서 셋으로 나뉘었고, 제각기 빨강, 초록, 파랑 세 가지 색이 됐나 싶더니, 마침내 다시 융합했다.

정신을 차려보니 준페이를 포함한 네 명은 독방이 아닌 다른 곳에 있었다. 어느샌가 정말 이상한 공간으로 전이한 것 같다. 하늘은 해가 저문 직후처럼 보라색이고, 대지는 파란 안개에 뒤덮여 있다. 주위는 광대하고 끝이 없는 것처럼 보이기도 하고, 너무나 좁은 것 같기도 했다.

"여, 여기는……"

"메릴의 신기한 결계『트와일라잇 존』이야. 아무도 들어올 수 없고, 누구도 볼 수 없고, 무슨 짓을 해도 괜찮은, 그런 편한 곳이지."

오늘은 이 마법을 쓰기 위해서 악의 여간부 같은 차림새로 나타난 건가.

"이젠 도망칠 수도 없거든? 그러니까 전부 털어놔. 그리고 그 반지도 넘겼으면 좋겠는데."

메릴이 그렇게 말했지만, 오쿠무라의 입가에서는 웃음이 사라지지 않았다. 그게 너무나 이상하다.

"……이상하군요. 어째서 그렇게 여유가 있는 거죠? 당신은 혼자서 이 안에 갇혔습니다. 게다가 이쪽에는 마법사가 세 명이나 있죠. 결과는 뻔합니다."

"후후후. 아까 말했지? 딱 한 사람 조수가 있다고. 그 조수가 참 우수하거든. 이치노세 군을 여기로 데리고 오기 전에 잠시 자리를 비웠지? 그때 조수와 연락을 취하고 왔어. 내 기적을 마법으로 찾아, 뭔가 이변이 발생하면 구출하러 오라고 말이야."

"그렇다고 해도 이 봉인 결계를 깨고 구출하러 올 수는……."

거기까지 말하고, 소니아가 헉, 하고 놀랐다.

"이 결계를 깨고 구해주러 올 거라고 생각하고 있군요! 그렇다면——!"

불문곡직하고 그렇게 만들 수 있다.

그 순간, 어두운 공간에 균열이 발생했다. 그것을 보고, 오쿠무라가 안도감과 승리의 희열이 섞인 얼굴로 입을 열었다.

"이미 늦었어."

오쿠무라는 실실 웃으면서 품에서 꺼낸 금색 반지를 왼손 약손가락에 끼웠다. 그것을 본 메릴의 눈이 휘둥그레졌다.

"찾았다! 골드 반지였구나~."

그 반지를 향해, 오쿠무라가 기도하는 것처럼 속삭였다.

"자, 난 여기에 있다. 빨리 와라. 그리고 날 지켜라!"

그리고 공간의 틈새가 점점 커지고, 그 틈을 통해서 바깥 풍경이 보였다. 준페이에게는 눈에 익은 광경이었다.

"아니?! 마법학교 고등부 건물이잖아! 왜 거기서……."

"공간을 가르고 결계를 깨트리다니…… 이건 차원 단열! 이단의 마법이에요!"

물질이 아닌 공간을 가른다. 그것은 절단 마법의 최상의, 이단의 영역까지 도달한 마법이다. 그리고 얼마 전에 그런 마법을 쓸 수 있다고 말했던 사람이 있었다.

'목검을 들면 금강석도 자를 수 있고, 사람의 육체를 통과해 상처 없이 의식만 끊을 수도 있지. 그리고 진검을 들면 공간조차도 갈라버릴 수 있다……고 하면, 믿겠나?'

그날 대화를 떠올린 준페이는 전율했다.

사람의 육체를 통과해 상처 없이 의식만 끊을 수도 있다.

——그건 한마디로 사람의 의식을 빼앗는 마법이라는 얘기잖아, 젠장!

얼어붙은 준페이 앞에서, 지금, 한 소녀가 공간의 틈새를 통해서 이 트와일라잇 존으로 들어왔다. 높이 올려서 묶은 검은색 머리카락도 학교 교복도 눈에 익은 것이지만, 지금은 오른손에 일본도를 들고 있었다. 준페이는 소녀를 보며 중얼거렸다.

"카에데 선배……!"

생각지도 못한 전개에 얼어붙은 준페이에게, 카에데가 쓸쓸해 보이는 얼굴로 말했다.

"장난이 지나쳤던 것 같구나, 준페이. 나와 저녁을 같이하자고 한 약속을 어겼다 싶었더니 이렇게 체포를 당했다니, 웃을 수도 없는 일이다."

"카에데, 선배, 어째서……!"

"어째서? 그건 내가 묻고 싶다. 아침부터 학교에 있었더니 오쿠무라 선생님께서 연락을 주셨다. 자신을 지켜달라고 말이야. 나는 레드 룸의 무기고에서 칼을 꺼냈고, 천리안 마법으로 선생님의 기적을 찾아서 쫓아왔다. 그런데 어째서…… 왜 나한테, 이런 일을 시키는 거지?"

그때, 메릴이 한 걸음 앞으로 나섰다. 그러자 카에데도 메릴을 보고는 예의 바르게 고개를 숙였다.

"오랜만에 뵙습니다, 메릴 공. 그때는 정말 큰 신세를 졌습니다."

"응. 메릴 인법으로 준페이 기억을 봤을 때 생각이 났어. 많이 컸구나."

"아, 아는 사이였어?"

그런 준페이의 질문은, 아마도 지금 이 자리에서 제일 얼빠진 소리였다고 해야겠지. 소니아는 일찌감치 모든 것을 눈치채고 있었다.

"그렇군요, 그랬던 건가요…….."

"그랬다니, 대체 뭐가 그랬다는 건데?"

"아직도 모르시겠나요? 10년 전, 마스터 트릭시에게 지배 마법 실험을 당한, 당시에 열 살 미만이었던 열 명의 소녀…… 그중 한 사람이, 카에데 선배였다는 얘기예요."

"뭐——!"

준페이는 놀라서 소리쳤지만, 그게 정답이었다. 그것 말고는 없다.

그리고 그건 오쿠무라가 반지를 이용해서 카에데를 지배하고 있다는 뜻이기도 했다.

준페이의 마음속에서 눈이 뒤집혀버릴 것만 같은 화가 치밀어 올라왔다.

"이 자식이——!"

"어이쿠, 너무 성급하게 굴지 말라고. 카에데가 내 조수 일을 하는 건, 어디까지나 본인의 의지니까."

"무슨 헛소리야!"

준페이가 화를 내면서 오쿠무라에게 달려들려고 했지만, 다른 사람도 아닌 카에데가 그 앞을 가로막았다.

"아니, 오쿠무라 선생님 말씀이 맞다. 나는 지배의 마법에 걸린 것이 아니다. 내 의지로 오쿠무라 선생님을 돕고, 이 몸에 새겨진 각인의 분석 작업에 협력하고 있다."

그건 카에데가 각인이 새겨진 열 명 중 한 명이라는 사실보다 더 준페이를 놀라게 했다.

"그게 무슨 말이죠?!"

"맞아요! 어째서 저런 자를, 그것도 하필 당신이 돕고 있는 거죠?!"

"물론 세계 평화를 위해, 크나큰 질서를 위해서다. 마법사가 위험하다는 의견은 지극히 당연하고, 마법사는 관리받는 게 당연하다고 생각하기 때문이다."

준페이가 뭐라고 차마 말이 나오질 않았다. 분명히 이 세계에는 마법사와 일반인이 싸워온 역사가 있다. 마법사가 사람들을 지배한 역사도 있었고, 사람들이 마법사를 박해하고 불태워 죽인 시대도 있었다. 괴롭히고 괴롭힘을 당하고 또 괴롭히고…… 그런 보복의 연쇄에 일단 종지부를 찍은 것이 제2차 세계대전이었다.

마법과 엎치락뒤치락하며 발전해왔던 과학과 병기가, 제2차 세계대전 중에 극에 달해버렸다. 그것을 본 마법사들은 이대로 마법과 과학이 계속 경쟁을 하다가는 언젠가 정말로 인류가 멸망할지도 모른다는 생각을 하기 시작했다. 결국 전 세계의 마법사가 『용감한 포기』라고 불리는 역사적 결단을 통해서 힘을 봉인하고, 지식을 공개하고, 일반인보다 많은 의무를 짊어지고 살아가게 됐다. 그런데도 카에데는 부족하다고 생각한단 말인가. 노예의 각인을 새겨서라도 관리해야 할 만큼?

"카에데 선배, 왜 그렇게까지……."

"엄마를 죽인 것 때문에, 그렇게 된 거야?"

메릴의 말은 준페이에게 한층 더 새로운 충격을 가져왔다.

카에데가 어두운 미소를 지으며 메릴을 쳐다봤다.

"……당신은 뭐든지 다 알고 있군요."

"그 당시에 열 명의 이력은 다 확인했었으니까."

준페이는 가슴이 짓뭉개는 것만 같은 기분이 들었다.

"카에데 선배, 그게 무슨……."

"뭐, 시시한 이야기다. 나는 특히 절단이라는 점에 있어서 특이한 재능을 지니고 태어났다. 손가락으로 그으면 뭐든지 자를 수있었다. 나무도, 돌도, 쇠도…… 그리고 어느 날, 어머니를 잘라버렸다."

거기서 카에데는 트와일라잇 존의 하늘을 올려다보며, 어두운 별을 찾는 것처럼 이야기하기 시작했다.

"사고였다. 하지만 그래도 어머니는 돌아가셨다. 아버지는 나를 때리고, 미워하고, 그리고 그 이상으로 두려워해서, 방에 가둬버렸다. 마스터 트릭시로부터 연락이 온 것은 그로부터 몇 년 뒤의 일이었다. 그리고 아버지가 직접 나를 그녀에게 넘겼지. 영원히 관리당해 마땅한, 부모를 죽인 자식이라고…… 그리고 나도 그것을 받아들였다. 내가 잘못했다. 아버지는 잘못하지 않았다. 그렇게 생각했다."

그렇게 말하고, 카에데는 위를 보던 고개를 내려서 메릴을 쳐다봤다.

"메릴 공. 10년 전, 싸움이 끝난 뒤에 골드 반지가 한 다스나 발견됐고, 당신은 그중에 하나를 레이더로 선택하고는 친구분에게 나머지 반지의 파기와 구출한 저희 열 명을 부탁한다는 말을 남기고 가버렸었지요. 그래서 당신은 몰랐겠지만, 그분은 골드 반지를 파기하지 않고 저희에게 하나씩 나눠줬습니다. 어째서인지 아시겠습니까?"

"아, 그렇구나. 상위 반지는 하위 반지의 명령을 무효로 할 수 있으니까. 골드 반지를 끼고 있으면 마스터 트릭시가 이 세상에 잔뜩 유출한 브론즈랑 실버 반지의 명령을 취소할 수 있겠네."

"예, 그렇습니다. 그리고 저는 아버지 곁으로 돌아가서 그 반지를 아버지께 바쳤습니다. 지금 오쿠무라 선생님이 가지고 있는 반지가 그겁니다. 즉, 저는 제가 원해서 오쿠무라 선생님께 협력하고 있습니다. 반지에 조종당해서 돕고 있는 게 아닙니다."

카에데의 고백을 들은 준페이는 아무 말도 할 수가 없었다. 그런 과거가 있었다면 어디선가 엇나갔어도 이상하지 않았다는 생각이 들었기 때문이다. 하지만 소니아는 그렇지 않았다.

"하지만, 그것 때문에 사람을…… 우리 학교 콘도 선생님을 당연하다는 것처럼 다치게 만든 악당에게 협력하다니, 제정신이 아니에요! 당신은 대체 무슨 생각으로 많은 사람의 의식을 빼앗고, 콘도 선생님에게 그렇게 큰 상처를 입힌 거죠!"

그러자 카에데가 불쾌하다는 것처럼 눈살을 찌푸렸다.

"지금 무슨 소리를 하는 건가?"

"잡아뗄 생각인가요? 마법으로 사람들을 의식불명으로 만든 것도, 콘도 선생님을 다치게 한 것도, 가능한 사람이 당신밖에 없지 않나요!"

"내가? 무슨 소리냐? 콘도 선생님께 중상을 입힌 건 메릴 공이겠지."

"아니야!"

준페이는 자기도 모르게 그렇게 소리쳤다. 귓가에 되살아난 것은 조금 전에 오쿠무라가 했던 말이다.

'아, 그 친구한테는 좀 미안하게 됐지. 아무 관계도 없는데 병원 신세를 지게 해버렸어. 하지만 죽진 않았으니까 괜찮지 않겠어?'

그래서 콘도 선생님을 병원에 실려 가게 만든 사람은 오쿠무라, 또는 오쿠무라의 명령을 받은 카에데라는 뜻이 된다. 하지만 준페이는 카에데가 그랬다고 믿고 싶지 않았기 때문에, 쥐어짜는 것 같은 목소리로 말했다.

"콘도 선생님을 다치게 한 건 메릴이 아니야. 그건 오쿠무라가 한 짓이라고……!"

그러자 카에데는 차가운 눈으로 준페이를 보면서 말했다.

"준페이, 그건 말도 안 된다. 오쿠무라 선생님은 그런 분이 아니다. 무엇보다 그때 나는 계속 오쿠무라 선생님과 같이 있었다. 콘도 선생님을 다치게 한 건 다른 사람이다."

그렇게 단언하는 카에데에게서는 한 점의 그늘도 찾아볼 수가 없었다. 이런 상황에서 거짓말을 할 사람이 아니다. 오쿠무라와 카에데는 계속 같이 있었다는 게 사실이다.

"그, 그럼 어떻게 된 거야······?"

준페이가 당황해서 그렇게 말했을 때, 메릴이 한숨을 쉬면서 오쿠무라에게 말했다.

"아저씨, 역시 반지의 힘을 썼구나?"

"글쎄다?"

그렇게 잡아떼는 오쿠무라를 뻔뻔하다는 것처럼 쳐다보고, 메릴이 다시 카에데 쪽을 봤다.

"카에데 너 말이야, 너는 지배의 마법이 뭐라고 생각해?"

"그야, 그것은 타인에게 자기 말을 듣게 하는 마법이 아닙니까. 그야 원치 않는 일도 명령할 수 있는 힘이니 노예 마법이라고 불러도 어쩔 수 있는 일이죠. 하지만 마법사가 잘못을 저지르면 강력한 힘이 있는 만큼 돌이킬 수 없는 일이 벌어질 위험도 커집니다. 그래서——"

"그런 얘기가 아니야. 카에데 너는 지배 마법의 힘이 육체에만 영향을 준다고 알고 있지? 억지로 자기 말을 듣게 하는, 육체만 조종하는 마법이라고."

그 지적을 들은 카에데는 눈이 휘둥그레졌고, 그건 준페이도 마찬가지였다.

"어, 아니었어? 노예로 만드는 마법은 보통 그런 거잖아?"

그러자 메릴은 천천히, 두 팔로 커다란 X 모양을 만들면서 말했다.

"예, 틀렸습니다~. 땡이에요~. 지배 마법의 진짜 무서운 점은

283

기억이나 의식, 정신까지 명령할 수 있다는 점입니다~. 잊어버리라고 하면 잊어버리고, 기억해내라고 하면 기억해내고, 존경하라고 하면 존경하고 사랑하라고 하면 사랑하게 돼요! 기억, 감정, 사고, 사상, 머릿속에 있는 것들을 전부 마음대로 바꿔버릴 수 있으니까 지배 마법이라고 하는 거야. 알았어?"

그 말들을 들은 카에데는 아무 말도 하지 못 했다. 한편 메릴은 기세를 타고, 이번에는 오쿠무라 쪽을 향해서 말했다.

"이걸로 다 알았어. 10년 전 계획의 관계자들이 의식불명이 된 건 카에데가 마법으로 의식을 절단했기 때문이네. 준페이네 학교 선생님이 중상을 입고 그게 메릴 탓이 된 건, 원거리에서 천리안으로 위치를 포착하고 공간을 뛰어넘어서 공격한 완전 범죄라고 해야겠지. 물론 전부 다 반지로 카에데한테 명령했고, 일이 끝난 뒤에는 기억을 지운 거야 메릴."

"거짓말이다!"

안색이 확 바뀌어서 그렇게 말한 사람은, 역시나 카에데였다. 카에데는 손에 들고 있는 칼을 부들부들 떨면서, 메릴을 사납게 노려보고 있다.

"오쿠무라 선생님이 반지를 가지고 계신 건, 내가 잘못을 저질렀을 때 바로잡아주시기 위한 것이다! 나를, 그런, 마치 다루기 편한 자객처럼, 부렸을 리가 없다!"

"카에데 선배."

준페이는 조용히 중얼거렸다. 고집스레 오쿠무라를 믿으려고 하는 그 모습은 순수하기까지 했다. 너무나 순수해서, 당사자인 오쿠무라까지 씁쓸하게 웃을 정도로.

"……이제 됐다, 카에데 군. 메릴과 일당들을 죽이고 끝내도록 하자."

"예?"

카에데가 허를 찔린 사람처럼 오쿠무라 쪽을 봤다. 오쿠무라는 그런 카에데를 똑바로 보면서 말했다.

"사실 나도 지금까지 사람을 죽이라는 명령을 내린 적은 없다. 옛날의 적도 동료도 의식을 빼앗는 데서 그쳤지. 하지만 메릴은 별개다. 살려둬서는 안 된다. 나머지 둘도 마찬가지다."

"……오쿠무라 선생님. 대체 무슨 말씀이십니까? 이해할 수가 없습니다."

눈동자가 떨리는 카에데를 보며 오쿠무라가 살짝 어깨를 으쓱 거렸다.

"뭐 솔직하게 말하자면, 메릴의 말이 거의 사실이라는 뜻이다. 네 안에 에이전트용 인격을 하나 따로 만들어서, 일을 시킬 때는 그쪽을 기동시켰다. 깨어나라, 메이플."

순간, 카에데의 기척이 달라졌다. 카에데가 천천히 준페이 일행을 향해 고개를 돌렸다. 카에데의 얼굴은 그야말로 무표정이었다. 마치 인형같이.

준페이는 손끝까지 부들부들 떨렸다.

"다른 인격이라고?"

"그냥 편의상 그렇게 부른 거지, 사실은 단순하게 명령을 수행하는 기계 같은 상태로 만들었을 뿐이다. 일종의 매크로 같은 거지. 매번 기억을 조작하는 것도 귀찮고, 기억의 어긋남이 축적되면 정신착란을 일으킬 가능성도 있으니까 말이야. 그래서 메이플이라는 다른 모드를 구축했지. 편리하잖아? 자, 메이플. 저 셋을 죽여라."

직후 무언가가 움직였지만, 준페이의 눈으로는 알아볼 수가 없었다. 준페이가 유일하게 본 건 엄청난 소리와 함께 소니아가 준페이를 감싸면서 방패로 카에데의 칼날을 막아내는 장면이었다.

오쿠무라의 눈이 휘둥그레졌다.

"카에데가 베지 못하다니!"

"용사의 후손을 얕보지 마시죠. 그녀가 공간까지 베어낸다면, 공간을 비틀어서 막아내면 될 뿐입니다!"

그리고 소니아가 방패로 카에데를 떠밀었고, 오른손에 쥔 성검 오로라 스파크로 찌르기를 날렸다. 카에데는 그 공격을 가볍게 피했다. 하지만, 만약에 피하지 않았다면 어떻게 됐을까?

거기서부터 카에데와 소니는 서로 검을 주고받는, 준페이로서는 도저히 이해할 수 없는 고차원적인 공방으로 들어갔다. 양쪽 모두 틀림없는 진검을 휘두르고 있다. 무슨 일이 생기기 전에 대처해야만 했다. 준페이는 황급히 메릴에게 물었다.

"이봐, 메릴! 분명히 상위 반지는 하위 반지의 명령을 무효로 만들 수 있다고 했지?"

"응. 하지만 메릴의 반지는 골드, 저쪽 반지도 골드, 한마디로 똑같은 권한이야. 그럼 명령을 덮어쓰기 싸움이 되겠지."

"그럼 어떻게 하자는 거야!"

"음…… 메릴한테 생각이 있기는 한데, 소니아, 그러니까 말이야, 어떻게든 카에데의 움직임을 멈추게 해줄 수 있을까?"

그러자 소니아가 카에데를 찌르기로 견제하면서 빠르게 말했다.

"안 될 것 같은데요! 시간을 끄는 것도, 오래 못 가요! 이대로 있다간 위험해지기 전에 제가 먼저 저질러버릴 수도…….."

"뭐라고!"

준페이는 자기도 모르게 소리를 질렀다. 카에데의 피도 소니아의 피도 보고 싶지 않았다.

"메릴, 너라면 어떻게든 할 수 있지 않아?"

"메릴, 입는 옷에 따라서 사용하는 마법이 달라지는 타입이니까, 지금 옷을 갈아입으면 트와일라잇 존도 해제돼. 그러면 마도갱생원 지하로 돌아가게 되고, 경찰 지원 부대 들이닥칠걸?"

"진짜 쓸모없네!"

"그러니까 준페이가 해."

"뭐?"

"메릴이 쓸모없으면 준페이는 쓸모 있는 거잖아? 그러니까 카에데의 움직임을 멈추게 해줘, 파이팅!"

——이런, 내 무덤을 팠네.

그렇게 생각하기는 했지만, 이 상황에서는 두 사람을 위해서라도, 자신이 어떻게든 하는 수밖에 없었다.

"움직임만 멈추면 되는 거지?"

"응!"

그렇게 말한 메릴에게 등을 돌리고, 준페이는 카에데와 소니아 쪽을 향해서 걸어갔다. 회오리바람 속으로 뛰어 들어가는 것처럼 무섭지만, 여기서 겁을 먹으면 평생 후회할 것이다.

——하지만 어떻게 해야 하지? 내가 할 수 있는 건 에로 마법밖에 없는데. 클로스 브레이크로 알몸을 만든다고 해도, 저렇게 로봇처럼 돼버린 카에데 선배는 창피한 것도 모를 텐데 말이야.

그러자 그런 준페이의 마음을 읽은 것처럼, 소니아가 외쳤다.

"준페이 씨! 움직임을 멈추려면 그걸 쓰세요! 제가 그랬듯!"

"그걸? 통하려나?"

"저를 믿으세요."

그때 준페이 쪽으로 시선을 돌린 게 실수였는지, 카에데가 장타로 소니아의 턱을 때렸다. 생각지도 못한 타격에 뇌가 흔들렸는지, 소니아가 "크힉!" 소리와 함께 한쪽 무릎을 꿇었다. 그리고 카에데가 칼을 치켜들었다. 더 망설일 시간은 없다.

——기회는 더 없다. 단 한 방에 성공해야 한다!

준페이는 낙제생 취급받던 때와는 비교도 안 될 만큼 빠른 속도로 마력을 끌어올렸고, 이미지를 떠올리고, 카에데를 향해서 오른손을 뻗었다.

"오버 필링!"

그리고 준페이의 오른손에서 뿜어져 나온 빛의 파동이 카에데에게 쏟아졌다. 그러자 호쾌하면서도 유려한 칼 놀림이 크게 일그러지고, 칼은 소니아에게서 크게 벗어나 허공을 가르고 말았다. 게다가 카에데는 칼을 떨어트릴 뻔하면서 한 걸음, 두 걸음 후퇴했다.

"히익! 으, 아악!"

아무리 기계 같은 다른 인격이 됐다고 해도 피부의 감각이 사라진 건 아니다. 오버 필링으로 온몸의 감각이 너무나 예민해져 버린 카에데는 몸을 움직일 때 발생하는 공기 저항 때문에 엄청난 쾌감을 느끼게 됐고, 더는 몸을 제대로 움직일 수도 없었다.

"지금!"

그리고 한쪽 무릎을 꿇고 있던 소니아가 일어서서, 방패 테두리로 카에데의 옆구리를 후려쳤다. 움찔움찔 경련하면서 쓰러진 카에데에게, 이번에는 메릴이 달려들었다.

"3연타!"

그리고 메릴은 자신의 오른손 중지에 끼고 있던 반지를 재빨리 빼서는, 카에데의 왼손 약지에 억지로 끼워버렸다.

"성공!"

메릴이 소리를 지르자마자 카에데의 얼굴에 표정이 돌아왔다. 메이플에서 카에데로 돌아온 것이다.

오버 필링부터 거기까지, 그야말로 눈 깜박할 사이였다. 오쿠무라는 무슨 일이 일어났는지도 제대로 파악하지 못한 것 같았다.

"뭐야! 무슨 짓을 한 거야! 아니, 그건……!"

"반지를 끼워서 동급 이하 반지의 명령을 취소할 수 있어 메릴. 이걸로 카에데는 제정신으로 돌아올 거야."

"메릴 양!"

카에데의 손이 검에 가는 순간 소니아의 경고가 날아왔고 메릴이 토끼처럼 펄쩍 뛰어 카에데의 공격을 피했다. 그야말로 눈 깜빡할 순간이었다. 빙글, 공중제비를 돈 메릴이 준페이 옆에 착지했다.

"으아, 깜짝이야."

준페이에게는 그런 메릴에게 뭐라고 말해줄 여유도 없었다. 아직 오버 필링의 여운이 남아 있는 건지, 카에데는 얼굴이 새빨개진 채로 거칠게 숨을 쉬면서 괴로워하고 있다.

"어떻게 된 거야. 제정신으로 돌아온 게 아니었어?"

"음~ 반지가 같은 급이니까, 명령과 그걸 취소하는 힘이 부딪치고 있는 게 아닐까. 그렇다면, 남은 건 본인의 의지인데……."

"근데?"

"원래 마법사는 관리돼야 한다는 사상을 가진 아이니까……."

"젠장……."

한편, 오쿠무라는 카에데의 태도를 보고 다시 여유를 되찾았다.

"좋다! 메이플, 아니 카에데 군! 내 목소리를 들어라!"

그러자 카에데가 오쿠무라 쪽을 봤다. 카에데는 너무나 괴로워하는 눈빛으로 물었다.

"선생님, 어째서…… 제게 사람을 해치라고 시킨 겁니까?"

"금방 잊게 해줄게. 자, 그 반지를 빼서 나한테 다오."

오쿠무라는 그렇게 말하면서 자기 반지로 명령을 내렸지만, 카에데가 끼고 있는 메릴의 반지가 그 명령과 충돌하고 있었다. 카에데는 두 개의 반지 사이에서 흔들렸다.

"대답해 주십시오. 어째서……!"

카에데가 거듭해서 묻자, 오쿠무라는 표정이 돌변했고, 노골적으로 화를 냈다.

"믿을 수 없기 때문이다! 누구도! 마스터 트릭시는 계획을 너무 크게 벌였다가 실패했다. 지배의 마법에 대해 알고 있는 사람은 적으면 적을수록 좋아! 아주 극소수만이 조용히 사용해야 한다. 그래서 옛적 적과 동료들을 퇴장시켰지! 그걸 한 건 너다! 네가 그들의 의식을 베어서, 죽음과도 같은 잠에 들게 했어!"

오쿠무라의 말은 칼날처럼 날카롭게 날아와 카에데의 가슴을 후벼 팠다. 카에데는 괴로워하며 신음을 냈다. 그런 카에데를 보며, 오쿠무라는 또 태도가 돌변해서는 당근과 채찍을 구분해서 사용하기라도 하는 것처럼 상냥한 미소를 지으며 말했다.

"하지만, 내가 명령한 일이다. 너는 아무런 잘못도 없어."

"선생님……."

"네가 저지른 일에 대한 책임은, 전부 내가 지겠다. 내게로 돌아오렴."

카에데가 한 걸음, 오쿠무라 쪽으로 다가갔을 때였다. 그 모습을 본 소니아가 바로 살기를 발산했지만, 메릴이 그런 소니아의 팔을 붙잡았다.

"메릴 양?!"

"잠깐만."

메릴은 소니아의 팔을 움켜쥔 채로 카에데 뒤쪽에 서 있는 사람을 보고 있었다. 준페이가, 고뇌 때문에 빛나는 눈으로 카에데의 등을 바라보고 있다.

"정말 그래도 되는 건가요?"

오쿠무라 쪽으로 가려던 카에데가 발을 멈추고 준페이 쪽을 돌아봤다. 아니, 돌아봐 줬다. 지금이 카에데를 반지의 지배에서 해방할 중요한 고비다. 준페이는 그렇게 생각하고, 자기 마음을 있는 그대로 전하겠다는 생각으로, 숨을 크게 들이쉬었다.

"마법사에게는 큰 힘이 있으니까 의무와 책임이 따르는 거라고, 그러니까 열심히 하라고, 저한테 실컷 잔소리했잖아요. 그런데 대체 이게 무슨 꼴이에요?"

"준페이……."

"마법사를 관리해요? 그게 사회를 위해서 짊어져야 하는 의무와 책임인가요? 근데 그건 이상하군요. 이 일은 다른 사람이 시켜서 저지른 일이라 모든 책임은 명령한 놈에게 있고, 일을 저지른 본인은 기억을 지워서 사람을 다치게 한 것까지 모두 잊고 지내겠다니, 제일 무책임한 사람이 누굽니까!"

"하지만, 어머니가……."

"어머니는 상관없어요!"

준페이가 소리를 지르자 카에데가 겁을 먹은 것처럼 움찔했다.

자기 손으로 부모를 해쳤다는 게 어떤 일인지는 상상조차 할 수 없다. 하지만 거기서 좌절하고 있다고 달라지는 건 없다. 죄를 짊어지고 자신을 책망한 끝에 자신을 타인에게 맡기겠다니, 그건 살아있는 것조차 아니다. 그냥 도망치고 있을 뿐이다.

"전 싫어요. 근성 그 자체라고 생각했던 선배가, 사실은 근성이라고는 하나도 없는 사람이라니."

준페이가 웃으면서 그렇게 말했더니 카에데의 눈이 휘둥그레졌고, 그리고는 슬쩍 미소를 지었다.

"근성이 없다…… 그렇군, 그건 나도, 싫다."

"그렇죠?"

"하지만……."

카에데는 계속 손에 쥐고 있던 칼을 두 손으로 잡더니, 그것을 어깨에 얹고서 자기 목에 가져다 댔다.

"카에데 선배!"

"나도 모르는 사이에 대체 몇 명이나 되는 사람들을 다치게 했을까. 많은 사람이 몇 년이나 의식불명이라니, 이 죗값은 대체 어떻게 치러야 하지? 콘도 선생님께도 큰 상처를 입히고 말았다. 난 솔직히 이 방법밖에 생각나지 않는군. 준페이. 너는 이것도 근성이 없다고 할 텐가?"

"책임을 지는 건 좋습니다. 하지만 그건 안 돼요. 잘못된 결론이라고요. 제가 싫어요."

준페이가 그렇게 말하면서 다가가자 카에데는 어린아이처럼 고개를 저었다. 하지만 준페이는 그러거나 말거나 계속 다가가서 카에데의 오른팔을 붙잡았다. 그 순간, 카에데의 뺨에 눈물이 흘렀다.

"나는, 도저히 이 업을 지고 살아갈 자신이 없다."

"제가 있는 힘껏 도와줄게요."

준페이는 그대로 기세를 타고 마치 약속이라도 나누는 것처럼 자기 입술로 카에데의 입술을 살짝 건드렸다. 마치 새가 부리로 살짝 쪼는 듯한 키스였다.

카에데는 눈이 휘둥그레졌고, 그리고는 웃으면서 왼손으로 준페이를 떠밀더니,

"감히, 내 입술을 빼앗았겠다."

그렇게 말하면서, 재빨리 두 손으로 쥔 칼을 내리쳤다. 마치 준페이를 향해 검을 휘두른 것 같았지만 검은 공간을 넘어, 오쿠무라의 왼손 약지에 있던 반지를 베어버렸다.

공간을 일그러트려서 상처 없이 반지만 베어버린 것이다.

정확히 두 토막이 난 금색 반지가 바닥에 떨어졌을 때, 오쿠무라는 그제야 그 사실을 알아차리고 자기 오른손을 얼굴 앞으로 들어 올렸다.

"무! 무! 무슨!"

오쿠무라가 갈라진 반지를 보고 절규하자 카에데가 아쉽다는

표정으로 뒤돌아서며 말했다.

"안녕히, 오쿠무라 선생님……."

"왜냐!"

그렇게 소리를 지른 오쿠무라의 머리를, 뒤쪽에서 뻗어온 작은 손이 움켜쥐었다. 메릴이었다.

"자, 움직이지 말고."

"뭐야! 메릴! 놔라, 이 마녀가!"

오쿠무라가 겁에 질린 목소리로 날카롭게 소리치며 메릴의 팔을 붙잡고 어떻게든 손을 풀려 했지만, 메릴은 꿈쩍도 하지 않았다.

"우와 정말 잘 됐다. 아주 깔끔하게 해결됐네. 이제 남은 건 너 하나뿐이야. 괜찮아, 안심해. 죽이지는 않을 테니까. 하지만 이 의상으로 쓸 수 있는 또 한 가지 마법으로, 기억과 지식은 망가트릴 거야."

"으아……."

준페이는 자기도 모르게 그런 소리를 냈다. 카에데는 눈을 감아서, 더는 오쿠무라를 보지 않았다. 소니아는 무표정한 얼굴이었다. 그리고 악의 조직 여간부 같은 의상을 입은 메릴이, 입술을 일그러트리면서 웃었다.

"사이코 루인!"

눈부시게 빛나는 마력 파동이 정화의 벼락으로 변했고, 오쿠무라의 머릿속을 새하얗게 물들여버렸다.

◇

트와일라잇 존이 해제되자, 준페이 일행은 마도 갱생원 지하에
있는 독방으로 돌아와 있었다. 오쿠무라는 무릎을 꿇고 고개를
숙이고 있고, 멍한 얼굴로 뭔가를 중얼거리고 있었다. 준페이는
문득 불안한 기분이 들었다.

"저기, 그 사람 괜찮은 거야?"

"응, 괜찮아, 아주 괜찮아. 얘는 지금 기억을 정리하고 있어. 뇌
가 자동으로 잃어버린 기억의 앞뒤를 맞추고 있는 거야. 그게 끝
나면 제정신으로 돌아올 거야. 그보다……."

메릴이 소니아가 부숴버린 독방 문 쪽을 봤다. 언제부터 있었
던 걸까, 거기에 한 남자가 서 있었다. 그 모습을 보고, 준페이는
깊은 분노 때문에 온몸의 피가 끓어오르는 기분을 맛봤다.

"당신은……."

"아버님."

카에데가 말한 대로, 그 사람은 카에데의 아버지이자 이 마도
갱생원의 차장인 히지카타 토시사부로였다.

아까 엘리베이터 앞에서 마주쳤던 이 사람이 왜 여기에 있지?
아니, 그것보다 그 사람이 카에데에게 한 짓 때문에 화가 나서 참
을 수가 없다.

준페이가 주먹을 쥐자 소니아가 재빨리 붙잡아서 말렸다.

"진정하세요. 일단 이야기를 들어보죠. 당신, 어째서 여기에?"

"거기 있는 마녀가 불렀기 때문이라네."

토시사부로가 마녀라고 부른 메릴이 고개를 한 번 끄덕인 뒤에 말했다.

"소니아가 준페이를 구하러 뛰쳐나간 다음에, 메릴이 잠깐 들러서 얘기를 해줬어. 여기 높은 사람이고, 여러 의미로 관계자니까, 뒤처리를 부탁할까 싶어서."

"잠깐만 메릴. 뭐가 뒤처리라는 건데? 어쩌면 이 사람이 흑막일 수도 있는 상황이라고. 솔직히 그렇잖아? 이 사람은 반지에 대해서 알고 있고, 오쿠무라의 상사이기도 하고……."

"뭔가 오해가 있는 것 같군. 먼저 정보를 확인하겠네. 그리고 오쿠무라 군은 대체 어떻게 된 거지? 자네들, 이 친구에게 무슨 짓을 한 건가?"

준페이는 토시사부로를 분노가 담긴 눈으로 노려봤지만, 소니아가 손을 꼭 잡고 있어서 마음대로 덤벼들 수도 없었다.

그러는 사이에 메릴이 일련의 사건에 관해 설명하기 시작했고, 거기에 대답하는 토시사부로의 반응을 살피는 사이에, 짜증이 나기는 하지만 아무래도 이 사람은 결백한 것 같다는 사실을 알게 됐다.

마침내 메릴의 이야기가 끝나고, 어떻게 된 사태인지 이해한 토시사부로가 깊고 깊은 한숨을 쉬었다.

"마녀 메릴이 전파를 해킹했을 때 한 이야기를 듣고서 혹시나 하고 생각하기는 했는데, 설마 오쿠무라 군이 정말로 그런 짓을 했을 줄이야……."

그 남의 일처럼 말하는 태도를 보고, 준페이는 더는 가만히 있을 수가 없었다. 아까부터 눈을 감은 채 아무 말도 없는 카에데를 위해서라도, 자신이 말해야겠다고 생각해서 소리를 질렀다.

"이봐! 당신, 거짓말하지 말라고! 어째서 하나도 몰랐다는 듯이 구는 건데! 당신은 10년 전에 카에데 씨를, 자기 딸을 마스터 트릭시한테 넘겼잖아! 그 뒤에 노예의 각인이 새겨진 카에데 선배가 돌아왔고, 당신은 카에데 선배가 준 지배의 반지를 받았지. 그런데 그 반지를 오쿠무라가 가지고 있었어. 그건 대체 왜지? 대답해봐!"

그러자 토시사부로는 몇 초 동안 침묵한 뒤에, 무겁게 입을 열었다.

"10년 전에…… 오쿠무라 군이 나한테 말했다네. 자신은 마스터 트릭시한테 속아서 사악한 음모에 가담하고 말았다. 그 죗값을 치르고 싶다. 반지와 카에데를 내게 맡겨줬으면 한다. 카에데가 잘못을 저지르지 않도록, 자신이 올바른 길로 이끌어주겠다고."

준페이의 손을 잡은 소니아의 손에 힘이 들어갔다.

"그 말을 믿으셨다는 건가요?"

"아니, 오쿠무라 군이 거짓말을 하고 있다는 건 그 자리에서 알아챘다. 그는 틀림없이, 반지와 각인을 분석해서 지배 마법을 계속 연구하려고 했겠지."

"그, 그걸 알면서, 대체 왜!"

화가 나서 그렇게 소리 지른 카에데에게, 토시사부로가 차갑게 말했다.

"그래도 좋다고 생각했기 때문이지. 그래서 나는 그를 믿는 척하면서 카에데가 준 반지를 오쿠무라 군에게 맡겼다. 하지만 분명히 말해두는데, 그가 사실은 무슨 생각을 했는지, 이 10년 동안 뭘 해왔는지, 나는 확인하지 않았다. 아까 말한 것도 그 시점에서는 내 추측에 불과했고. 하지만 그게 실수였다. 설마 카에데를 암살자처럼 이용해서 죄 없는 사람들을 다치게 했을 줄이야. 정말로 큰 실수다. 그저 미안할 따름이다……."

그 목소리에 너무나 애절한 기색이 담겨 있었기에, 준페이는 화가 나는 만큼의 당혹감을 동시에 느꼈다.

"왜 당신이 탄식하고 있는 건데! 그렇다면 그런 일이 일어나지 않게, 당신이 아버지로서, 딸을 잘 지켜봤어야 했잖아! 그런데, 왜! 대체 왜……."

너무나 답답해서, 꼴사납게도 눈물이 한 방울 흘러내렸다. 그런 준페이와 손을 잡은 채로, 소니아가 말했다.

"그렇군요, 이해했어요. 대단한 일도 아닙니다. 당신은 아버지의 책임을 포기한 거예요. 딸이, 카에데 선배가, 무서웠기 때문이겠죠."

그러자 토시사부로는 놀라서 눈을 크게 떴고, 그리고는 포기한 것처럼 울음 섞인 미소를 지으며 말했다.

"어린 딸이 사고로 아내를 죽였을 때, 내 기분이 어땠을 것 같나? 나는 이 아이가 괴물처럼 보였다! 이 아이가 태어난 사실을 없었던 일로 해버리고 싶었다! 방에 가두고, 존재를 잊어버리려고 했다! 마스터 트릭시가 어디선가 카에데의 이야기를 듣고서 그 아이를 자기한테 넘기라고 타진했을 때도, 그가 이상한 계획을 꾸미고 있다는 걸 알면서도, 그저 이 아이를 내 눈앞에서 치울 수만 있다면 좋겠다 싶어서 기꺼이 넘겨버렸다! 아니나 다를까 마스터 트릭시는 멀쩡한 사람이 아니었지."

그는 피눈물이 흐르는 것 같은 절규를 토해내더니, 토시사부로는 처음으로 카에데를 똑바로 바라봤다.

"카에데, 나를 봐라."

그러자 아까부터 계속 고래를 숙이고 있던 카에데도 고개를 들었고, 자기 아버지를 정면으로 마주 봤다.

"아버님⋯⋯."

"네 친구 말대로다. 나는 아버지이길 포기했다. 나는 네가 무서워서 너에 관한 모든 책임을 마스터 트릭시와 오쿠무라 군에게 떠넘겼지. 그리고 둘 다 실패해버렸다. 여기까지 왔으니, 나도 더는 도망치지 않겠다."

그렇게 말하고, 토시사부로는 정장 안주머니에서 종이를 한 장 꺼냈다. 부적이다. 토시사부로가 그 부적을 꽉 쥐자, 그 손에 일본도 한 자루가 나타났다. 마력으로 구축한 게 아니라 부적 속에 넣어 두었던 거다.

그 칼을 뽑으며 토시사부로가 담담하게 말했다.

"그때, 네가 네 엄마를 죽였을 때, 나는 너를 죽이고 나도 죽어야 했다. 그걸 지금 하자. 도망친 길을 되돌아가고, 버린 것을 다시 줍고, 너 같은 것을 이 세상에 나오게 만든 책임을 지겠다. 그것이 내가 아비로서 할 수 있는 마지막 일이다."

그리고 토시사부로가 던진 칼집이 바닥에 떨어지는 소리를 들은 순간, 준페이는 자기도 모르게 소리를 질렀다.

"이 자식이! 카에데 선배를 팔아놓고 인제 와서 그딴 식으로 아버지 행사를 하겠다는 거냐?! 웃기지 마! 아버지 행세를 하고 싶으면 엎드려 사과하라고!"

하지만 토시사부로는 준페이 쪽을 보지 않았다. 칼을 쥐고, 카에데만을 바라보고 있다.

"안 들려?! 사과하라고!"

"준페이, 물러나라."

분한 마음에 소리를 지르고 있는 준페이에게, 카에데가 그렇게 말했다.

"카에데 선배……!"

"고맙다. 하지만 내게 맡겨다오."

카에데는 확고히 선을 그었다. 더는 누구도 끼어들 수가 없었다.

그리고 부녀가 대치했다. 토시사부로는 어둡고 차가운 눈빛으로, 카에데를 향해 한 걸음 다가갔다. 카에데는 그런 아버지에게 조용히, 당당하게 말했다.

"아버지 말씀대로입니다. 모든 건 전부 어머니를 이 손으로 해친 제 잘못입니다. 오늘, 이 순간까지도 그렇게 생각하며 살아왔습니다."

순간, 준페이는 카에데가 얌전히, 아버지의 손에 죽는 쪽을 선택했다고 생각했다. 하지만 카에데는 온몸에 무시무시한 기운이 감돌면서, 쥐고 있던 칼을 아버지 쪽으로 겨눴다.

"하지만 저도 이제는 어린애가 아닙니다. 제가 저지른 일의 책임은 제가 지겠습니다!"

"아비의 말을 거스르겠다는 거냐."

"죽으라고 하신다면 거스르겠습니다. 저는 살 겁니다. 제 뒤에는 저를 지탱해주는 사람들이 있으니, 설령 아버님이 상대라고 해도 지지 않습니다."

싸움은 이미 시작돼 있었다. 아직 서로 마주 본 채로 움직이지 않았지만, 서로의 전의가 눈에 보이지 않는 칼날이 돼서 부딪치고, 정신이 격렬한 불꽃을 발산하고 있었다.

먼저 토시사부로가 움직였다. 그것을 보고 카에데도 앞으로 나섰다. 두 사람은 엇갈리면서 칼을 휘둘렀고, 어둠을 가르는 토시사부로의 칼과 어둠을 걷어버리는 카에데의 칼이 힘을 겨뤘다. 그리고.

"꺄으악?!"

부러진 칼 끝부분이 발밑으로 날아오자, 깜짝 놀란 메릴이 준페이를 끌어안았다. 준페이는 메릴의 몸이 부드럽다고 생각했지만, 시선과 의식은 카에데 쪽으로 향하고 있었다. 카에데의 칼은 아름다운 곡선을 그리면서 초승달처럼 빛났고, 한편, 토시사부로의 칼은 날이 중간에서 부러져 있었다.

"칼이 부러졌군……."

토시사부로가 부러진 칼을 보면서 힘없이 말했지만, 카에데는 아무런 대답도 하지 않았다. 칼을 휘두른 순간에 엇갈려 지나간 부녀는 서로 등을 돌리고, 반대 방향을 보며 서 있었다.

"카에데, 앞으로는 네 마음대로 살아라. 나는 너한테, 아무것도 해줄 수가 없다."

"……안녕히!"

카에데는 온몸으로 그렇게 말하고, 칼로 자신의 눈앞을 가로로 그었다. 그러자 허공에 틈이 생기고, 그 틈을 통해서 바람이 불어왔다. 아무래도 공간을 갈라서 어딘가 바깥쪽으로 이어진 통로를 만든 것 같다. 그리고 카에데가 그 틈새 속으로 뛰어 들어갔다.

그러면서 눈물의 빛이 흩어졌고, 그것을 놓치지 않고 본 준페이는 자신에게 매달려 있는 메릴을 밀쳐내고는 카에데를 쫓아 뛰어가려고 했다. 하지만 토시사부로 앞에서 발을 멈췄다. 그리고 잠시 망설인 뒤에, 토시사부로의 얼굴을 있는 힘껏 후려쳤다. 좋은 소리가 울렸고 그만큼 자신의 주먹도 아팠지만, 그 아픔을 참으면서, 얼굴을 때린 오른손 손가락으로 토시사부로를 가리키면서 말했다.

"언젠가 꼭, 카에데 선배한테 사과하라고!"

그리고 준페이는 이번에야말로, 카에데를 쫓아서 차원의 틈새로 뛰어들었다.

"뒤처리, 잘 부탁합니다. 준페이 씨의 석방 절차도 해주시고요."

"여러모로 책임져 줘. 바이바이~."

소니아와 메릴도 토시사부로에게 그렇게 말하고, 카에데와 준페이를 따라서 틈새 속으로 들어갔다. 그리고 틈새가 닫히고, 독방에는 토시사부로와 오쿠무라만이 남았다.

◇

공간의 틈새를 빠져나오니, 파도가 밀려오는 모래사장이 눈에 들어왔다. 다른 사람들은 없지만, 이 시간에 태양이 바다 쪽에 보인다는 건, 태평양 쪽 어딘가에 있는 바닷가라는 뜻이겠지.

카에데는 혼자서, 파도가 밀려오는 물가에 가만히 서 있었다.

"카에데 선배!"

준페이가 바닷바람을 거스르며 카에데 뒤쪽까지 뛰어갔더니, 카에데는 바람 때문에 흐트러진 머리카락을 손으로 누르면서 뒤를 돌아봤다. 뺨에 눈물 자국이 있다. 준페이는 뭔가 말을 하려고 했지만, 아무 말도 나오지 않았다. 무슨 말을 해도 달래줄 수 없을 것 같았다. 격려해준다고 해서, 슬픔을 달래줄 수 있을까.

그렇게 결국 입을 다물고 있자, 카에데가 먼저 입을 열었다.

"슬픈 일이 있을 때는 바다를 보러 오는 게 좋다. 커다란 바다를 보고 있으면 슬픔이 사소한 일 같아지거든…… 예전에, 아버

305

님이 내게 가르쳐주신 것이다."

거기서 카에데는 칼을 모래 위에 떨어트리고, 오른손을 준페이 쪽으로 내밀었다.

"날 따라와 줘서 고맙다. 네가 따라와 주어 기쁘다."

그 얼굴을 보고, 준페이는 충동적으로 카에데를 자기 품으로 잡아당겨서 끌어안았다. 그냥 이대로, 놓아주고 싶지 않다는 생각까지 들었다. 하지만 밀려오는 파도 소리와 두 사람이 모래를 밟는 발소리가 시간이 멈추지 않았다는 사실을 알려줬다.

"대체 왜 연인처럼 꼭 끌어안고 있는 거죠!"

그 목소리를 듣고 씁쓸하게 웃으며 고개를 돌렸더니, 아직 완전무장 중인 소니아가 화를 펄펄 내면서 이쪽으로 다가오고 있다. 그리고 메릴이 그 뒤에서 따라오고 있다.

마침내 서로 떨어진 준페이와 카에데 앞까지 온 소니아가, 눈을 매섭게 뜨고 노려보며 말했다.

"정말이지, 정말이지, 정~말이지! 이 뒤에 할 일에 생각할 일이 잔뜩 있겠지만, 그 전에 한 가지, 확실하게 해두고 싶은 일이 있어요! 준페이 씨, 당신, 저를 좋아한다고 하셨었죠?"

"그래, 그렇게 말했어."

"그렇다면 저와 카에데 선배 중에, 누구를 좋아하는 건가요?"

"그건……."

준페이가 소니아의 박력에 눌려서 우물쭈물했을 때, 카에데가 준페이의 손을 살며시 잡았다. 고개를 돌려보니 카에데는 미소를

짓고 있었다.

"온 힘을 다해서 지탱해주겠다고, 말했었지?"

——아, 예. 그랬었죠.

준페이는 마음속으로 대답하고는, 큰마음을 먹고 소니아 쪽을 봤다.

"어쩔 수 없네. 두 사람 다 행복하게 해주는 거로 합의 보자!"

"아무래도 성검 오로라 스파크의 진정한 힘이 보고 싶은 모양이군요."

"나는 그래도 상관없다만······."

카에데의 말에, 오로라 스파크를 내지르려던 소니아가 앞으로 고꾸라질 뻔했다.

"잠깐만요, 카에데 선배! 당신 말이죠!"

그렇게 소리를 질러대는 소니아에게, 메릴이 킥킥 웃으면서 말했다.

"뭐 어때. 카에데한테는 준페이밖에 없잖아. 안 그래, 소니아?"

소니아는 크윽 하고 신음을 흘리며 카에데에게 다가가려던 발을 딱 멈추고는 도망치는 것처럼 시선을 피했다. 한편, 준페이는 고개를 살짝 갸웃거렸다.

"카에데 선배한테 나밖에 없다니, 그게 무슨 소리야?"

"순결을 지키게 만드는 마법 얘기야!"

"아아, 그거. 에로 마법 버진 프로텍트였나? 자기 이외 다른 사람하고는 야한 짓을 못 하게 된다고 했지. 근데, 그게 왜? 그냥 해제하면 되잖아?"

그러자 소니아가 준페이를 보면서 원통하다는 투로 말했다.

"……참으로 말하기 곤란한 일이지만, 그건 아마도 불가능한 일이에요."

"뭐?"

준페이가 얼빠진 소리로 묻거나 말거나, 소니아는 근심 어린 얼굴로 메릴을 보면서 말했다.

"메릴 양. 당신은 노예의 각인을 이어받은 아이들이 태어나는 사태를 막기 위해서 버진 프로텍트를, 순결과 정조를 지키는 마법으로 응용해서 사용했다고 하셨죠."

"응, 그랬지. 다른 방법이 없었으니까. 응급처치였어 메릴."

"뭐, 그건 됐습니다. 문제는 버진 프로텍트란 원래 마왕이『평생 나 말고 다른 남자하고는 야한 짓을 못 한다』라는 목적으로 만든 마법입니다. 여기서 문제가 발생하죠. 마왕의 시선에서 봤을 때, 그 마법을 해제할 필요가 있을까요?"

"없겠지."

"그게 답입니다."

순간, 네 사람 사이에 침묵이 찾아왔다. 그렇구나. 마왕 제논은 많은 여성을 노예처럼 지배했던 사람이다. 버진 프로텍트의 해제 따위는 생각해본 적도 없겠지. 그대로 침묵이 길게 이어지는 중에, 소니아가 문득 생각났다는 것처럼 말했다.

"저희 라이트펠로우 가문도, 조상이신 아르시엘라와 마왕과의 사이에 자식이 태어나지 않았다면 용사 가문도 저도 이 세상에 존재하지 않았겠죠."

"그럼 카에데랑 소니아는 장래에 어떻게 할 거야?"

"자식을 낳는 것만이 인생은 아니죠."

그렇게 말하고 소니아가 고개를 확 돌렸지만, 그때 메릴이 신난다는 것처럼 말했다.

"괜찮아! 버진 프로텍트는 마왕 말고 다른 사람이랑 야한 짓을 못 하는 것뿐이니까, 마왕의 전생체인 준페이라면 아마 할 수 있을 거야 메릴."

"······어?"

준페이는 그게 무슨 의미인지를 곱씹었다. 그리고 곧 마음속에 쿵 하고 돌덩이가 떨어지는 듯한 느낌이 들었다.

"으에에에엑?!"

"후훗. 그러고 보니 메릴도 메릴 자신한테 버진 프로텍트를 걸었어. 10년 전에 카에데랑 애들한테 걸기 전에 나한테 시험했었거든. 그러니까 준페이, 언젠가 책임 져줘."

"그걸 나한테 책임지라고 하는 건 이상하잖아! 그나저나 잠깐만! 그 버진 프로텍트, 카에데 선배 말고 다른 아홉 명한테도 걸었다고 했었지?"

"응, 맞아. 그러니까 준페이가 열심히 해줬으면 싶거든. 빨리 어엿한 에로 마법사가 되고 노예의 각인을 지울 수 있게 되면, 그 애들 모두와 결혼해줬으면 좋겠어 메릴!"

"야 인마! 그건 아니잖아!"

"왜? 준페이 말고 다른 사람이랑은 그걸 할 수 없다는 문제는 그 애들이 전부 준페이를 좋아하게 되면 행복하고 깔끔하게 해결되는 거잖아?"

"뭐, 나는 그래도 상관없다만……."

"저는, 그런 일은 용납할 수 없어요! 뭐, 솔직히 말해서 카에데 씨는 모르는 사이도 아니니 백 보 양보해서 관대하게 넘어가 줄 수도 있지만, 다른 아홉 명은 심사가 필요합니다! 심사가!"

그렇게 벼락이라도 떨어트릴 기세로 화를 내는 소니아를 보고, 메릴이 고개를 갸웃거렸다.

"그걸 왜 소니아가 정하는데? 너한테는 버진 프로젝트를 걸지도 않았잖아?"

"정실부인 행세인가, 소니아. 그렇다면 지금 여기서 준페이를 좋아한다고 확실하게 말해봐라."

히끗, 하고 이상한 신음 같은 걸 낸 소니아가 천천히 고개를 돌려서 준페이 쪽을 봤다. 준페이도 소니아를 마주 봤고, 두 사람의 얼굴이 점점 빨개졌다. 그렇게 마주 보는 데 한계가 왔는지, 소니아가 큰 소리로 말했다.

"인정할 수 없어요!"

그래서 준페이는 결국 평소와 똑같은 소니아라고 생각하며 씁쓸한 미소를 지었다. 그런데.

"하지만……."

"응?"

소니아는 준페이에게 다가가 살며시 귀엣말했다.

"모든 에로 마법을 다룰 수 있게 된 뒤에야 노예 마법과 그 각인을 지우는 일에 착수할 수 있으니까, 다음에 저와 함께 버진 프로텍트에 도전해 보도록 하죠."

"어, 그건……."

무슨 의미인지 물으려는 준페이의 입술을, 소니아가 가련한 손가락으로 꾹 눌러서 막았다. 준페이는 바다를 향해서 소리를 지르고 싶어졌다.

8월 31일 오후, 준페이는 강한 바닷바람이 불어오는 모 공항의 전망대에 있었다. 많은 이용자로 붐비는 전망대 한쪽에서, 이착륙하고 있는 비행기들을 바라보고 있다. 그런 준페이 주위에는 소니아와 카에데, 그리고 메릴이 있었다.

비행기 한 대가 날아오른 뒤에, 준페이는 메릴을 보며, 절절한 심정을 담아서 말했다.

"이제 곧 너도 비행기를 타겠네."

"카에데네 아빠 덕분에 메릴의 무죄가 증명됐으니까, 당당하게 출국할 수 있어. 어차피 메릴은 마법으로 변장해서 탈 수도 있으니까 지명수배된 채라도 상관없었지만."

은근슬쩍 범죄행위를 고백하면서, 메릴은 한 손에 들고 있던 휴대용 디바이스로 인터넷 뉴스를 보고 있었다. 거기에는 히지카타 토시사부로가 체포된 사건의 자초지종에 관한 내용이 적혀 있었다.

그 뒤에. 준페이 일행이 마도 갱생원에서 탈출한 그 날 오후, 히지카타 토시사부로가 콘도 선생님께 중상을 입힌 범인이라고 자처했다. 그는 나름대로 동기와 당일의 행동을 조작해서, 올여름에 일어난 모든 사건의 죄를 자기가 전부 뒤집어썼다.

"메릴 양은 오쿠무라 선생님의 기억을 파괴해서 사건을 해결하려고 했지만, 그렇게 되면 세상에 떠들썩하게 알려진 사건들에 대해서 책임을 질 수가 없죠. 그분, 카에데 선배를 오쿠무라 선생님께 완전히 떠넘겨버린 대가를 치르기 위해서, 혼자서 죄를 짊어진 게 아닐까요."

소니아가 그렇게 말했다.

토시사부로가 정말로 무슨 생각을 했는지, 준페이 일행은 모른다. 하지만 마도 갱생원 차장이 마법을 남용해서 살인 미수 사건을 벌였다는 건 상당히 큰 스캔들이 됐고, 덕분에 메릴에 관한 일은 완전히 묻혀버렸다.

오쿠무라 선생님은 지배 마법에 관한 모든 것을 잊어버리고 원래 생활로 돌아왔다.

준페이가 체포됐던 건은 전부 잘못된 일이었다고 정식으로 사과도 했고.

그리고 실행범인 카에데는 법의 심판을 받지 않았다.

그 사실이 지금도 카에데의 마음을 짓누르고 있는지 카에데의 표정은 어두웠다.

메릴이 밝은 목소리로 말했다.

"카에데, 아직도 그런 얼굴 하고 있어?"

"하지만 메릴 공. 아버님이 저지르지도 않은 죄를 짊어지고 투옥됐습니다. 사실은 제가 저지른 일인데도. 콘도 선생님이 다치신 것도, 10년 전의 계획에 관여한 분들이 여전히 의식불명 상태인 것도, 사실은 전부 제가 심판을 받아야 하는 일인데, 지배 마법의 존재를 공공연하게 드러낼 수 없다는 이유로, 저는 어떠한

처벌도 받지 않고 이렇게 돌아다니고 있습니다."

"그래서는 속을 풀어줄 기회를 주기 위해 메릴의 조수로 임명했잖아."

그렇게 말하고, 메릴이 카에데의 왼손을 가리켰다. 카에데의 약지에는 메릴이 준 골드 반지가 빛나고 있었다. 카에데가 이 반지를 끼고 있는 이유는 두 가지. 하나는 지배 마법의 명령을 막기 위해. 또 하나는 이 반지를 레이더로 삼아서 다른 반지를 찾아내고 파괴하는 메릴의 여행에 동행하기로 마음먹었기 때문이다. 준페이는 그게 너무나 괴로웠다.

"카에데 선배…… 정말로 가버리는 건가요. 학교까지 그만두고."

"그래. 진실을 알게 됐으니, 더는 평범한 학생으로서 학교에 다닐 수는 없다. 콘도 선생님께는 며칠 전에 병문안에 가서 진실을 말씀드리고 사죄도 드렸지만, 오히려 아버지가 체포된 걸 걱정해주셨다. 내 절단 마법으로 의식을 잃은 사람들도 모른 척할 순 없어. 메릴 공의 조수로서 세계를 여행하면서 그 사람들을 눈뜨게 할 방법을 찾아보겠다. 이 정도로 내 죗값을 치를 수 있을 것 같지는 않지만, 그래도 뭔가를 하는 편이 좋겠지."

준페이로서는 꼭두각시가 되어 조종당했을 때 저지른 일을 오로지 카에데에게만 묻는 것도 썩 내키지는 않았지만, 카에데가 자기 자신을 용서할 수 없는 것 같았다. 그래서 내년 봄에 졸업할 때까지 기다리지도 않고 여행을 떠나기로 했다.

쓸쓸한 표정을 짓고 있는 준페이를 보며, 카에데가 눈을 가늘게 뜨고서 웃었다.

"뭐, 또 만날 수 있다. 다음에 만나면, 그때는 나를 받아다오."

그렇게 확실하게 말하자, 준페이도 상대가 이렇게까지 말했으면 뭔가 확실한 각오를 하고서 대답해야겠다고 결심을 했다. 그런데 그때, 눈동자에서 벼락이 튀어나올 것 같은 기세로, 소니아가 준페이와 소니아 사이에 끼어들었다.

"잠깐 기다려주세요! 그때는 저와 승부를 겨루도록 하죠. 저도 생각하고 또 생각한 끝에 각오했습니다. 카에데 씨는 얼마든지 인정하겠습니다. 하지만 할머니가 될 때까지 사이좋게 지내기 위해서는 서열을 정해두는 쪽이 좋을 것 같거든요."

"호오, 재미있군. 좋다, 나도 바라는 바다. 상하 관계를 정하는 건 싫지 않으니까. 뭣하면 지금 당장이라도 해볼까?"

그대로 여자 둘이서 눈싸움을 벌이고, 살기를 내뿜고, 이러다가 격돌할 것 같다고 생각한 준페이가 식은땀을 뻘뻘 흘리고 있는데, 메릴이 문득 생각났다는 것처럼 말했다.

"슬슬 비행기 탈 시간이야 메릴."

"아, 이런! 그래, 시간이 됐구나! 그럼 빨리 가야겠네!"

준페이가 메릴의 말을 물고 늘어졌다. 자기가 두 여성을 동시에 사랑하려고 하는 게 잘못이지만, 그래도 어쨌거나, 한시라도 빨리 카에데와 소니아를 떼어놓는 게 좋을 것 같았다.

그리고 메릴이 카에데의 손을 붙잡고 끌어당겼다. 카에데는 잠깐 저항했지만 마침내 씁쓸한 미소를 짓고는 포기한 것처럼 메릴을 따라서 공항 건물 쪽으로 걸어갔고, 그러면서 상반신만 준페이 쪽으로 돌리고서 말했다.

"준페이, 당분간은 문자로만 연락하마. 확실하게 결론을 내기 전에 이런저런 짓을 하는 것도 이상하니까. 하지만 절대로 잊지 마라. 우리는 다시 만난다."

"그야 당연하죠."

"안녕~ 준페이. 열심히 해서 어엿한 에로 마법사가 돼야 해!"

메릴의 환한 목소리를 마지막으로, 두 사람은 그 자리를 떠났다.

두 사람이 보이지 않게 되자, 소니아가 후우, 하고 한숨을 쉬고서 말했다.

"만약에 장래에, 카에데 선배와 정말로 그러니까…… 아무튼 그런 걸 하게 된다면, 그 전에 카에데 선배한테 새겨진 노예의 각인을 어떻게든 해야 한다는 건 알고 있죠?"

"알고 있어. 노예의 각인 따위, 내가 지워버리겠어. 카에데 선배는 물론이고, 아직 못 만난 다른 아홉 명도, 지배 마법에서 해방해 줄 거야."

준페이의 그 말을 듣고, 소니아가 눈동자를 반짝이면서 웃었다.

"의욕이 넘쳐서 정말 다행이군요! 그렇다면 반드시 성취해 보이세요! 에로 마법을 전부 익혀서, 카에데 선배를 포함한 열 소녀의 몸에서 노예의 각인을 완전히 말소하는 거예요!"

"그래! 그리고 레드하트 브레이브의 일원이 되겠어!"

준페이는 너무나 맑은 하늘을 향해서 그렇게 다짐했다. 이 파랗고 한없는 하늘을 보고 있으면 자신들의 고민 따위는 너무나 사소한 일이고, 모든 일이 잘될 거라는 생각이 들었다.

다만, 메릴이 반지를 찾으면서 나머지 아홉 명도 찾아내어, 준페이 곁으로 보내, 반하게 해서 모든 걸 원만하게 해결할 수 있는 하렘을 만들겠다는 대작전을 꾀하고 있다는 사실을, 지금의 준페이와 소니아는 꿈에도 모르고 있다.

"자, 저희도 그만 가볼까요."

"그래."

준페이는 고개를 한 번 끄덕이고서 걸음을 옮겼다.

이것은 훗날 카에데와 소녀들의 육체에 새겨진 노예의 각인을 지워버리고 마왕의 힘을 다룰 수 있게 되자 현세에 나타난 『진정한 왕의 반지』를 이용해서 전 세계에 흩어진 반지에 스스로 파괴될 것을 명하고, 소니아를 필두로 12명의 아내를 거느리게 되는 에로티컬 위저드의 역사적인 첫걸음이었다.

작가 후기

안녕하세요 타이요 히카루입니다.

이 책을 구매해주셔서 정말 감사합니다.

이 책은 『메릴 레드 존』이라는 제목으로 제13회 HJ문고 대상에서 은상을 수상했던 작품을 손보고 제목도 바꿔서 출판한 것입니다. 이 이야기를 쓴 건 저 자신입니다만, 이렇게 책이 된 데는 모든 일에 열심히 노력해주신 담당 편집자님, HJ문고 편집부 여러분, 선배 작가 여러분, 교정 담당자님, 훌륭한 일러스트를 그려주신 마하야 선생님, 그리고 지금까지 HJ문고가 있게 해주신 독자 여러분 덕분이라고, 절실하게 생각하고 있습니다. 다시 한번 감사합니다.

예전에는 힘과 자유를 갖고 싶었는데, 지금은 저 자신의 무력함과 주위의 도움을 뼈저리게 느끼고 있다 보니, 다른 사람들 앞에서 겸손해질 뿐입니다. 그래도 소설을 쓰고 싶다는 마음만은 변하지 않을 것 같으니까, 부디 앞으로도 타이요 히카루를 지켜봐 주세요.

그럼 다음 권에서 뵙겠습니다!

……하고 깔끔하게 끝나야 하는데, 페이지 할당량이 조금 더 남았습니다.

그래서 프리 토크입니다.

먼저 작품에 대해서.

이 작품은 현실 세계를 바탕으로 「만약에 마법이 있다면?」이라는 가정하게 각색한 역사로 구성된, 마법사가 사회적으로 인지된 현대 일본을 무대로 삼았습니다. 주인공은 마법학교에 다니는 낙제생. 거기서 히로인과 만나고, 배틀을 하고, 용사와 마왕이 있고, 그리고 무엇보다 섹시한 요소까지 전부 담은, 그런 내용입니다.

특히 섹시 부분은 마하야 선생님의 하이퀼리티 일러스트 덕분에 엄청나게 파워업 됐으니, 꼭 봐주세요! 독자 여러분께서도 틀림없이 만족하실 거라고 생각합니다!

다음으로 필명에 대해서.

타이요 히카루라는 이름은 「기억하기 쉽고 밝은 이미지가 좋다!」는 생각으로 지은 이름인데, 지금에 와서 생각해보니 감히 태양을 자처하는 건 너무 건방진 짓이 아니었나 싶기도 합니다. 하지만 이 이름으로 활동한 지도 10년쯤 됐으니, 끝까지 타이요 히카루로 밀고 갈까 싶습니다.

참고로 활동이란 온라인 소설입니다. 저도 인터넷에서 소설을 몇 편 올리고 있는데, 그중에서도 『천 자루 검 패권을 겨뤄라!』와 『버추얼 레이싱, 온라인 포뮬러!』를 추천합니다. 괜찮으시다면 한번 검색해 주세요. 트위터도 하고 있으니 팔로우 해주시면 감사하겠습니다.

제목에 대해서. 수상했을 때의 제목에 레드라는 글자가 들어가 있어서「이 작품의 이미지 컬러는 빨간색이다!」라고 생각해서 시상식 때도 빨간 넥타이를 매고 갔었는데, 제목이 바뀌고 말았습니다. 하지만 지금 제목이 더 좋다고 생각합니다. 12명의 신부가 아직 다 모이지 않은 게 가슴 아프긴 하지만, 시리즈가 계속되면 전부 나오게 되니까, 앞으로 많은 응원 부탁드립니다!

일러스트에 대해. 마하야 선생님, 진짜 진짜 감사합니다. 메릴의 코스프레 일러스트가 전부 모여 있는 그림을 봤을 때는 정말로 감사했습니다. 그려주신 일러스트는 전부 보물로 삼겠습니다.

교정 담당자님. 성함도 모르고 있습니다만, 마지막 마무리를 도와주셔서 정말 감사합니다. 그야말로 프로의 솜씨, 많이 배웠습니다.

동기 여러분. 시상식 때는 긴장하면서도 즐거웠습니다. 또 뵙게 될 날을 기대하고 있습니다.

시상식 때 흔쾌히 사인해주신 사카키 이치로 선생님, 많은 이야기를 들려주신 카가미 히로유키 선생님, 2차까지 데려가 주신 선배 작가 여러분. 정말 감사하고 즐거운 시간이었습니다.

담당 편집자님. 항상 신세 많이 지고 있습니다. 적절하고 정확한 조언과 꼼꼼한 일 처리가 정말 마음 든든합니다. 독자 여러분께서도 이해하실 수 있도록 말씀드리자면, 이 소설은 수상했던 작품에서 상당히 가칠 수정을 한 것입니다. 그래서 카에데의 등장이 많이 늘어났습니다. 전체적으로 봤을 때, 수상 당시보다 엄청나게 좋아졌다고 생각합니다. 이게 다 담당 편집자님 덕분입니다. 앞으로도 잘 부탁드리겠습니다.

　마지막으로 독자 여러분. 이 이야기가 조금이라도 재미있으셨다면 더는 바랄 것이 없습니다. 가능하다면 2권에서 다시 뵙고 싶을 따름입니다.

　그럼 또 뵙겠습니다.

　　　　　2019년 2월 길일(吉日), 타이요 히카루 올림.

Erotical Wizard to 12nin no Hanayome 1
©Hikaru Taiyo
Originally published in Japan in 2020 by HOBBY JAPAN CO., Ltd.
Korean translation rights ©2020 by Somy Media, Inc.

에로티컬 위저드와 12명의 신부 1

2020년 6월 8일 1판 1쇄 인쇄
2020년 6월 15일 1판 1쇄 발행

저   자 타이요 히카루
일 러 스 트 마하야
옮 긴 이 김정규
발 행 인 유재옥
본 부 장 조병권
담당편집자 조찬희
편집 1팀 정영길 김민지 조찬희
편집 2팀 김다솜 이본느
편집 3팀 김혜주 김하람 곽혜민 오준영
라 이 츠 김슬비 한주원
디 지 털 박상섭 박지혜 이성호
발 행 처 ㈜소미미디어
등   록 제2015-000008호
주   소 서울시 마포구 토정로 222, 403호 (신수동, 한국출판콘텐츠센터)
판   매 ㈜소미미디어
제 작 처 코리아피앤피
마 케 팅 한민지 권지수 유하나
물   류 허석용 최태욱
전   화 편집부 (070)4164-3962, 3963 기획실 (02)567-3388
               판매 및 마케팅 (070)4165-6888, Fax (02)322-7665

ISBN 979-11-6507-779-2
ISBN 979-11-6507-778-5 (세트)